クリスティー文庫
74

七つの時計

アガサ・クリスティー

深町眞理子訳

THE SEVEN DIALS MYSTERY

by

Agatha Christie

Translated by

Mariko Fukamachi

Published 2022 in Japan by

HAYAKAWA PUBLISHING, INC.

This book is published in Japan by

arrangement with

AGATHA CHRISTIE LIMITED

through TIMO ASSOCIATES, INC.

目　次

七つの時計

登場人物

ケイタラム卿……………………………侯爵。チムニーズ館の所有者
アイリーン・ブレント（バンドル）…ケイタラム卿の娘
トレドウェル……………………………ケイタラム卿の執事
サー・オズワルド・クート……………鉄鋼王
マライア・クート………………………オズワルドの妻
ルーパート・ベイトマン（ポンゴ）…オズワルドの秘書
ジミー・セシジャー……………………チムニーズ館の客
ビル・エヴァズレー
ロニー・デヴァルー　}……………………外交官
ジェリー・ウェイド
ロレーン…………………………………ジェリーの妹
ジョージ・ロマックス…………………外務次官
サー・スタンリー・ディグビー………航空大臣
テレンス・オルーク……………………秘書官
ヘル・エーベルハルト…………………発明家
アンナ・ラツキー………………………伯爵夫人
モスゴロフスキー………………………セブン・ダイヤルズ・クラブの経営者
バトル……………………………………ロンドン警視庁の警視

1　早起きについて

チムニーズ館の広い階段を、かの愛すべき青年ジミー・セシジャーが、一度に二段ずつ駆けおりてきた。おりしも、淹れかえたばかりの熱いコーヒーを持ってホールを通りかかったのは、恰幅のよい執事トレドウェルである。はずみがついていたジミーの体は、あやうくトレドウェルと衝突しかかったが、トレドウェルの驚くべき冷静さと、みごとなまでの機敏さのおかげで、どうにか事なきを得た。

「失敬」ジミーは謝った。「ところでトレドウェル、ぼくがどんじりかい？」

「いえ。ウェイド様がまだでございます」

「助かった」そう言ってジミーは、朝食の間へはいっていった。

部屋のなかには、この屋敷の女主人のほかにはだれもいなかった。そして女主人の非難がましいまなざしは、魚屋の店先で死んだ鱈《たら》の目に出くわしたときに、いつもジミーの感じるあの居心地悪さをまた感じさせた。それにしても、ちぇっ、いやな感じだな。なんだってこの女は、こんな目でひとを見るんだろう？　せっかく田舎の屋敷でのんびりしてるってのに、きちんと九時半に朝食に降りてくるなんて、愚の骨頂じゃないか。そりゃたしかに、もう十一時十五分過ぎだし、いかになんでもこれは遅すぎるかもしれない。とはいうものの――

「すみません、ちょっと遅くなったようですね」

「あら、いいえ、かまいませんことよ」レイディー・クートは物悲しげな声で言った。結じつをいうと、客が朝食に遅れることは、彼女にとっては大きな悩みの種だった。結婚後、最初の十八年間というもの、サー・オズワルド・クート（そのころはただのミスター・クートだったが）は、朝食が八時よりも三十秒でも遅れようものなら、大袈裟に言えば、それこそ一悶着起こしたものだった。レイディー・クートのほうも、時間にだらしがないのをもっとも許しがたい罪と見なす、そんな躾を受けて育ってきた。そして習慣というものは、容易に消えるものではない。それに、彼女はきまじめな女性でもあった。だから、こういういい若いものたちが、早起きもしないで、はたして世のなかのためになるような仕事ができるものかと、つい疑問に思わずにはいられないのだった。

サー・オズワルドは、新聞記者などを相手に、よく言っていたものだ——「わたしが成功したのは、ひとえに早起きの習慣、質素な生活、そして規則正しい日常のたまものだよ」と。

レイディー・クートは、大柄で堂々とした、悲劇的な雰囲気を持った女性だった。大きな目は悲しげにうるみ、声は低くて豊かな響きがある。《己《おの》が子らを嘆くラケル》のモデルを探している画家なら、大喜びでとびついたはずだ。でなければ、メロドラマの女優として、やくざな男にしいたげられ、降りしきる雪のなかをさまよいあるく妻でも演じれば、きっと大当たりをとったことだろう。

見たところレイディー・クートの人生には、なにかひとには知られぬつらく悲しい悩みでもあるように思えたが、じつをいうと、サー・オズワルドのはなばなしい出世をべつにすれば、これまで苦労とはいっさい無縁に生きてきたのだった。若いころの彼女は、陽気で派手好きな娘で、父親の経営する金物店の隣りの自転車屋で働いていた野心的な青年オズワルド・クートと、深く愛しあう仲だった。はじめは二間つづきの部屋に、つぎにはこぢんまりした家に、そのあとはやや大きめの家に、そしてだんだん前よりも大きくりっぱな家に住んで、二人はしごく幸福に暮らしてきたが、これまではいつも、〝事業〟を営むのに便利な距離から離れたことはなかった。けれども、サー・オズワルドが〝事業〟との相互依存を必要としないほど出世したいまでは、イギリスじゅうの、借りられるかぎりのもっとも豪壮な、もっとも華麗な館を借りるのが彼の道楽となった。チムニーズ館は由緒ある邸宅だったから、そこをケイタラム侯爵から二年の約束で借りることになったときには、これでついに生涯最高の野心を達成したと、サー・オズワルドは鼻を高くしたのだった。

レイディー・クートは、そのことをあまり喜べなかった。彼女は孤独な女性だった。結婚当初の彼女のおもな気晴らしといえば、お手伝いの〝女の子〟とおしゃべりをすることだったが、その〝女の子〟が三人にふえてからも、依然として家事使用人と話をすることが、レイディー・クートの日常を占める大きな憂さ晴らしになっていた。それがいまでは、大勢の女中、大主教然とした執事、体軀堂々たる数人の従僕、せわしなく走りまわる台所女中と下女の一群、〝癇癪〟持ちの恐ろしい外国人シェフ、それに、身動きすると床のきしむ音と衣ずれの音とが交互に響きわたる、途方もない巨体の家政婦などにとりかこまれながら、レイディー・クートは、孤島に置き去りにされたのも同然の身の上をかこっているのだった。

いま、彼女は深い溜め息を漏らすなり、あけっぱなしのフランス窓からどこへともなく出ていった。ジミー・セシジャーはおおいにほっとすると、さっそくお手盛りでキドニーやらベーコンやらのおかわりをとりわけた。

レイディー・クートは、しばらく悲劇的な面ざしでテラスに立っていたが、やがて勇気を奮い起こすと、独裁者然とした目で自分の支配下にある領土を見わたしている、庭師頭のマクドナルドに話しかけた。マクドナルドは、庭師頭のうちでも一頭抜きんでた存在であり、大御所であった。彼は自分の地位をじゅうぶんに心得ていた——支配するという地位を。そして彼は支配した——独裁的に。

レイディー・クートは、おずおずとそのマクドナルドに声をかけた。

「おはよう、マクドナルド」

「おはようございます、奥様」

彼は庭師頭にふさわしい口調でしゃべった——物悲しげに、だが威厳をもって——ちょうど葬式に列席した皇帝かなにかのように。

「ちょっと考えてたんだけど、あの——晩生《おくて》の葡萄《ぶどう》ね、あれ、今晩のデザートに出せないかしら」

「あれはまだ摘むまでにはなっておりません」と、マクドナルドは言った。

彼の口調は丁重だったが、しかし、有無をいわさぬものがあった。

「そう！」レイディー・クートは言った。

それから勇を鼓してつづけた。

「そうなの！　でもね、きのうわたし、あのはずれの温室に行ったんで、ひとつつまんでみたんだけど、とてもいいお味だったようよ」

マクドナルドはじろりと彼女を見、彼女は顔を赤らめた。自分が弁解の余地のない失態を演じたことを思い知らされたからだ。明らかに、いまは亡きケイタラム侯爵夫人は、自分の温室に勝手にはいってゆき、葡萄をつまみ食いするなどという無作法は演じなかったらしい。

「お言いつけくだされば、一房切ってお届けいたしましたのに」と、マクドナルドは苦々しげに言った。

「あら、どうもありがとう。そうね、またいつかお願いするかもしれないわ」

「ですが、あれはまだ摘む時期ではございません」

「そう、そうでしょうね。まだしばらくは置いといたほうがよさそうね」レイディー・クートはつぶやくように言った。

マクドナルドは、いかめしく無言の行をつづけていた。レイディー・クートは、いま一度勇気を奮い起こした。

「じつはね、薔薇《ばら》園の向こうの芝生のことで相談しようと思ってたんだけど。あそこをローン・ボウリング用に使えないかしら。サー・オズワルドは、ボウリングが大のお気に入りなのよ」

使えないわけなんかないわ、とレイディー・クートは胸のうちでつぶやいた。彼女はイギリスという国の歴史に明るかった。かつてスペインの無敵艦隊があらわれたとき、サー・フランシス・ドレイクとその勇敢な幕僚は、ボウリングのゲームに興じていたはずではなかったか。たしかに紳士らしい遊びだし、マクドナルドだって、反対する理由はないはずだ。ところがあいにくレイディー・クートは、腕のいい庭師頭なるものの顕著な特徴——つまり、どんな提案にも必ず反対するという性癖を考慮に入れていなかったのである。

「そりゃまあ、使えないことはございますまいが」と、マクドナルドはあいまいに言った。

その言いかたには、それとなく相手の気持ちに水をさすような気味合いがこめられていたが、真の狙いはそこにはなく、レイディー・クートを破滅に誘いこむことこそが狙いなのだった。

「つまり、ちょっと手を入れて——刈りこんだり——その——まあ——そういったことをすれば、だけど」と、レイディー・クートは期待をこめてつづけた。

「さようですな」マクドナルドはゆっくりと言った。「それはできるでしょう。しかしそうなると、ウィリアムに下手の縁どり花壇《ローワー・ボーダー》の手入れをやめさせることになりますが」

「まあ、そう！」レイディー・クートはあやふやに言った。〝南の境界《ローワー・ボーダー》〟という言葉は――あるスコットランド民謡を漠然と連想させるほかには――彼女の心のなかではまったくなんの意味も持たなかったが、マクドナルドにとってはそれが、抗するあたわざる反対理由になっていることは明らかだった。

「それではお困りでございましょう？」と、マクドナルドは追い討ちをかけた。

「そりゃもちろんよ。そのとおりだわ」レイディー・クートはそう言い、いったいなぜこんなにも熱心に賛意を表するのかと、われながら不思議に思った。

マクドナルドは鋭い目で女主人を見つめた。

「申すまでもございませんが、奥様、もしもご命令とあれば――」

彼は語尾を濁した。だがその威嚇的な口調だけで、レイディー・クートにはじゅうぶんだった。彼女はすぐさま譲歩した。

「いえ、いえ。おまえの言うことはわかるわ、マクドナルド。そ――そう――たしかに南の境界はウィリアムにまかせたほうがよさそうね」

「わたくしもそのように考えた次第でして、奥様」

「ええ。そうよ。たしかにそうだわ」

「きっとご賛同いただけると思っておりましたよ、奥様」

「ええ、おまえの言うとおりよ」レイディー・クートはくりかえした。

マクドナルドは帽子に手をやり、それから歩み去った。

レイディー・クートは悄然と吐息をついて、その後ろ姿を見送った。キドニーとベーコンで満腹したジミー・セシジャーが、テラスに出てきて彼女のそばに立ち、彼女のそれとはおよそ正反対の吐息をついた。

「すばらしい朝ですね」と、彼は言った。

「そうでしょうかしら」レイディー・クートはうわのそらで言った。それから、「あらまあ、そういえばそうですわね。気がつきませんでした」

「ほかの連中はどこです？　湖でボート遊びでもしてるのかな」

「でしょうね。いえ、きっとそうですわ」

レイディー・クートは唐突に向きを変えると、また家のなかにもどっていった。ちょうどトレドウェルがコーヒーポットをのぞきこんでいるところだった。

「あらまあ」レイディー・クートは言った。「まだあの、ええと——ええと——」

「ウェイド様でございますか？」

「ええ、そう、ウェイドさん。まだ起きていらっしゃらないの？」

「まだでございます、奥様」

「ずいぶん遅いわね」

「はい、さようで」

「困ったわね。ねえトレドウェル、いつかは起きていらっしゃるんでしょうね？」

「はい、それはもう、まちがいなく。きのうの朝ウェイド様が起きておいでになったのは、十一時半でございました」

レイディー・クートはちらと棚の時計を見た。十二時二十分前だった。目下《めした》のものへの同情が胸に湧いてきた。

「おまえもご苦労だわね、トレドウェル。すぐにあとかたづけをして、一時までにはまた昼食の用意をしなけりゃならないんだから」

「慣れておりますですよ、お若い紳士がたのなされようには」

それは重々しくはあったが、まぎれもない非難の言葉だった。あたかも、善意ではあるが知らずして不敬を働いたトルコ人とか、異教徒などをたしなめる枢機卿、といったおもむきだった。

けさになってこれで二度、レイディー・クートは顔を赤らめた。だが、おりよくそこで邪魔がはいった。ドアがあいて、眼鏡をかけたまじめそうな青年が顔をのぞかせたのである。

「ああ、レイディー・クート、ここにおいででしたか。サー・オズワルドが探しておいででしたよ」

「あら、じゃあすぐにまいりますわ、ベイトマンさん」

レイディー・クートはそそくさと立ち去った。

サー・オズワルドの秘書を務めるルーパート・ベイトマンは、彼女とは反対の方角へ、フランス窓を通って出ていった。そこではいまだにジミー・セシジャーが、楽しげにぶらぶらしていた。

「おはよう、ポンゴ」と、ジミーは言った。「どうやら、あの厄介なお嬢さんがたのご機嫌を取り結びにいかなきゃならないらしいんだ。きみもくるかい？」

ベイトマンは首を横にふると、足早にテラスを通り、書斎のフランス窓からなかにはいっていった。遠ざかってゆくその後ろ姿を、ジミーはにやにやしながら見送った。ジミーとベイトマンとは、学校時代の同級生だった。当時からベイトマンは眼鏡をかけたまじめな少年で、これという理由もなく、類人猿《ポンゴ》という渾名をたてまつられていた。

ポンゴのやつ、あいかわらずあの当時とおなじとんまでいやがる、とジミーは思った。

ひょっとすると、〝人生は真実！　人生は真摯！〟というロングフェローの詩は、とくにあいつのために書かれたものかもしれんぞ。

ジミーはあくびをひとつすると、ぶらぶらと湖のほうへ向かった。問題のお嬢さんがたがそこにいた。ぜんぶで三人――みんな顔だちは十人並み、二人は黒っぽい断髪頭、もうひとりは金髪の断髪である。いちばんよく笑うのが、たしかヘレン（といったようだ）――つぎがナンシー――三人めは、どういうわけか、ソックスと呼ばれている。そばにはジミーの友人二人がいた。ビル・エヴァズレーとロニー・デヴァルー――ともに完全なお飾りとして、外務省に籍を置いているお坊ちゃんがただ。

「おはよう」と、ナンシー（だかヘレンだか）が言った。「ジミーだわ。もうひとりの、あのなんとかさんはどうしたのかしら」

「まさかジェリー・ウェイドのやつ、まだ起きてこないんじゃないだろうね？」と、ビル・エヴァズレーが言った。「こいつは問題だ。なんとかしなきゃならんぞ」

「うかうかしてると、まる一日、朝飯にありつけない、なんてことにもなりかねないからな――起きてきてみたら、昼飯かお茶が出ていたりして」と、ロニー・デヴァルーも言った。

「まずいわよね」と、ソックスと呼ばれる娘が言った。「レイディー・クートだって、それでずいぶんお困りですもの。近ごろますます、卵を産みたいのに産めずにいるめんどり、ってな感じになってきたみたい。お気の毒だわ」

「そんならいっちょう、ベッドからひっぱりだすとするか」ビルが提案した。「行こう、ジミー」

「だめよ！　もっとおもむきのあるやりかたをしなきゃ」ソックスなる娘が言った。

〝おもむきのある〟というのは、彼女のお気に入りの台詞で、なにかというとそれを口に出すのだ。

「どうせぼくはおもむきのない男さ」ジミーが言った。「じゃあどうすればいい？」

「これからみんなで知恵を絞って、あすの朝、なんとか手を打つことにしようや」ロニーが漠然とした提案をした。「たとえばさ、七時にあいつを起こすんだ。家じゅうが仰天するぜ、トレドウェルはつけひげを落とすし、ついでにティーポットも落っことす。レイディー・クートはヒステリーを起こして、気が遠くなり、ビルの腕のなかに倒れこむ——ビルは力持ちだからな。サー・オズワルドは、『へええ！』と言って、それで鋼鉄の値段が一ポイント八分の五がとこあがる。ポンゴは興奮のあまり眼鏡をほうりだし、それを踏みつぶす」

「きみはジェリーってやつを知らないんだよ」と、ジミー。「冷たい水でもしこたまぶっかければ、ひょっとしたら目をさますかもしれないが――まあそれも、よっぽどうまくやっての話さ。おそらくは寝返りを打って、そのままた寝こんじまうのがおちだろうな」

「だめよ！　冷たい水なんかより、もっとおもむきのあるなにかを考えださなくちゃ」と、ソックスが言った。

「だったら、どうすりゃいいのさ」ロニーがぶっきらぼうに問いかえした。あいにくだれにもこれという名案はなさそうだった。

「なにか考えつきそうなものだがな」ビルが言った。「ここには頭のいいやつってのはいないのか？」

「ポンゴだ」と、ジミーが言った。「ほら、うわさをすれば影だぜ――例によって、この世の悩み事を一身に背負いこんだみたいな顔をしてる。どんなときにも、頭を使わなきゃならないとなると、ポンゴにお呼びがかかる。それがあいつの子供のころからの不幸なのさ。ポンゴに相談しよう」

ベイトマン氏は、一同の少々支離滅裂な話に辛抱づよく耳を傾けた。そのようすは、すぐにでも飛びたとうと身構えている鳥のようだった。そして聞きおわるやいなや、すかさず回答を出してきた。

「目ざまし時計がいいでしょう」と、きびきびした調子で言う。「ぼくも寝すごすといけないので、いつも使っていますよ。朝早く、そうっとお茶を持ってこられたくらいじゃ、目ざましの役には立たないってことに気がつきましたからね」

彼は急ぎ足に立ち去った。

「目ざまし時計か」ロニーが首をふった。「しかし、ひとつだけじゃ無理だな。ジェリー・ウェイドをたたき起こすとなると、まず一ダースは必要だろうぜ」

「いいじゃないか、それでいこう」そう言うビルの顔は、熱っぽく紅潮していた。「それに決めた。これからみんなでマーケット・ベイジングまで出かけて、各自一個ずつ目ざまし時計を調達するんだ」

笑い声が起こり、相談が始まった。ビルとロニーは車をとりにいった。ジミーは食堂の偵察をおおせつかった。彼はすぐにもどってきた。

「まさしくいま食事ちゅうってところだ。遅れをとりもどそうと、マーマレードを塗りたくったトーストにかぶりついてる。ついてこないようにさせるには、どうしたらいいだろう」

レイディー・クートに持ちかけて、ジェリーをひきとめておいてもらうことに話がまとまった。ジミーとナンシーとヘレンとがこの役目をひきうけた。レイディー・クートは、当惑げな、心配そうな顔をした。

「悪戯《いたずら》をするんですって？　後生ですから気をつけてくださいましね。家具をこわしたり、そのへんのものをめちゃめちゃにしたり、水を無駄づかいしたりしないようにしていただきたいんですの。ご存じでしょうけど、来週かぎりでこの屋敷を明けわたさなきゃなりませんのよ。ケイタラム卿に申し訳が立たないようなことにでもなったら、わたし――」

ちょうどガレージからもどってきたビルが、自信たっぷりに口をはさんだ。

「だいじょうぶですよ、レイディー・クート。バンドル・ブレント――ケイタラム卿のお嬢さんの――彼女はぼくの親友なんです。なにをしようと、彼女なら平気ですって。ぜんぜん気にすることなんかありませんから！　ぼくが保証します。それにね、どっちにしろ、なにかをこわしたりすることはありません。じつにおとなしい悪戯なんです」

「おもむきがあるんですの」と、ソックスなる娘が言った。

レイディー・クートが憂い顔でテラスを歩いていったところへ、ちょうどジェリー・ウェイドが朝食の間から出てきた。ジミー・セシジャーが育ちのよさそうな、おっとりした青年だとするなら、ジェリー・ウェイドはそれに輪をかけて育ちがよさそうで、一段とおっとりしていたと言えば足りるだろう。彼ののんびりした表情とくらべれば、ジミーの顔ですら、けっこう知的に見えるくらいだ。

「おはようございます、レイディー・クート」そのジェリー・ウェイドが言った。「えぇと、ほかの連中はどこです？」

「みなさんマーケット・ベイジングへいらっしゃいましたわ」と、レイディー・クート。

「ほう、なにしに？」

「なにかの冗談らしいですわ」持ち前の響きのいい、憂わしげな声で、レイディー・クートは答えた。

「冗談にしては、ちと時間が早すぎますね」と、ウェイド氏。

「それほど早くもありませんわ」レイディー・クートが刺《とげ》のある口調で言う。

「そう言われれば、ちょっと寝坊したみたいだ」ウェイド氏は愛嬌のある率直さで言ってのけた。「じつに不思議なんですが、ぼくはどちらのお屋敷にご厄介になっても、朝起きだすのはきまってびりなんです」

「ほんとに不思議ですこと」

「わけがわからない。いやまったく、さっぱりわかりませんよ」ウェイド氏は首をひねりつつ言った。

「わけを考えるのより先に、まずお起きになったらいかが？」レイディー・クートがほのめかした。

「なるほど！」と、ウェイド氏。あまりにも簡単な解決法に、少々あっけにとられているといったふぜいだ。

レイディー・クートは、ここぞとばかりにつづけた。

「サー・オズワルドが口癖のように言っていますわ――若いものが成功しようと思ったら、時間をきちんと守るのに如《し》くはないって」

「まあね、そりゃわかってはいるんです。それにぼくだって、ロンドンにいるときには早起きしなきゃならない。なにしろ十一時までには外務省に顔を出さなきゃいけませんから。ぼくだって、そういつもいつもぐうたらしてばかりいるわけじゃないんですよ、レイディー・クート。ところで、あそこの下手の縁どり花壇の花、じつにきれいですね。名前は思いだせないけど、ぼくんちにもあります――あの藤色の、なんとかいう花。じつは妹のやつが園芸マニアでしてね」

レイディー・クートの関心は、すぐさまそちらへ移った。さっきの庭師相手の失敗が、いまだに心をうずかせていたからだ。

「お宅では、どんな庭師をそろえておいでですの？」

「なに、ひとりいるだけですよ。まあ耄碌《もうろく》じいさんってところですね。たいした知恵はないけど、言いつかったことはちゃんとやります。じつはそういうことこそが肝心なんですが。そうでしょう？」

レイディー・クートは、深い共感のこもった声で相槌を打った。感情表現をもっぱらとする女優ならば、その声ははかりしれない財産になるはずだった。二人は庭師たちの不都合について論じあいはじめた。

いっぽう、遠征隊の面々も順調に事を進めていた。マーケット・ベイジング最大の雑貨店にどやどやと押しかけた一同は、ときならぬ目ざまし時計の大量注文によって、すくなからず店主をとまどわせた。

「バンドルがいるとよかったのに」と、ビルがつぶやいた。「ジミー、きみは彼女を知らないか？　ああ、きっと好きになるよ。すばらしい娘さ――じつに活発でね――おまけに頭もいい。ロニー、きみは知ってるだろう？」

ロニーは首を横にふった。

「バンドルを知らないって？　いったいいままでどこでぼやぼやしてたんだい？　まったくたいした娘なんだぜ」

「ねえビル、もうちょっとおもむきのある話をなさいよ」と、ソックスが言った。「女性のお友達の自慢話なんかいいかげんにやめて、さっさと用件にとりかかってちょうだい」

マーガトロイド・ストアのあるじ、マーガトロイド氏が、勢いこんでまくしたてはじめた。

「はばかりながらご忠告させていただきますとな、お嬢さん――七シリング十一ペンスのは、よしておおきなさい。そりゃ、ものはいいですよ――けなす気なんか毛頭ございません。ですが、わたくしといたしましては、十シリング六ペンスのこちらのやつこそ、ぜひおすすめしたいですな。お値段だけのことはございますから。正確さ、これが問題でして。わたくしとしては、あとでお客様から――」

マーガトロイド氏の口に栓をしなければならないのは、だれの目にも明らかだった。

「正確な時計がほしいわけじゃないのよ」と、ナンシーが言った。

「一日だけ働いてくれれば、それでいいの」と、ヘレン。

「おもむきのあるのなんか必要ないのよ」と、ソックス。「ほしいのはね、ベルがうんと大きな音で鳴るようなの」

「つまりね――」ビルが言いかけたが、それ以上はつづけられなかった。それというのも、機械好きのジミーが、ここでついにベルの鳴るからくりをつきとめたからだ。それからの五分間というものは、店内はたくさんの目ざまし時計がかわるがわる鳴りわたる、すさまじい騒音で割れかえるばかりだった。

　やがてようやく、ぐあいのいい目ざまし時計が六つ選びだされた。

「ところで、ちょっと思いついたんだけどさ」と、ロニーが鷹揚に言った。「ポンゴにもひとつ買っていってやろうや。あいつが考えだしたことなんだから、仲間はずれにしちゃかわいそうだよ。あいつの分もあれば、おなじ仲間だってことになるだろう」

「いい考えだ」ビルが言った。「じゃあぼくは、レイディー・クートにもひとつ買っていこう。多々ますます弁ずってわけだ。それに、骨の折れる下工作をやってもらってるんだからな。いまごろはたぶんジェリーのやつと、あれこれ無駄話でもしてくれてるだろう」

　まさしく、ちょうどこの瞬間に、レイディー・クートはマクドナルドにたいする不満とか、入賞した桃の自慢話などを事細かに語って、おおいに楽しんでいるところだった。

　時計は包装され、代金の支払いもすんだ。走り去る二台の車を、マーガトロイド氏は狐につままれたような面持ちで見送っていた。近ごろの上流の若いひとたちの、元気がいいことよ。じつに元気がいい。とはいえ、やることはまったくわけがわからない。マーガトロイド氏はほっと吐息をついて向きなおると、ちょうどきあわせた教区の牧師さんの奥さんの用件を聞いた。奥さんは、新型のしずくのたれないティーポットを買いにきたのだった。

2　目ざまし時計について

「さてと、こいつをどこに置いたものかな？」

夕食は終わった。ふたたびレイディー・クートが女主人役を務めねばならぬことになった。さいわい、サー・オズワルドがブリッジをしようと提案することで、思わぬ救いの手をさしのべてくれた――いや、〝提案する〟という表現は正しくない。サー・オズワルドは、『全実業家名鑑』（第一集第七号）にも載っているほどの大立て者であるから、なにかをしたいと言うだけで、まわりのものは、急いでその意向に添うべく走りまわることになるのだ。

ルーパート・ベイトマンがサー・オズワルドと組んで、レイディー・クートとジェリー・ウェイドの組と対戦した。これは恰好の組み合わせだった。サー・オズワルドは、何事でもそうだが、ブリッジにかけてもとびきりの名手であり、相応のパートナーと組むことを好んだ。そしてベイトマンは、優秀な秘書であるのと同時に、ブリッジでも優秀だった。二人とも、もっぱら当面のゲームにのみ注意を集中し、ぶっきらぼうに、言葉すくなく、「ツー・ノー・トランプ」とか、「ダブル」とか、「スリー・スペード」とか唱えるだけだった。いっぽう、レイディー・クートとジェリー・ウェイドの組のプレイぶりは、愛嬌はあるものの散漫であり、しかも一手終わるたびに、青年は必ずあからさまな賛嘆の口調で、「ねえ、パートナー、あなたはじっさいうまくやりましたよ」と褒めあげるし、レイディー・クートもそれを、耳新しく、また非常に快くも感じる。そして実際に二人の組には、じつにいい手がくるのだった。

そのほかのものたちは、広い舞踏室でラジオに合わせてダンスをしているということになっていた。だが実際には、ジェリー・ウェイドの寝室の戸口に集まっているところで、あたりには、忍び笑いと、たくさんの時計が騒々しく時を刻む音とがこだましていた。

ビルの疑問に答えて、ジミーが提案した。「ベッドの下に一列に並べて置いたらどうだろう」

「で、どこに合わせたらいいかな？　つまり、何時に、ってことさ。ぜんぶおなじ時間にして、一度だけすさまじい音が鳴りわたるようにしておくか、それとも間をおいて順々に鳴りだすほうがいいか」

その点について、激しい議論がかわされた。ジェリー・ウェイドほどの寝坊のチャンピオンには、八つの目ざまし時計をぜんぶ合わせた大音響が必要だと主張する一派にたいし、もういっぽうは、着実にして持続的な効果を狙ったほうがいいと主張した。

結局、後者が勝った。八個の時計は午前六時半を皮切りに、順ぐりに鳴りだすように仕掛けられた。

「願わくはこれが彼のためによき教訓となりますように」と、ビルがもったいぶって言った。

「ヒヤ、ヒヤ」と、ソックスがはやしたてた。

いままさに時計を隠す作業が始まろうとしたとき、とつぜん警報が発せられた。

「しいっ。だれか階段をあがってくるぞ」ジミーが言った。

ちょっとした騒ぎが巻き起こった。

ジミーがまた言った。「だいじょうぶだ。ポンゴだよ」

ちょうどダミーにあたったベイトマン氏が、そのあいまを利用して、自室へハンカチをとりにきたのだった。ちょっと立ち止まり、一目でその場の状況を見てとった彼は、簡潔にして、かつ実際的なる指摘を行なった。

「ベッドにはいるとき、時計のちくたくいう音が耳にはいりますよ」

「な、言ったとおりだろう」ジミーが感に堪えぬといった声音で言った。「ポンゴはいつだって頭が切れるんだ！」

頭の切れる青年は通り過ぎていった。

「まったくだよ」ロニー・デヴァルーが首をいっぽうにかしげて言った。「八つの時計がいっせいにちくたくやってたんじゃ、ひどい騒ぎになる。いくらジェリーがとんまでも、聞きのがすはずがない。いやでもおかしいと感づくだろう」

「さて、それはどうかな」ふとジミー・セシジャーが言った。

「どうかなって、なにが？」

「ぼくらみんなが考えてるほど、やっこさんがとんまかどうかってことさ」

ロニーがまじまじと彼を見つめた。

「ジェリーがどんなやつかってことぐらい、みんな承知のうえだと思うけどね」

「そうかな？」ジミーは言った。「ぼくはときどき思うんだが――どんなとんまでも、ジェリーのやつがそう見せかけてるほどのとんまには、なかなかなりきれないんじゃないか、って」

みんなはジミーを注視した。ロニーの顔にも、真剣な表情が浮かんできた。

「ジミー、きみ、あんがい頭が切れるじゃないか」

「第二のポンゴだ」ビルがおだてるように言った。

「いや、なに、ふとそんな気がしたってだけのことでさ」ジミーは照れた。

「ねえ、みんな！　おもむきのある会話はもう結構よ」ソックスが声を高めた。「それよりも、時計をどうしたらいいかを早く考えなきゃ」

「ポンゴがもどってくる。彼に訊いてみよう」ジミーが提案した。

その優秀な頭脳でこの問題を解決してくれとうながされたポンゴは、自分の意見を述べた。

「彼が床について、眠ってしまうまで待つんです。それから、そっと部屋に忍びこんで、時計を床に置いてくる」

「今度もまたポンゴが正解だな」と、ジミーが言った。「いますぐ各自が時計をかたづけるんだ。それがすんだら、怪しまれないうちに下へ降りるとしよう」

ブリッジはまだつづいていた。もっとも、これまでとはちょっとちがっていて、いまではサー・オズワルドが夫人と組んでプレイしていたが、一勝負すむたびに、そのあいだに夫人の犯したミスについて、一手ごとに口やかましく指摘するのだった。レイディー・クートは、夫の小言をいたって機嫌よく、だがじつはまったく無関心に聞いていて、そのあいまに、一度ならずおなじことをくりかえした——

「わかりましたわ、あなた。わざわざ教えてくださってありがとう」

そしてあいかわらずおなじまちがいをくりかえすのだった。

ときおり、ジェリー・ウェイドがポンゴに言った――

「うまいぞ、相棒。じつにうまいもんだ」

ビル・エヴァズレーは、ロニー・デヴァルーを相手に予想を立てていた。

「ええと、やっこさんが十二時ごろ床にはいるとして――どのくらい余裕を見たらいいかな？――一時間くらい？」

彼はあくびをした。

「へんだな――いつもぼくが寝床にはいるのは夜中の三時ごろなのに、今夜はいくらか長く起きていなきゃならんと考えるだけで、すぐにも聞き分けのいい子供みたいに、寝てしまいたいってな気がしてきたよ」

ほかのものもおなじ気持ちだと言いあった。

「おいおい、マライア」多少いらだたしげなサー・オズワルドの声があがった。「いったい何度言って聞かせたらわかるんだ――フィネスしようかしまいかと、ぐずぐず思案していちゃいかん。みんなに手のうちを教えてるようなものじゃないか」

この批判にたいしては、レイディー・クートも鮮やかな返答を用意していた――すなわち、サー・オズワルドはいまダミーなのだから、ゲームの運びに口を出す権利はない、というものである。しかし彼女は、実際にこれを口に出しはしなかった。かわりに、愛想よくほほえんで、豊かな胸を思いきりテーブルの上につきだし、右隣りのジェリー・ウェイドの手札をまともにのぞきこんだ。

クイーンが残っているのを見てとって安心した彼女は、ジャックを出してそのトリックをものにし、つづけて自分のとった手札をさらした。

「フォー・トリックでラバー（三番勝負のうち二番勝つこと）よ」と、彼女は宣言した。「ここで四つもトリックがとれて、運がよかったわ」

「運がよかった、ときた」ジェリー・ウェイドが椅子を後ろに押しやり、みんなのいる暖炉のほうへやってきながらぼやいた。「あれを運がよかったと言うのかね。あのひときたら、まったく油断も隙もないんだから」

レイディー・クートは、紙幣や銀貨をかき集めていた。

「たしかにわたし、上手じゃありませんけどね」と、持ち前の物悲しげな声で、そのくせ歓びを隠しきれぬように言う。「でも、ゲームとなると、不思議に運に恵まれるんですの」

「おまえはけっして上達はせんよ、マライア」と、サー・オズワルドがご託宣をくだす。

「そうよ。わかっていますわ。いつもあなたからそう言われてますもの。ですからその分、一所けんめいやってますのよ」

「まったくだ」と、ジェリー・ウェイドが小声で言う。「なにしろぜんぜん隠そうともしないんだから。もしもそうする以外にひとの手をのぞく方法がなければ、こっちの肩にばっちり頭をもたせかけてくるのも辞さないだろうね」

「一所けんめいやっておるのはわかっとるさ」と、サー・オズワルド。「問題はな、おまえにはゲームの勘というものが欠けておるということだ」

「それも承知してますわ、あなた」と、レイディー・クート。「しょっちゅうそう言われてますもの。ところでオズワルド、あなた、わたしにまだ十シリングの借りがありましてよ」

「えっ、そうか?」サー・オズワルドはびっくり顔をした。

「ええ。千七百点ですから——八ポンド十シリング。八ポンドくださったきりですわ」

「そりゃいかん。うっかりした」

レイディー・クートは悲しげに夫にほほえみかけ、追加の十シリングをとりあげた。夫を心から愛する彼女だったが、かといって、夫に十シリングちょろまかされるのをほうっておく気はなかった。

サー・オズワルドはサイドテーブルのところへ行くと、愛想よく一同にウイスキーソーダをすすめた。一同のあいだでお休みの挨拶がかわされたのは、十二時半だった。

ジェリー・ウェイドの隣りに部屋をあてがわれていたロニー・デヴァルーは、状況をほかのものに報告する役をおおせつかった。二時十五分前に、彼は忍び足でみんなのドアをノックしてまわった。それぞれパジャマや部屋着をまとった一同は、くすくす笑ったり、低くささやきあったりしながら、各自足音を忍ばせて集まってきた。

「部屋の明かりは二十分前に消えた」と、ロニーは押し殺したささやき声で報告した。「ひょっとしたら、永久に消す気がないんじゃないかとさえ思ったぜ。いましがた、そっとドアをあけてのぞいてみたら、ぐっすり眠ってるようだった。さあ、どうする?」

おごそかな雰囲気のうちに、ふたたび時計が集められた。そこでべつの難問が持ちあがった。

「みんなで押し入るというわけにはいくまい。それだけでえらい騒ぎになるからね。だれかひとりにまかせて、ほかのものは戸口で順ぐりに時計を手わたしするほうがいい」

それではだれが代表として適任かということで、またひとしきり議論に花が咲いた。

女性三人は、くすくす笑ってしまうのがおちだという理由で、失格となった。ビル・エヴァズレーは、その身長、体重、地響きでもしそうな歩きかた、それに、なによらず無器用だというので、これもふるいおとされた――もっとも本人は、この最後の項目を強硬に否定したけれども。ジミー・セシジャーとロニー・デヴァルーはまあ合格だと見られたが、結局、圧倒的多数をもってその最適任者と決まったのは、ルーパート・ベイトマンだった。

「ポンゴならだいじょうぶだよ」と、ジミーが言った。「とにかく、あいつの歩きかたときたら猫みたいだからね――むかしからそうだった。それにさ、万一ジェリーが目をさましたりしても、ポンゴならうまく言い抜けられる。なだめて、怪しませないような、もっともらしい嘘をさ」

「なにか、おもむきのある嘘をね」と、ソックス嬢も思案ぶかげに言った。

「そういうこと」と、ジミー。

はたして、ポンゴの任務遂行ぶりは、手ぎわがよく、みごとだった。慎重に寝室のドアをあけると、まずいちばん大きめの時計を二つかかえて、室内の暗闇に姿を消した。一、二分して、戸口に姿を見せると、また二つの時計を受け取り、それがさらに二度くりかえされた。最後にやっと、ポンゴが部屋から出てきた。だれもが息を殺し、耳をすましました。ジェリー・ウェイドの規則正しい寝息はなおも聞こえていたが、それもやがて、マーガトロイド氏ご推奨の八個の目ざまし時計が時を刻む、威勢のいい、熱気のこもった音にのみこまれ、かきけされていった。

3 不成功に終わった悪戯

「もう十二時よ」と、ソックスが困惑しきった調子で言った。

昨夜の悪戯は——悪戯としては——あまり効果をあげなかったようだった。そのくせ目ざまし時計のほうは、遺漏なく役目を果たしたのだ。まちがいなく時計は鳴った——騒々しく、けたたましく、これ以上の騒音はあるまいというほどの勢いで。ロニー・デヴァルーなど、最後の審判の日がきたかとばかりに、あわてふためいてベッドからとびだしたものだ。隣室でさえそうなのだから、間近でならどれほどすごい音がしたことか。急いで廊下に出たロニーは、ドアの隙間に耳を押しあててみた。

彼が期待していたのは、悪態をつく声だった——てっきりそれが聞こえるものと、確信ならびに冷静な判断力をもって期待していたのだ。ところが、なにも聞こえてこない。つまり、彼の期待していたようなものは、なにも。時計は正しく時を刻んでいる——高らかに、尊大に、いまいましげに。そうこうするうち、つぎのひとつがまたも鳴りだした——耳の遠い男だって頭に血がのぼりそうな、なんとも無遠慮な、けたたましい音だ。もはや疑問の余地はなかった。時計はそれぞれ忠実に役目を果たしたのだ。マーガトロイド氏が主張しただけの、いや、それ以上の働きを示したのだ。だがどうやらその時計たちにとってさえも、ジェラルド・ウェイドは手ごわい敵だったようだ。

共謀者たちは失望せざるを得なかった。

「やっこさんは人間じゃないね」と、ジミー・セシジャーがぼやいた。

「たぶん遠くで電話が鳴ってるぐらいに思って、また寝返りを打って、寝こんじゃったんだわ」ヘレン（だかナンシーだか）が言った。

「まともじゃないですね」ルーパート・ベイトマンが深刻な面持ちで言った。「医者に診せるべきだと思いますよ」

「鼓膜が悪いんだ、きっと」と、ビルが勢いづいて言った。

「そうかしら、あたしに言わせれば、あのひと、あたしたちに一杯食わせようとしてるだけじゃない？　もちろん、時計の音で目はさめてるのよ。でも、聞こえなかったふりをして、あたしたちをかつごうとしてるんだわ」ソックスが言った。

だれもが賞賛と尊敬の目で彼女をながめた。

「なるほど、それも一理あるな」と、ビル。

「あれでけっこうおもむきがあるのよ、あのひと――まさにそういうひとなの」と、ソックス。「まあ見てらっしゃい。きっとけさのお食事には、また一段と遅れて姿を見せるから――みんなへのあてつけにね」

そういうわけで、時計の針が十二時をいくらか過ぎると、大勢《たいせい》はソックスの意見が正しいというほうに傾いた。ただひとり、ロニー・デヴァルーだけがそれに反論した。

「忘れちゃ困るぜ――最初の時計が鳴りだすと、ぼくはすぐに部屋の前まで行ったんだ。二つめ以降で、ジェリーがなにをたくらむ気になったにせよ、最初はやっぱり驚いたはずだろう？　だったら、なにかそれらしき気配があったってよさそうなものじゃないか。ねえポンゴ、きみ、その最初のやつをどこに置いてきたんだい？」

「耳のすぐそばの小テーブルの上ですよ」ベイトマン氏は答えた。

「考えたじゃないか、ポンゴ」ロニーは言った。「ところでだ」と、ビルのほうを向いて、「かりに朝の六時半にだよ、耳のすぐそばでベルがとてつもない大音響をたてはじめたら、きみならなんて言う？」

「えっ、ぼく？　ぼくならさしずめ、ちく――」ビルは語尾をとぎらせた。

「そうだろう、もちろん」ロニーは言った。「ぼくだってそうさ。だれだってそうだろうよ。いわゆる地金ってやつが出てくるんだ、そういう場合は。ところが今度はそうじゃなかった。だからぼくは、ポンゴの説が正しい――例によってね――そしてジェリーは、鼓膜に原因不明の病気をかかえてるんだ、そう言いたいのさ」

「それにしても、もう十二時二十分過ぎよ」女性軍のひとりが憂鬱そうに言った。

「ねえ」ジミーがのろのろと言った。「これはちょっとひどすぎるとは思わないか？いや、冗談は冗談としてさ。しかし、こいつはいささか冗談の度が過ぎる。クート家のひとたちにとっても迷惑だろう」

ビルが彼を凝視した。

「いったいなにが言いたいんだ？」

「なにって、なんとなくその――ジェリーのやつらしくないと思えるんだ」

言おうとすることを言葉に言いあらわすのはむずかしかった。あまり事を大袈裟にしたくはないが、それにしても――ロニーがじっと自分を見つめているのをジミーは感じとった。ロニーは急に緊張しだしたようだった。

ちょうどこのとき、トレドウェルが部屋にはいってきて、ためらいがちにあたりを見まわした。

「ベイトマン様がこちらではないかと思いましたもので」と、彼は弁解がましく言った。

「たったいま、そこのフランス窓から出ていったところだ」ロニーが言った。「なにかぼくでまにあうようなことかい？」

トレドウェルの視線は、ロニーからジミー・セシジャーへと移り、それからまたロニーにもどった。さながら選ばれでもしたように、二人の青年はトレドウェルとともに部屋を出た。トレドウェルが慎重に食堂の扉をとざした。

ロニーが言った。「聞こうじゃないか。なにがあったんだ？」

「じつは、ウェイド様がなかなか起きておいでになりませんので、失礼とは思いましたが、ウィリアムズをお部屋にうかがわせたのでございます」

「で？」

「ウィリアムズは、いましがたたいそうあわてて駆けおりてまいりました」トレドウェルは一息入れた——心の準備をととのえるためだ。「まことにお気の毒なことでございますが、あのかたはどうもお休みちゅうにお亡くなりになったらしいのでございます」

ジミーとロニーはそろってまじまじとトレドウェルを見つめた。

「ばかな」やおらして、ロニーが声を荒らげた。「そんな——そんなことがあってたまるものか。あのジェリーが——」ふいに顔がひきつった。「ぼ——ぼくが一走り行って、見てこよう。あのウィリアムズのばかが見まちがえたのかもしれないからね」

トレドウェルが手をのばして彼をひきとめた。いまや、この執事が完全にこの場を取り仕切っていた。そのことにジミーは気づいたものの、不思議にひとごとのような気持ちしかしなかった。

「いいえ、ウィリアムズの見まちがいではございません。もうカートライト先生をお迎えにやりました。それと、まずはサー・オズワルドにお知らせしなくてはなりませんので、勝手ながらドアに鍵をかけさせていただきました。ではわたくし、ベイトマン様を探しにまいりますので」

トレドウェルは急ぎ足に去った。ロニーは呆然と立ちつくしていた。

「ジェリーが」ぽつりとつぶやく。

ジミーが友人の腕をとると、横手のドアからテラスの人目につかないあたりに連れだして、強引に椅子にすわらせた。

「まあ落ち着けよ、きみ。すぐに気分がよくなるから」やさしくそう声をかける。

だがそうしながらも彼は、いくぶん怪訝そうにロニーを見ていた。ロニーがそれほどジェリー・ウェイドと親しい仲だとは思っていなかったのだ。

「ジェリーのやつも気の毒に。あれほど健康そうな男はなかったのにな」彼は思案げに言った。

ロニーはうなずいた。

「あの時計の一件も、いまとなってみれば後味が悪いな」ジミーはつづけた。「まったくおかしなものじゃないか――茶番が往々にして悲劇とごっちゃになっちまうとは」

ロニーに落ち着きをとりもどす時間を与えるため、彼は少々とりとめなくしゃべりつづけていた。ふと、ロニーがいたたまれぬように身じろぎした。

「早く医者がきてくれないかな。知りたいんだ――」

「なにを?」

「彼の――死因をだ」

ジミーはくちびるをすぼめた。

「心臓かな?」

ロニーは短い、皮肉っぽい笑い声を発した。

「なあロニー」ジミーは声をかけた。

「うん?」

ジミーはその先をつづけにくいのを感じた。

「まさかきみ――なにかその――つまりだな――その、ジェリーが頭を殴られたかどうかした、そんなふうに考えてるわけじゃあるまいな? トレドウェルがドアに鍵をかけたことやらなにやら、そういったことからさ」

自分のこの疑問には、当然なんらかの反応があって然るべきだとジミーは考えたが、ロニーは依然としてまっすぐ前を見つめているきりだった。

ジミーは首をふって、自分もまた無言の行にもどった。いまは待つよりほかになさそうだった。だから待った。

二人の沈黙を破ったのは、トレドウェルだった。

「おさしつかえなければ、先生がお二人に書斎でお目にかかりたいと言っておいでです」

ロニーははじかれたように立ちあがった。ジミーもあとにつづいた。

カートライト医師は、聡明そうな顔だちをした、痩せぎすの、精力的な青年だった。彼は軽くうなずいて二人を迎えた。普段よりもいっそう強く眼鏡を光らせ、いっそう深刻そうな顔をしたポンゴが、紹介の労をとった。

「あなたはウェイドさんのご親友だったそうですね？」と、医師はロニーに問いかけた。

「大の親友でした」

「なるほど。ところで、事件の経過はいたってはっきりしているようです。痛ましいことではありますが。故人は健康な若者だったように見受けられますが、ひょっとして、眠るためになにかを吸うとか、そういった習慣はなかったかどうか、ご存じではありませんか?」

「眠るために?」ロニーは目をみはった。「いつだって丸太ん棒みたいに熟睡するたちでしたよ、彼は」

「眠れないとこぼすのをお聞きになったようなことはない?」

「ありませんね」

「なるほど。事実関係は明快そのものですな。ただし、検死審問は当然ひらかれるでしょうが」

「いったい死因はなんなのです?」

「疑問の余地はまずありません。クロラールの飲みすぎでしょうね。それがベッドのそばにありました。ほかに、瓶とグラスも。痛ましいことです、こういう事故は」

ジミーが質問を発した。彼の思うに、その質問はいまにもロニーの口から出かかっているくせに、なぜか言いだす勇気がないように見受けられたのだ。

「疑わしいふしはないんですね?──その、犯罪の疑いとかは?」

医師は鋭くジミーを見た。

「そうおっしゃる理由はなんです? それを疑われる根拠でもあるんですか?」

ジミーはロニーをうかがった。もしもロニーがなにかを知っているのなら、いまこそそれを持ちだすべきときだ。ところが、意外なことにロニーは、首を横にふった。

「いや、根拠なんかありません」きっぱりと言う。

「じゃあ自殺だとでも——え？」

「ぜったいにちがいます」

ロニーは語気強く言いきった。医師はそれほどはっきり納得したようには見えなかった。

「なにかトラブルでもあったようなことは聞いておられませんか？　金銭問題とか？　女性関係とか？」

またしてもロニーはかぶりをふった。

「それではと、故人の身寄りはどうでしょう。お知らせしなければなりませんからね」

「妹がひとりいます——腹ちがいの妹ですが。ディーン・プライアリーに住んでいます。ここから二十マイルほどのところです。ロンドンにいないときは、ジェリーもそこでいっしょに暮らしていました」

「なるほど。ではそのかたにご通知しなければなりませんな」医師は言った。

「ぼくが行きましょう」ロニーは言った。「いやな役ですが、だれかがひきうけなきゃなりませんから」彼の目がジミーに向けられた。「きみはたしか面識があったよな、その妹さんと？」

「ほんの顔見知り程度さ。一度か二度、ダンスのお相手をしたことがあるだけだ」

「じゃあとりあえずきみの車で行こう。かまわないだろう？　ひとりじゃとてもやりきれないよ」

「ああ、いいとも」ジミーは請けあった。「こっちからそう言いだそうと思ってたところなんだ。そんならちょっと待っててくれ。エンジンをかけてくる」

用事ができて、ジミーはほっとしていた。ロニーのようすも彼をとまどわせた。ロニーはなにかを知っていて、疑ってでもいるのだろうか？　だがもしそうなら、なぜそれを医師には言わなかったのだろう？

まもなく、ジミーの車に乗った二人は、速度制限などといったものを軽く無視して突っ走っていた。

しばらく走ってから、ロニーがおもむろに口をひらいた。「なあジミー、きみはまあ、ぼくのいちばんの親友ってわけだろ？――いまじゃね」

「それがどうした」

ジミーの口調はいくぶんつっけんどんだった。

「きみに話したいことがあるんだ。ぜひともきみに知っといてもらいたいことがね」

「ジェリー・ウェイドのことでか？」

「そう、ジェリー・ウェイドのことでだ」

ジミーは待った。

それから、とうとうしびれを切らしてたずねた。「で？」

ロニーは言った。「話すべきかどうか、迷ってるところなんだよ」

「なぜ？」

「約束みたいなものに縛られててね」

「ほう！　だったら話さないがいいさ」

しばらく沈黙があった。

「だがやっぱり、ぼくとしては、ぜひきみに——な、わかるだろ、ジミー。きみはぼくよりも頭がいいからね」

「そんなの、べつにどうってことないさ」ジミーはつきはなすように言った。

「だめだ、やっぱり言えない」唐突にロニーが言った。

「まあいいさ、好きなようにしたまえ」ジミーは答えた。

長い沈黙のあとで、ロニーがまた口をひらいた——

「どんな女性なんだ？」

「だれが？」

「これから会いにいく子さ。ジェリーの妹だよ」

ジミーはしばらく無言でいたあと、どこかそれまでとはちがって聞こえる声音で言った——

「いい子だよ。じつのところ——いや、すばらしい娘さ」

「ジェリーはその妹をとてもかわいがっていた。よく話題にしてたっけ」

「妹もジェリーをとても慕ってたよ。この——この話を聞いたら、きっとつらい思いをするだろう」

「ああ。いやな役目だ」

そのあとは、ディーン・プライアリーに着くまで、ふたりとも口をきかなかった。

ミス・ロレーンならお庭においでです、とメイドが二人に言った。ミセス・コーカーとお会いになりたいのでなければ——

ジミーは雄弁をふるって、ミセス・コーカーに会いたいわけではない、という趣旨を伝えた。

「だれだい、ミセス・コーカーって？」いくぶん荒れた庭へとまわりながら、ロニーがたずねた。

「ローレンといっしょに暮らしてる婆さんさ」

二人は石畳の小道に出た。その小道のつきあたりに、二匹の黒いスパニエルを連れた娘がいた。小柄な女性で、とびきり色が白く、着古したツイードの服を着ている。ロニーの予想していたのとは、まるきり感じがちがう。いや、じつのところ、いつものジミーの好みのタイプですらない。

一匹の犬の首輪をおさえながら、彼女は小道をふたりのほうへ歩いてきた。

「いらっしゃい。エリザベスのことは気になさらないでね。子犬を産んだばかりで、気が立ってますの」

彼女の物腰はきわめて自然で、笑いながら目をあげたとき、淡い野薔薇の色をした頬の赤みがわずかに深まった。目は濃いダークブルー——矢車菊に似た色だ。

と、とつぜんその目が大きく見ひらかれた——なにかを感じたのだろうか。なぜか、早くも察しがついたかのように。

ジミーがあわてて口を切った。

「ミス・ウェイド、こちら、ロニー・デヴァルーです。ジェリーからうわさは聞いておいでになると思いますが」

「ええ、たしかに」彼女は愛らしく、温かい、歓迎のほほえみをロニーに向けた。「お二人とも、チムニーズ館にご滞在なんでしょう? どうしてジェリーも連れておいでになりませんでしたの?」

「じつは——その——できなかったんです」ロニーが言い、それきり口をとざした。

またしても、ロレーンの目を不安の色がよぎるのをジミーは見てとった。

「ミス・ウェイド、言いにくいんですが——その、ぼくらは悪い知らせを伝えにきたんです」と、彼は言った。

たちまちロレーンは警戒の色を強めた。

「ジェリーのことで?」

「ええ——ジェリーのことで。彼は——」

思いがけない激しさを見せて、彼女は地団駄を踏んだ。

「どうなさったんですの? さあ! 話して——」彼女はいきなりロニーに向きなおった。「あなたから聞かせてくださいな」

ジミーは嫉妬に胸がうずくのを感じた。そしてその瞬間に気づいたのだ——これまでずっと自分にたいして認めるのをためらってきたあることに。どうしてヘレンだのナンシーだのソックスだのが、自分から見ればただの〝女の子〟であり、それ以上のものではなかったのかということに。

重々しく話しだすロニーの声を、彼はなかばうわのそらで聞いていた――

「承知しました、ミス・ウェイド。ぼくからお話ししましょう。ジェリーが亡くなりました」

ロレーンはすこぶる肝の据わった娘だった。息をのみ、たじろぎはしたものの、すぐに気をとりなおして、やつぎばやに質問を浴びせかけはじめた。どのように？　いつ？

ロニーはせいいっぱい穏やかにそれに答えた。

「睡眠薬ですって？　ジェリーが？」

そう問いかえすロレーンの声音には、まぎれもない不信の念があらわれていた。ジミーはちらりと彼女に目を向けた。それはある意味で、注意をうながすかのような目つきだった。天真爛漫なロレーンが、つい言わなくてもいいことまで言ってしまいはしないか、ふいにそんな気がしたのだった。

そのあとは彼がロニーにかわって、できるだけ穏やかに、検死審問が必要となることを説明した。彼女はおののいた。そして、チムニーズ館までご案内しようという二人の申し出を断わり、のちほど単独でうかがうからと言い足した。自分専用の二人乗りの車があるので、足の便については心配はいらない。

「でもいまは――まずひとりになりたいんですの」と、彼女は訴えるように言った。

「わかりますよ」ロニーが言った。

「こちらはそれで結構です」ジミーも言った。

二人とも、どうにも居心地の悪い思いが消えず、困惑しきって彼女を見つめるばかりだった。

「お二人とも、わざわざお越しいただいて、ありがとうございました」

彼らは黙りこくったまま車を走らせて帰ったが、二人のあいだには、なにか気まずいものがただよっていた。

「驚いたな！　ずいぶんしっかりした娘だ」ロニーがぽつりと言った。

ジミーもうなずいた。

「ジェリーはぼくの友人だった。今後もあの娘になにかと心を配ってやるのは、ぼくの義務だろうな」ロニーがまた言った。

「ああ！　そうだとも。もちろんそうだ」

それきり二人は口をつぐんだ。

チムニーズ館に帰り着いたとたんに、ジミーは涙ぐんだレイディー・クートにつかまった。

「お気の毒なかた。お気の毒なかた」しきりに彼女はそうくりかえした。

ジミーはなんとか思いつくかぎりの、その場にふさわしい挨拶を述べたてた。

レイディー・クートは、大勢の親しい友人たちの死について、いちいち微に入り細をうがって話して聞かせた。ジミーはしばらく同情の面持ちで耳を傾けていたが、そのうちやっと、失礼にあたらないように逃げだすことができた。

彼は身軽に階段を駆けあがっていった。ジミーを見ると、ちょうどロニーがジェリー・ウェイドの部屋から出てくるところだった。ロニーははっとしたようだった。

「彼の顔を拝んできたんだ。きみもはいってみるか？」ロニーは訊いた。

「いや、やめとこう」ジミーは答えた。彼は健康な青年であり、死を思いださせられるのを本能的に嫌っていた。

「友人なら当然だと思うけど」

「ほう！　そんなものかな？」ジミーはそう言いながら、どうも今度の事件に関するかぎり、ロニー・デヴァルーの言動はすこぶるおかしい、との印象を心に刻みつけた。

「そうさ。敬意のしるしとしてさ」

ジミーは溜め息をついたが、結局、押し切られた。

「なるほど！　まあよかろう」そう言って彼は、ちょっと身構えながら部屋にはいっていった。

ベッドの上掛けの上には白い花束が置かれ、室内はきちんとととのえられていた。枕の上の動かぬ青ざめた顔に、すばやくジミーは神経質な一瞥を投げた。これがあの無邪気な紅顔のジェリー・ウェイドなのだろうか？　この静かに眠っているような姿が？　ジミーはおののいた。

部屋を出ようとして向きなおったとき、ふと視線がマントルピースをかすめ、とたんに彼は驚いて棒立ちになった。例の目ざまし時計たちが、そこにきちんと一列に並べられている。

彼はあたふたと部屋をとびだした。外でロニーが彼を待っていた。

「穏やかな死に顔だ。気の毒なことをしたな」ジミーはもぐもぐとつぶやいた。

それから、口調をあらためて——

「ところでね、ロニー、だれが時計をあんなふうに並べたんだろう？」

「ぼくにわかるわけがないだろう。召使いのだれかじゃないのか？」

「不思議なのはね、時計が七つしかないことなんだ、八つじゃなく。ひとつなくなってるのさ。きみ、気がついたか？」

ロニーはよく聞きとれない音声を発した。

ジミーは眉根を寄せながら言った。「八つじゃなくて七つなんだ。どういうわけだろ

4　手　紙

「配慮に欠けとるんだ。わしならそう言いたいね」と、ケイタラム卿が言った。

卿の声は穏やかで、悲しげだったが、その口調には、うまい形容詞を見つけたことへの満足感もうかがわれた。

「そうさ、まったくもって配慮に欠けとるよ。ああいう独力でのしあがった男というのは、えてして周囲への気配りが足らん。だからこそまた、莫大な身代を築けるのかもしれんがね」

きょうふたたび自分の手にもどった先祖伝来の家屋敷を、卿は憂鬱そうに見わたした。

卿の息女であるレイディー・アイリーン・ブレント――友人仲間や社交界では、〝バンドル〟の名で通っている――が、声をたてて笑った。

「おとうさまが莫大な身代などおつくりにならないことは確かね」と、手きびしく言う。

「もっとも、クートさんとやらにここをお貸しして、そんなに損はなさらなかったようだけど。どんなかたなの、クートさんって？　りっぱなかた？」

「でかい男さ」ケイタラム卿はかすかに身ぶるいしながら言った。「角張った赤ら顔、鉄灰色の髪。精力家だよ。いわゆる強引な人物ってやつさ。蒸気ローラーを人間に仕立てたら、こうもあろうかという男だ」

「つまり、退屈なひと？」

「おっそろしく退屈なやつさ。やれ節制だ、時間厳守だと、およそうんざりするような美徳をふりまわすやからだよ。そういう精力家と、仕事熱心な政治家と、はたしてどっちが悪いかはわからんがね。わしとしては、お人好しの能なしのほうが、よっぽど好感が持てる」

「お人好しの能なしだったら、おとうさまが請求なさったこの霊廟の家賃なんか、とうてい払いきれなかったところよ」と、バンドル。

ケイタラム卿はたじろいだ。

「その言葉は使ってもらいたくなかったな、バンドル。やっとあのことを忘れかけておったところなんだから」

「なぜおとうさまがそれをそれほど気になさるのか、さっぱりわからないわ。どうせひとはどこかで死ぬんだし」

「だからって、なにもわしの屋敷で死ぬことはなかろうが」

「いいじゃありませんか。いままでだって、ここでは大勢死んでるんですもの。ひいお祖父さんだの、ひい-ひいお祖母さんだの、それはもううんざりするほど」

「それとこれとでは、話がべつだ。ブレント家のものがここで死ぬのは、当然のことじゃないか——それは勘定にははいらん。ただ、他人は迷惑だと言っておるのだ。とくに検死審問というやつはかなわん。こういうことは癖になるからな。二度めだぞ、これで。四年前のあの騒ぎ(『チムニーズ館の秘密』参照)、覚えておるだろう。ついでに言うが、あれはわしに言わせれば、全面的にジョージ・ロマックスの責任だね」

「そして今度は、お気の毒な蒸気ローラーのクートさんの責任だとおっしゃりたいわけ? 迷惑なのは、そのかただってきっとおなじじゃないかしら」

「迷惑至極だ」と、ケイタラム卿は頑固に言い張った。「そもそもああいうことをしかしそうな、そんな連中を泊めるのがまちがっておる。それにな、バンドル、おまえがなんと言おうと、わしは検死審問は好かん。これまでもそうだったし、これからもずっとそうだ」

「でもね、今度のは前のとはちょっとちがうんじゃないかしら。つまり、殺人じゃなかったってことよ」バンドルはなだめるように言った。

「いや、あんがいそうかもしれんぞ——あの鈍物の警部めの騒ぎたてようからすると。あいつ、四年前のあの事件を、まだ忘れておらんのだ。だから、この屋敷でだれか死ぬと、必ずやなにか重大な政治的意味合いがあると考える。あいつの騒ぎようをおまえは知らんかもしれんが、わしはトレドウェルからさんざっぱら聞かされた。指紋の出そうなものは、片っ端から調べたそうだ。それで見つかったのは、むろん、死んだ男のそれだけさ。これほどわかりきった事件はあるまいて——もっとも、自殺か過失死かはまた別問題だがな」

「わたし、一度だけジェリー・ウェイドに会ったことがあるわ」と、バンドルが言った。「ビルのお友達だからだけど、おとうさまもお会いになったらきっと気に入っていらしたはずよ。あれほどお人好しの能なしさんはありませんでしたもの」

「いいや、気に入らんね。わしを困らせるために、わざわざわしの屋敷へきて死ぬようなやつなど、だれが気に入るものか」ケイタラム卿はなおもかたくなに主張した。

「といっても」と、バンドルは言葉をつづけて、「あのひとがだれかに殺されるなんて、とても考えられないけど。思ってみてもばかばかしいわ」

「むろんそうだとも。まあラグラン警部のようなぼんくら以外は、だれだってそう考えるさ」

「たぶん指紋を調べることで、大物にでもなったような気がしたのよ、あの警部さん」と、バンドルはなだめるように言った。「いずれにしても、評決は〝事故死〟に落ち着いたんでしょう?」

ケイタラム卿はうなずいた。

「要は、故人の妹の気持ちもくんでやらねばならなかったってことだろう」

「妹さんがいたの? 知らなかったわ」

「たしか腹ちがいの妹だ。年はだいぶ下でね。ウェイドの親父ってのが、その娘の母親と駆け落ちしたのさ——しょっちゅうそんなことばかりしでかしていた男だよ。他人の細君でないと、食指を動かさないというやつだ」

「よかったわ——いろいろ悪癖はおありでも、おとうさまにもひとつだけないものがあるとわかって」

「わしはいつだって神を畏れるまっとうな生活を送ってきたさ。じっさい不思議なものだ——こっちは他人に迷惑をかけたためしなどないのに、他人からは迷惑をかけられっぱなしというのがな。わしとしては、ただ——」

バンドルがいきなりフランス窓から外へ出ていってしまったので、ケイタラム卿は口をつぐんだ。

「マクドナルド」と、バンドルは澄んだ、威厳に満ちた声で呼びかけた。

専制君主は近づいてきた。見ようによっては歓迎の笑みともとれるものがその口辺に浮かびかけたが、すぐさま、庭師本来の渋い表情にとってかわられた。

「ご用でございますか、お嬢様？」

「どう、元気？」

「はあ、まあ、どうにか」

「ボウリング用の芝生のことで話したかったの。ずいぶん伸びてるわ。だれかに刈らせてちょうだい。いいわね？」

マクドナルドはあやふやに首をふった。

「しかしそういたしますと、ウィリアムを下手の縁どり花壇から引き揚げさせることになりますが」

「下手の花壇なんかどうでもいいわ。いますぐかからせてちょうだい。それからね、マクドナルド——」

「はい、なんでございましょう」

「奥の温室の葡萄、あれをすこし摘んできてちょうだい。摘む時期じゃないのはわかってます——いつだって時期じゃないんだから。でもね、わたしは食べたいの。いいこと？」

バンドルは書斎にもどった。

「ごめんなさい、おとうさま。マクドナルドをつかまえたかったものだから。なにかお話しちゅうでしたっけ？」

「じつはそうなんだが、まあそのことはもういい。マクドナルドになにを話していたのかね？」

「自分を万能の神みたいに思いこんでるのを正してやろうとしたのよ。でも、どうもうまくいきそうもないみたい。クートさんご夫婦がつけあがらせたんじゃないかしら。もっとも、あのマクドナルドなら、大きな蒸気ローラーが一度や二度うなってみせたって、平気の平左でしょうけど。レイディー・クートって、どんなかた？」

ケイタラム卿はしばしその質問について考えた。

それからやっと言った。「わしに言わせれば、シドンズ夫人（セアラ・シドンズ。一七五五〜一八三一。悲劇を得意としたイギリスの大女優）のイメージそのまま、というところかな。たしか素人芝居に熱中していたようだ。時計の一件では、ずいぶん動転していたらしいが」

「なんなの、時計の一件って？」

「わしもトレドウェルから聞いたばかりなんだがね。なんでも、滞在客の連中がなにか悪戯をたくらんだらしい。目ざまし時計をしこたま買いこんできて、それを死んだウェイドの部屋のあちこちに仕掛けたんだそうだ。ところがな、それ、やっこさんが死んじまった。それでいささか事が面倒になったというわけだ」

バンドルはうなずいた。

「その時計のことでは、ほかにもちょっと妙なことをトレドウェルから聞いたよ」ケイタラム卿は、いまではすっかり興に乗ってまくしたてていた。「例の若いのが死んだあとで、それらの時計をぜんぶ集めて、マントルピースの上に並べておいたやつがおるらしいんだ」

「へえ、並べたっていいじゃないの」

「わしにもよくわからんのだがね、その点は。しかし、とにかくそのことで一騒動あったらしい。だれひとり自分がやったと名乗りでるものがおらんのだ。召使いもみんな尋問されたが、そろってそんなものには指一本触れなかったと断言した。じっさい、いささか気味の悪い話さ。そのあと、検死審問でも検死官がその点をいろいろ問いただしたが、知ってのとおり、召使い連中に物の道理を説いて聞かすのは、なかなか面倒なものだからな」

「へんな話ね、まったく」バンドルは相槌を打った。

「言うまでもないことだが、あとになって物事の勘どころをつかむのは、すこぶるむずかしい。トレドウェルから聞かされたことだって、わしは半分ものみこめなかったよ。ついでだがな、バンドル、死んだ若いのが使っておった部屋というのは、おまえの部屋だったそうだぞ」

バンドルは顔をしかめた。

「なにもわたしの部屋で死ななくてもいいのに」と、いくぶん腹だたしげに言う。

「それだよ、それをわしはさっきから言っておるのだ」ケイタラム卿は意気揚々と言った。「要するに、配慮に欠けておるのだ。近ごろの連中ときたら、どいつもこいつもまったく配慮に欠けておる」

「べつにわたし、気にしてるわけじゃないけど」バンドルは敢然と言ってのけた。「だって、気にしなきゃならない理由なんかないでしょう?」

「わしなら気にするがね。おおいに気にするとも。きっといやな夢を見るだろう――亡霊の手とか、がちゃがちゃ鳴る鎖とか」

「あらそう。でも、ルイーザ大伯母様はおとうさまのベッドでお亡くなりになったのよ。大伯母様の亡霊が頭の上をとびまわる夢なんて、ごらんになったことがあって?」

「あるさ、ときどきな。とくにロブスターを食べた晩なんかは」ケイタラム卿は身ぶるいして言った。

「まあいいわ。さいわいわたしは迷信なんて信じないから」バンドルはきっぱり言いきった。

にもかかわらず、その夜、ほっそりしたパジャマ姿で自室の暖炉の前に腰をおろしたとき、つい彼女は、あの陽気な、のんびり屋の青年、ジェリー・ウェイドのことを考えている自分に気づいた。あんなにも生きる歓びにあふれていた青年が、わざわざ自分で命を絶つなんて。とても信じられない。そうだ、やはりもうひとつの解釈があたっているのだろう。彼は睡眠薬を飲もうとして、まったくの不注意から、量を多く飲みすぎたのだ。それなら考えられないでもない。ジェリー・ウェイドが知的能力の面において、余って困るほどのものをかかえていたとは思えないから。

バンドルの視線はマントルピースに移り、それとともに、時計について聞かされた話が頭によみがえってきた。バンドル付きの小間使いは、二番メイドにたっぷりそれを吹きこまれたばかりで、事情に詳しかった。トレドウェルがケイタラム卿に伝えるまでもないと考えたらしいことまでも、小間使いは逐一バンドルに話して聞かせたが、それはバンドルの好奇心をそそった。

七個の時計がきちんとマントルピースの上に並べられていたという。残るひとつは、屋外の芝生で発見されたが、明らかに窓から投げ捨てられたものにちがいなかった。

この点がバンドルには合点がいかなかった。まったく無意味な、ばかげた行為に思われたからだ。メイドのだれかが時計を並べ、あとでそのことを問いただされたため、こわくなって、それを否定しているというのなら、まあ想像がつく。しかし、だれであれ時計をわざわざ庭に投げ捨てるような、そんなメイドがいるわけがない。

それとも、最初に時計がけたたましく鳴りだしたとき、目をさましたジェリー・ウェイドが、腹だちまぎれに投げ捨てたのだろうか。いや、それもちがう。それもやはり考えられない。バンドルが聞いたところによると、彼が死んだのはその日の未明であり、しかも、時計の鳴りだすしばらく前から、昏睡の状態にあったはずだという。

バンドルは眉根を寄せた。この時計の一件はたしかに奇妙だ。ぜひともビル・エヴァズレーをつかまえなくては。彼もその場にいあわせたというのだから。

バンドルにとって、考えることはすなわち行動することである。すぐさま立ちあがった彼女は、書き物机に歩み寄った。全体に象嵌細工がほどこされ、巻き上げ式の蓋がついた机である。その机にむかってすわると、便箋をひきよせ、書きはじめた。

親愛なるビルへ——

そこまで書いて、いったん手を休めた彼女は、伸長式の机の天板をひっぱりだそうとした。板は途中でひっかかった。よくこうなることがあると思いながら、いらだってさらにひっぱったが、いっかな動かない。前に一度、封筒が板にくっついたまま押しこまれ、それがつかえていたことがある。それを思いだして、薄いペーパーナイフをとりあげ、狭い隙間にすべりこませてみた。どうにか白い紙の角をひきだすところまでは成功した。バンドルはその角をつまんでひっぱりだした。手紙の一ページめらしく、いくぶん皺になっている。

真っ先にバンドルの目をとらえたのは、手紙の日付けだった。大きな飾り書きの書体が、いきなり紙面から目にとびこんできた。九月二十一日。

「九月二十一日」のろのろとつぶやいた。「あらやだ、たしかこれは――」

あとの言葉はのみこんだ。そうだ、たしかにそうだ。二十二日はジェリー・ウェイドの死体が発見された日。するとこれは、彼が悲劇の当夜に書いた手紙にちがいない。

バンドルは紙の皺を伸ばすと、目を通しはじめた。書きかけの手紙だった。

いとしいロレーンへ――

水曜日には帰る。すこぶる元気だし、まあまあ楽しくやってもいる。きみに会えるのが楽しみだ。ところで、前にきみに打ち明けた例のセブン・ダイヤルズの件、どうか忘れてくれ。どうせ冗談みたいなものだと思ってたんだが、そうじゃないらしい――冗談どころじゃないんだ。多少ともそれについてしゃべったりしたのを、いまは後悔している――これは、きみのような小娘が巻きこまれるべき性質のものじゃない。だから忘れてくれ。いいね？

まだ書きたいことがあったんだが、ひどく眠くて、どうにも目があけていられない。

そうだ、ラーチャーのことだ。ぼくの思うに――

ここで手紙はとぎれていた。

バンドルは眉間に皺を寄せてすわりこんでいた。セブン・ダイヤルズ。どこにあるんだっけ？　たしかロンドンの、どちらかというとスラム街に近いあたりだったはずだ。もうひとつ、セブン・ダイヤルズという言葉からは、べつのなにかを連想させられるが、それがなんであるかは、いまのところ思いつかない。かわりに注意をひかれたのは、二つの文言だった。「すこぶる元気……」というのと、「ひどく眠くて、どうにも目があけていられない」というところ。

これはしっくりしなかった。どう考えてもしっくりしない。というのも、まさにこの夜にジェリー・ウェイドは大量のクロラールを飲み、二度とめざめなかったのだから。もしもこの手紙に書いていることが真実ならば、なぜ睡眠薬など飲む必要があったのだろう？

バンドルは首をふった。そして部屋のなかを見まわし、かすかに身ぶるいした。もしかして、ジェリー・ウェイドがいまこちらを見まもっているとしたら？　まさにこの部屋で彼は死んだのだから——

彼女は身じろぎもせずにすわっていた。室内の静寂を破るのは、彼女の小さな金の置き時計が時を刻む音だけだった。その音は、不自然に大きく、意味ありげに聞こえた。

バンドルはちらりとマントルピースを見やった。心の目に、ひとつの光景がまざまざと浮かびあがってきた。ベッドに横たわって死んでいる男。そしてマントルピースの上で時を刻んでいる七個の時計——ちくたく、ちくたくと、ひどく耳につく、不吉な音で……ちくたく……ちくたく……

5　路上の男

「おとうさま」と、バンドルがケイタラム卿専用の安息所のドアをあけ、首をのぞかせながら言った。「わたし、イスパノでロンドンへ行こうと思うの。ここの単調さには、もう飽きあきしてきたから」

「しかし、きのう帰ってきたばかりじゃないか」ケイタラム卿は不満そうに言った。

「ええ。でもそれが百年もたったような気がするんですもの。田舎がこんなに退屈だなんて、すっかり忘れてたわ」

「わしはそれには同意できんな。平和じゃないか――そうだとも、平和そのものだ。それにな、居心地もしごくいい。トレドウェルのもとに帰ってこられて、なんとも言えんほど満ち足りた気持ちだよ。あれはわしがくつろげるように、申し分なく気を配ってくれるからな。けさなんかも、だれやらがあらわれて、ここでガールガイドの符合《タリー》をやらせてもらえんものかと――」

「会合《ラリー》よ」バンドルは口をはさんだ。

「ラリーだろうとタリーだろうと——おなじようなもんだ。ばかげた呼び名に意味などありはせん。ところがこっちはそのおかげで、なんとも間の悪い立場に立たされるところだった——断わらねばならなかったからな——ほんとは断わるべきではないんだろうが。しかしだ、トレドウェルが急場を救ってくれたよ。なんと言ってやったのかは忘れたが、なかなかの名文句だった——だれの感情も傷つけず、それでいて、向こうの思いつきをきれいさっぱり断念させるような、そんな名文句だ」

「でもね、わたしにとっては、居心地がいいだけじゃ不足なの」と、バンドルは言った。

「わたしは刺激がほしいのよ」

ケイタラム卿は身ぶるいした。

「刺激ならば、四年前にいやってほど味わったはずじゃないのかね？」と、愚痴っぽく言う。

「もっとあったっていいくらいよ。ロンドンへ行けば、それが見つかると期待してるわけでもないけど。とにかく、あくびであごの骨をはずすなんて、まっぴらごめんなの」

「わしの経験からすれば、わざわざいざこざを探してまわるような手合いは、えてしてそれにぶつかるものと相場が決まっとるんだ」ケイタラム卿はあくびをした。それからつけくわえて、「とはいうものの、ロンドンへ出かけるという思いつきは、けっして悪くはないとわしにも思えるね」

「じゃあ行きましょう」バンドルは言った。「でも、早く支度してくださいね。わたし、急いでるんですから」

椅子から腰を浮かしかけたケイタラム卿は、そのまま固まってしまった。

「いま急いでいると言ったかね？」と、さぐるようにたずねる。

「ものすごく急いでるわ」と、バンドル。

「じゃあこの話はこれまでだ。わしはやめておく。急いでおるときのおまえが運転するイスパノに乗ってみろ――ま、年寄りには向かんね。わしは遠慮する」

「ご随意に」そう言って、バンドルは退散した。

入れちがいに、トレドウェルがあらわれた。

「御前《ごぜん》様、教区の牧師様がぜひともお目にかかりたいとのことで。なにやらボーイスカウトの現状について、芳しからざる議論が持ちあがっておりますとか」

ケイタラム卿はうめいた。

「じつは御前様、たしかご朝食のおりに、その問題で牧師様とご相談なさるから、午前ちゅうに村までお出かけになるおつもりだと、かようにおっしゃられたのをわたくし、うかがったような気がするのでございますが」

「そのことを牧師さんに言ってやったのか？」ケイタラム卿は勢いこんでたずねた。

「はい、申しあげました。牧師様は――まあ、こう申してはなんですが――足もとに火がついたように飛んで帰られました。これでよろしかったでしょうか」

「もちろんだとも、それでよかったのだ、トレドウェル。おまえのやることは、いつも当を得ておる。まちがったことなど、やろうと思ってもできはせんのさ」

トレドウェルはにっこり笑ってひきさがった。

いっぽうバンドルは、門の前でいらいらしながらクラクションを鳴らしていた。門番小屋から小さな女の子が弾丸のようにとびだしてき、あとを追いかけて、母親のせきたてる声が聞こえた。

「さあ、早く早く、ケイティー。いつものことだけど、お嬢様はお急ぎなんだから」

いかにも、性急なのはバンドルの持って生まれた性格だった。とくに車を運転するときがそうだった。優秀なドライバーとしての技量と度胸とが、彼女にはそなわっていた。そうでもなかったら、そんなにむこうみずなとばしかたでは、一度ならず悲惨な大事故をひきおこしていたことだろう。

さわやかな十月の一日で、空は青く澄み、まばゆい日ざしが降りそそいでいた。肌を刺すような秋冷の気が、バンドルの頬を紅潮させ、生きる喜びで胸をいっぱいにした。

その朝、彼女は短い説明の手紙を付して、ジェリー・ウェイドの未完の書簡をディーン・プライアリーのロレーン・ウェイドに送っておいた。その手紙が残した奇妙な印象は、いまや白昼の日ざしのもとでいくらか薄れかけてはいたが、それでも、その内容にはぜひとも解明の必要があるという考え、これは強く心にこびりついていた。いずれビル・エヴァズレーをつかまえて、悲劇に終わったそのハウスパーティーの一部始終を、詳しく訊きただすことにしよう。それにしても、なんと気持ちのいい朝だろうか。普段よりもいっそう快適な気分だし、イスパノはまるで夢のような走りを見せている。

バンドルがアクセルを踏みこむと、イスパノはすぐさまそれにこたえた。何マイルかがあっというまに過ぎ去った。交通量はほとんどゼロ、ときおりぽつりぽつりと対向車に出くわすくらいで、前方には、さえぎるもののない一本道がどこまでものびている。

と、ふいに、まったくなんの前ぶれもなく、ひとりの男が路傍の生け垣からふらふらとあらわれて、車の真ん前によろめきでてきた。ぶつかる前に車を停めるのは、とうてい不可能だった。バンドルは力いっぱいハンドルを切り、車を右へ向けた。あやうく溝につっこみそうになったが、間一髪、避けることができた。危険な離れ業だったが、とにかく避けられた。男にぶつけずにすんだと、バンドルはほぼ確信した。

ところが、ふりかえってみたとき、みぞおちのあたりにむかつく感じがこみあげてきた。車は男を轢いてはいなかったが、すれちがいざまにひっかけたのに相違なかった。男はうつぶせに路上に倒れていて、不吉にも身じろぎひとつせずにいる。

バンドルは車からとびおりるなり、そのそばへ駆けもどった。これまで、路上に迷いでてきためんどり以上に大きなものなど、轢いたことがない。この事故がこちらの落度ではないという事実も、いまの彼女には気休めにはならなかった。男は酔っているように見えたが、酔っていようがいまいが、自分が轢き殺したことに変わりはない。自分がこの男を轢き殺したこと、それを彼女は信じて疑わなかった。心臓は気が遠くなるほど激しく高鳴り、耳のなかで血が逆流した。

倒れた男のそばにひざまずいた彼女は、こわごわその体を仰向けにしてみた。男はうめきもせず、うなりもしなかった。見れば、まだ若い男だ。感じのいい顔だち、身なりも悪くない。鼻下に小さな歯ブラシのような口髭をたくわえている。

外傷はどこにも見あたらなかったが、男がすでに死んでいるか、でなくとも、瀕死の状態にあることはまちがいなかった。と、そのとき、まぶたがひくひくと動いて、目が半眼にひらいた。哀れを誘う目だ——茶色で、物悲しげな、犬の目のような。男はなにかを言おうとしているようだった。バンドルは男の上にかがみこんだ。

なにやら言いたいことがあるらしい。それははっきりしていた。命がけで訴えたいことがあるのだ。なのに、手助けしてやれない。なにもしてやることができない。

「セブン・ダイヤルズ……伝えて……」かすかな吐息のような声。

「はい？　なんですか？」

かろうじて声が漏れてきた――かすかな吐息のような声。

「セ、セ、ブ、ン・ダ、イ、ヤ、ル、ズ……伝、え、て……」

「はい？」バンドルはまた訊きかえした。男の言おうとしているのは、どうやら名前らしい――消えかかる力をふりしぼって、なんとか言おうとしている。「なんですの？　だれに伝えたらいいんですか？」

「伝、え、て……ジ、ミ、ー・セ、シ、ジャ、ー……」やっとそれだけを口にすると、ふいに男の頭ががくりとのけぞり、体から力が抜けた。

バンドルは身を起こしてしゃがんだ姿勢になったが、頭から足の先までふるえが止まらなかった。こんな恐ろしいことがわが身に起きるなんて、夢にも考えたことはなかった。男は死んだ――そしてこの自分なのだ、男を死なせたのは。

彼女は気力を奮い起こそうと努めた。さて、どうしたらいいだろう？　医者？――まず考えたのはそれだった。ひょっとすると――万にひとつの望みだが――男は死んだのではなく、ただ意識を失っているだけなのかも。そんなことはありえない、と本能が叫びたてているが、彼女はしいてその可能性に賭けてみることにした。まずはなんとかして車に運びこみ、最寄りの医者へ連れてゆく必要がある。人里離れた田舎道で、手を貸してくれるものとていそうもないが、しかたあるまい。

華奢な体つきに似げなく、バンドルは力が強かった。強靭な筋肉の持ち主なのである。イスパノをできるだけ男のそばまで持ってゆくと、あらんかぎりの力をふりしぼって、ぐったりした体をひきずりあげ、車のなかにひっぱりこんだ。ぞっとする作業だったが、それでも歯を食いしばって、なんとかやりとげた。

それから、運転席にとびのり、走りだした。二マイルほど行ったところに小さな町があり、そこでたずねると、すぐに医者の家を教えられた。

キャッセル医師は、親切そうな中年の男だった。診察室にはいってきた彼は、いまにも気を失わんばかりの若い女性をそこに認めて、ひどく驚いた。

バンドルはいきなり言った。

「ひ――ひとを死なせてしまったらしいんです。轢いてしまったんです。車に乗せて連れてきました。外にいます。あ――あんまりとばしすぎたんじゃないかと思います。いつもとばしすぎるんです」

医師は物慣れた視線を彼女に向けるなり、棚に歩み寄って、グラスになにかをつぎ、それを彼女に手わたした。

「これをお飲みなさい。気分が落ち着きます。だいぶショックを受けておいでのようですから」

バンドルは言われるままにそれを飲み干した。青ざめた頬にかすかに赤みがさしてきた。医師は満足げにうなずいた。

「それでいい。さてと、あなたはここで待っておいでなさい。わたしが行って、見てきますから。その気の毒な怪我人に手のほどこしようがないとわかったら、そのうえであらためて事情をうかがうことにしましょう」

医師はしばらくもどってこなかった。バンドルはマントルピースの上の時計を睨んでいた。五分、十分、十五分、二十分——もどってこないつもりだろうか？

それから、ようやくドアがひらいて、キャッセル医師が姿をあらわした。表情が変わっている——バンドルは一目で気がついた——前よりもきびしさが増し、同時に、いっそうきびきびしたところがあらわれている。態度にも、なにか彼女にははかりしれないもの——押し殺した興奮のごときものが感じとれる。

「さて、ではお嬢さん、事情をはっきりさせるとしましょう。あの男を轢いたとおっしゃいましたね？　事故がどのように起こったのか、それを話してみていただけますか？」

バンドルは最善を尽くして説明に努めた。医師は一言も聞きのがさぬように聞き入っていた。

「なるほど。では、車が体の上を通過したというわけじゃないんですね？」

「ええ。じつをいうとわたし、どうにか避けたつもりだったんです」

「よろよろしていたとおっしゃいましたね？」

「ええ。お酒に酔っているのかと思いました」

「で、出てきたのは生け垣の途中から？」

「ちょうどそこに木戸があったような気がします。きっとその木戸から出てきたのにちがいありません」

医師はうなずいた。そして椅子の背にもたれると、鼻眼鏡をはずした。

「まあだれが見ても明らかですな——あなたが乱暴な運転をなさるということは。このままいくと、いつかはだれかを轢き殺すようなことにもなりかねませんよ——しかし、きょうのところは、さいわいそうではなかった」

「でも——」

「車はあの男をかすってもいません。彼は射殺されたのです」

6 セブン・ダイヤルズふたたび

バンドルは医師を見つめた。やがて、それまで四十五分間にわたってさかさまになっていた世界が、徐々に、徐々に動きだして、本来の位置にもどった。バンドルが口をきいたのは、たっぷり二分もたってからだったが、そのときにはもはや、パニックに打ちひしがれた若い娘ではなく、いつもの冷静かつ有能な、論理的な思考のできるバンドルにもどっていた。

「どうして撃たれたりしたんでしょう？」と、彼女は言った。

「どうしてだか、そこまではわたしにもわかりません」と、医師はぶっきらぼうに言った。「しかしいずれにせよ、撃たれたことはまちがいない。体内には小銃弾が残っていました。内出血でしたから、それであなたは気がつかなかったんでしょう」

バンドルはうなずいた。

「問題は」と、医師は言葉をつづけて、「だれが撃ったのかということです。近くにひとの姿を見かけませんでしたか？」

バンドルはかぶりをふった。

「へんですな。誤って撃ったのだったら、撃った本人があわてて救助に駆けつけそうなものです——自分のやったことに気がついていないのならべつですが」

「だれも近くにはいませんでしたわ——すくなくとも路上には」

「思うに、あの気の毒な男は走っているところだった——ちょうど木戸を通り抜けようとしたときに弾があたり、そのまま道路によろめきでるかたちになった。銃声は聞きませんでしたか？」

バンドルは首を横にふった。

「でも、どっちみち聞こえなかったろうと思いますわ——エンジンの音で」

「なるほど。で、死ぬ前になにか言いませんでしたか？」

「二言三言つぶやきましたけど」

「事故について手がかりになりそうなことは、なにも言わなかった？」

「ええ。なにか言いたそうではありましたけど——なんだったかはわかりません——ただ、お友達に伝えてほしいって。ああ、そうだわ、セブン・ダイヤルズがどうとか、とも言ってましたっけ」

「ふうむ」キャッセル医師はうなった。「彼のような階層の人間が住む場所じゃありませんな、そこは。ひょっとすると、加害者がそこの住人だということかもしれん。ま、それはいま考えなくてもいいでしょう。事故のことはわたしにおまかせなさい。警察へはわたしから届けます。もちろん、お名前とご住所をお訊きしておく必要はありますが。警察が事情を訊きたがるはずですから。ほんとのことをいうと、これからわたしといっしょに警察へ行っていただくのがいちばんいいんですがね。おひきとめしておくべきだった、そう言われるかもしれませんから」

二人は連れだってバンドルの車で出かけた。応対に出た警部は、ゆっくりした口のききかたをする男だった。バンドルから姓名と住所を告げられると、いくぶん気おされたかのようなそぶりを見せた。そして彼女の陳述を細心の注意を払って書きとめた。

「悪ガキどもだ！」と、警部は言った。「悪ガキどものしわざに決まっている！　がさつで、低能で、わるさばかりするろくでなしども。むやみやたらに鉄砲をぶっぱなして、生け垣の向こうにひとがいるかもしれん、などとは思ってもみないやつら」

それはおよそありそうにない解釈だと医師は思ったが、いずれ事件はもっと有能な当局者の手のゆだねられるだろうとわかっていたので、あえて異は唱えなかった。

「被害者の名は？」そばの巡査部長が、鉛筆をなめなめたずねた。

「名刺入れを持っていました。オールバニーに住むロニー・デヴァルー氏のようですな」

バンドルは眉をひそめた。ロニー・デヴァルーという名が、ある記憶を呼びさましたのだ。たしかにこの名は、前にも聞いたことがある。

チムニーズ館への帰路、道を半分までも行かないうちに、それを思いだした。道理で聞き覚えがあるはずだ！　ロニー・デヴァルー。外務省に勤めるビルの友人。ロニーとビル、そして——そう——ジェラルド・ウェイド。

この最後の名に思いあたったとたん、バンドルはあやうく車ごと生け垣につっこみそうになった。はじめがジェラルド・ウェイド——つぎがロニー・デヴァルー。あるいはジェリー・ウェイドの場合は、その死はごく自然なもの——たんなる不注意の結果であったかもしれない。けれども、ロニー・デヴァルーのそれには、ぜったいになにか、もっと不吉な意味が隠されている！

そのうち、さらにべつのことも記憶によみがえった。セブン・ダイヤルズ！　瀕死の男がそれを口にしたとき、なんとなく聞き覚えがあるような気がしたのだが、いまそのわけがわかった。ジェラルド・ウェイドが死の前夜に妹に宛てて書いたあの手紙、あれのなかに、セブン・ダイヤルズの名が出てくるのだ。しかもそれがまた、もうひとつべつのなにかに結びついているのだが、それがなんなのか、いまは思いだせそうで思いだせない。

とつおいつ考えあぐねているうちに、車のスピードはしだいに落ち、はたから見ても、それを運転しているのがバンドルとは思えないぐらいの、ごくまともな速度になった。屋敷のガレージへ車をまわした彼女は、その足で父を探しにいった。

ケイタラム卿は、ゆったりとくつろいで、近く行なわれる稀覯本の売り立てのカタログに目を通していたが、バンドルの姿を見ると、ひどく驚いた。

「いくらおまえでも、こんなに早くロンドンへ行って帰ってこられるものかね」

「ロンドンへは行かなかったの。ひとを轢いちゃったのよ」

「なんだと？」

「さいわい、実際はそうじゃなかったんだけど。そのひとは射殺されたの」

「どうして射殺されたりしたんだ？」

「知るもんですか。でも、とにかく撃たれて死んだのよ」

「しかし、なんだっておまえはそいつを撃ったりしたんだ？」

「わたしが撃ったんじゃないわ」

「ひとなんか撃つもんじゃないぞ」と、ケイタラム卿はやんわりたしなめる口調で言った。「ほんとにいかんよ、それだけは。まあなかには撃たれて当然と言いたいようなやからもおらんことはないが——それにしても、ひとを撃ったとあっちゃ、穏やかにはすむまい」

「わたしが撃ったんじゃありませんってば」

「だったら、だれがやったんだ？」

「知るもんですか」

「ばかばかしい。だれもやったやつがいなくて、ひとがひとりでに撃たれたり、轢かれたりするものか」

「轢かれたんじゃないわ」

「さっきそう言ったんじゃなかったか？」

「轢いたと思った、そう言っただけよ」

「タイヤのパンクだな、きっとそうだ。あれは銃声によく似ておるからな。とにかく探偵小説にはそう書いてある」

「おとうさまって、ほんとにどうしようもないわね。兎ほどの脳味噌もないみたい」

「ばかを言いなさい。おまえのほうこそ、ひとが轢かれたとか撃たれたとか、わけのわからん話を持ちこんできおって。さっぱりのみこめん。それでいて、手品みたいに、それをなにもかものみこめと言うんだからな」

バンドルはほとほと疲れたというように溜め息をついた。

「じゃあね、よく聞いててくださいな。わかりやすい言葉で逐一説明してさしあげますから」

話しおわると、彼女は言った。

「さあ、これですっかりのみこめたでしょ？」

「もちろんだ。今度はすっかりのみこめたよ。おまえがすこしく興奮しておるのも無理はないようだ。これで、さいぜん出かける前にわしが言って聞かせたこと、それもそう見当はずれではないとわかったろう――わざわざいざこざを探してまわるような手合いは、えてしていざこざに出くわすはめになる、とな。やれやれ」と、ケイタラム卿はかすかに身ぶるいしながら言葉を結んで、「やっぱりおとなしくここに残ることにして、正解だったよ」

卿はふたたびカタログを手にとった。

「ねえおとうさま、セブン・ダイヤルズってどこにあるの？」

「イーストエンドのどこかだろうな。そこ行きのバスをよく見かけたことがある――いや、あれはセブン・シスターズだったかな？　幸か不幸か、自分では行ったことがないんでね。それでよかったのさ——わしの好きになれるような場所とも思えんから。それにしても、おかしいな——なぜかごく最近、それにかかわりのあることを耳にしたような気がする」

「もしかして、ジミー・セシジャーってひと、ご存じないでしょうね？」

ケイタラム卿は、早くもまたカタログに熱中しだしていた。セブン・ダイヤルズについては、それでも多少は思案を働かせようとしたようだったが、今度はもうその気もなさそうだった。

「セシジャー。セシジャーとね」漠然とそうつぶやく。「ヨークシャーのセシジャー家のものか？」

「それを訊いてるのよ。ねえ、おとうさまったら、これは大事なことなんですってば」

ケイタラム卿は、実際にはほとんどその問題を考えることもなく、ただうわべだけは知恵を働かせているふりをしようと躍起になった。

「たしかヨークシャーにはセシジャー家というのがあったはずだ」と、しかつめらしく言う。「それから、わしの思いちがいでなければ、デヴォンシャーにもセシジャー家がいくつかある。おまえの大伯母さんのセリーナは、セシジャー家へ嫁にいったんだ」

「それがいまの話にどう役に立つとおっしゃるのよ！」バンドルはいきりたって叫んだ。

ケイタラム卿はくっくと笑った。

「セリーナにとってもそうだったようだな、わしの記憶に誤りがなければ」

「もう、あきれたわ、おとうさまには」バンドルは腰をあげながら言った。「やっぱりビルをつかまえなきゃならないみたい」

「ああ、それがいい、そうしなさい。ぜひともそうすることだ。まったくだよ」と、彼女の父はページをくりながらうわのそらで言った。

バンドルはいらだたしげな溜め息をついて立ちあがった。

「あの手紙がそのことをなんと言ってたか、それを思いだせるといいんだけど」と、ひとに聞かせるというよりは、むしろ独り言のようにつぶやく。「それほど注意して読んでいなかったものだから。たしか、冗談がどうとかって書いてあったわ――セブン・ダイヤルズのことは、冗談じゃなかったとかなんとか」

ふいにケイタラム卿がカタログから顔をあげた。

「セブン・ダイヤルズだと？　そうか、いま思いだしたよ」

「なにを思いだしたの？」

「道理で聞き覚えがあると思ったんだ。さいぜんジョージ・ロマックスがきたんだよ。今度ばかりはトレドウェルのやつがへまをやって、奥に通してしまったわけさ。ロンドンへ行く途中だとかでね。なんでも、来週やっこさんの屋敷で、なにか政治がらみのパーティーがあるんだそうだが、それについて警告状を受け取ったとかいうんだ」

「警告状？　どういうことなの？」

「いや、わしもじつはよくわからんのだ。詳しく聞いたわけじゃないんでね。なんでも、〝気をつけろ〟とか、〝近いうちに事件が起きる〟とか、そんなことが書いてあったらしい。だがとにかく、それがセブン・ダイヤルズから送られてきたものだった。彼がそう言っておったのを、はっきり覚えておる。ロンドン警視庁に相談にいくところだってことでね。ジョージのことは、おまえも知っておるだろう？」

バンドルはうなずいた。その公共精神に富む閣僚、公共の場での自分の演説の文句を、私的な場でも引用したがる悪癖のため、みんなから敬遠されているというジョージ・ロマックス外務次官のことなら、彼女もよく知っている。目玉がとびだしかげんなので、多くのひとから――ビル・エヴァズレーもそのひとりだが――鱈《コダーズ》という名で知られてもいる。

「ねえ、教えてくださいな」と、バンドルは言った。「コダーズはジェラルド・ウェイドが死んだことに、多少なりと関心があるみたいでした？」

「とくに聞かなかったがね。むろん関心ならあるだろうさ」

バンドルはしばらく黙りこんだ。その朝ローレーン・ウェイドに送っておいた手紙の正確な文言、それを思いだそうと懸命だったのだ。と同時に、その受取人である女性のようすを心に思い描こうともしてみた。どうやらジェラルド・ウェイドが溺愛していたらしいその妹、どんな女性なのだろう。考えれば考えるほどあの手紙は、兄が妹に書き送るものとしては、内容が普通ではないように思われてくる。

「ウェイドという娘さん、ジェリーの異母妹だとおっしゃってたわね？」と、バンドルはだしぬけにたずねた。

「いや、まあ、厳密に言うとな、そうじゃない——なかったと思う。血のつながった妹じゃないんだ」

「でも、姓はウェイドなんでしょう？」

「それもじつはそうじゃない。先代のウェイドの子じゃないんだ。前にも言ったように、ウェイドは二度めの細君と駆け落ちしたんだが、その女の亭主ってのは、しんからやくざな男でね。裁判所はそのやくざな亭主に、娘にたいする親権を与えたらしいが、そいつはぜんぜんその権利を行使する気がなかった。ところが先代のウェイドがその子をひどく気に入って、どうしても自分の姓を名乗らせると言い張ったわけだ」

「なるほどね。それで納得がいったわ」

「納得がいったって、なにが？」

「ジェリーの手紙のことで、どうにも腑に落ちなかった点がよ」

「なかなかきれいな娘らしい。いや、すくなくとも、そう聞いている」と、ケイタラム卿。


バンドルは思案にふけりながら二階へあがった。いくつかの目論見ができあがろうとしていた。まず第一に、問題のジミー・セシジャーを見つけださなくてはならない。それについては、たぶん、ビルが力になってくれるだろう。ロニー・デヴァルーはビルの友人だった。もしもジミー・セシジャーがロニーの友人であれば、ビルもまたジミーを知っている可能性がある。それからもうひとつ、ロレーン・ウェイドという女性のこと。彼女がセブン・ダイヤルズの問題について、なんらかの光明を投げかけてくれるということは考えられないでもない。明らかにジェリー・ウェイドは彼女に、それについてなにかを話している。それを忘れるようにという彼女への助言からも、なにやら不吉なにおいがただよってくるようだった。

7　バンドル訪問する

ビルをつかまえるのにはなんの造作もなかった。あくる朝、ロンドンへ車を走らせたバンドルは——このたびはさいわい何事もなく——着くとすぐにビルに電話した。ビルは勢いこんで応答し、昼食をいっしょにしないか、お茶はどうだ、夕食は、ダンスは、とやつぎばやに誘いをかけてきた。それらの誘いを、バンドルは片っ端から断わった。

「一日か二日のうちにはね、つきあってあげてもいいわ、ビル。でも、いまは大事な用件があるの」

「へえ、そいつはうんざりだ」

「いいえ、そんなんじゃないの。うんざりどころじゃないのよ。ねえビル、ひょっとしてジミー・セシジャーってひと、知らない？」

「もち、知ってるよ。きみだって知ってるだろうに」

「いいえ、わたしは知らないわ」

「そうかなあ。知ってるはずだぜ。だれだってジミーのことなら知ってるはずだ」

「悪かったわね」バンドルは言った。「今度ばかりはわたし、その〝だれだって〟のなかにははいらないみたい」

「へええ！　でも知ってるはずだがなあ――いわゆる紅顔の美青年ってやつだよ。見た目はちょっと抜けてる感じだけど、実際にはまあぼくぐらいの脳味噌ならあるんだ」

「よく言うわね。それじゃきっと、歩くときに頭のほうがちょっと重たく感じるんじゃない？」

「それ、皮肉かい？」

「つたないながら、そのつもりだったわ。で、ジミー・セシジャーって、なにをしてるの？」

「どういう意味だい？、なにをしてるか、とは？」

「外務省にお勤めしてると、母国語がわからなくなるの？」

「ああ、なるほど！　つまり、職業を持ってるかということかい？　いや、あいつはただぶらぶらしてるだけだ。なんにもしないで食っていける、いいご身分なのさ」

「要するに、お金のほうが脳味噌よりもたくさんあるってわけ？」

「いや、そうとも言えないな。たったいま言ったとおりさ――あれで思いのほか、頭はいいんだ」

バンドルは黙りこんだ。だんだん自信がなくなりかけてきていた。そういうお金持ちの御曹司では、頼もしい味方になってくれそうには思えない。だがそれでいて、瀕死の男の口から真っ先に漏れて出たのは、その御曹司の名なのだ。ふいにビルの声が、奇妙にこの場にふさわしい響きをもって彼女の思念に割りこんできた。

「ロニーはいつもあいつの頭脳を高く買っていたよ。知ってるだろう、ロニー・デヴァルーさ。セシジャーはロニーの大の親友なんだ」

「ロニーは――」

心を決めかねて、バンドルはあとの言葉をのみこんだ。明らかにビルは、ロニーの死んだことをまだ知らずにいる。このときはじめて、けさの新聞にあの事件のことが一行も載っていなかったのは、おかしいという気がしてきた。あれこそは絶好の新聞種になりそうな事件なのに、それが見のがされるなどということはありえない。とすれば、考えられる理由はひとつ、ただひとつしかない。警察当局が独自の判断でわざと事件を伏せているのだ。

ビルの声はつづいていた。

「そういえば、ここんとこしばらく、ロニーのやつには会っていないな――きみの屋敷に滞在してたあの週末以来だ。ほら、ジェリー・ウェイドが死んだ、あのときさ」

ちょっと間をおいて、ビルはまたつづけた。

「じっさいへんな事件だったよ。きみも聞いてると思うけど。ねえバンドル――聞こえてるのか？」

「聞こえてるわよ、ちゃんと」

「あんまり長いこと黙ってるから、もう電話を切っちまったのかと思いはじめたところだ」

「そうじゃないの。ちょっと考え事をしてただけ」

ビルにロニーの死んだことを話すべきだろうか。思案したすえに、なにも言わずにおくことにした――どっちにしろ、電話で話せるような事柄ではない。だが近いうちに、ごく近いうちに、ぜったいビルとは会う必要がある。それまでは――

「ビル？」

「ああ」

「あしたの晩、お食事をつきあってあげてもいいわ」

「いいね。そのあと、ダンスに行こう。話したいことが山ほどあるんだ。いや、じつのところ、あれ以来だいぶ落ちこんでるところでね――まったく、ついてないっていうか、なんていうか――」

「わかったわ、そのことはあした聞かせてもらうから」バンドルはいくぶんそっけなくビルの言葉をさえぎった。「ところで、教えてほしいんだけど――ジミー・セシジャーって、どこに住んでるの？」

「ジミー・セシジャーだって？」

「そのとおりよ」

「ジャーミン街にフラットを持ってる――いや、ジャーミン街じゃなくて、べつのどこかだったかな？」

「その第一級のおつむを働かせてちょうだいよ」

「そうだ、ジャーミン街だ。ちょっと待っててくれ。いま番地を調べるから」

しばらく間があった。

「まだ待ってる？」

「待ってるわよ、ずっと」

「いや、このぼろ電話じゃ、いつ切れるか知れたもんじゃないからね。番地は一〇三だ。わかった？」

「一〇三ね。ありがとう、ビル」

「ああ。それにしても——住所を聞いてどうするつもりだい？　あいつのことは知らないって、さっき言ったばかりじゃなかった？」

「言ったわ。でも、あと三十分のうちには知り合いになるわよ」

「あいつの住まいを訪ねようっていうの？」

「そのとおりよ、シャーロック・ホームズさん」

「まあそれはいいけど、しかし——その、第一にね、あいつはまだ起きちゃいないよ」

「起きていない？」

「じゃないかと思うんだ。つまり、起きなくてもいいご身分だってことさ。そういう面から見てほしいね。きみはわからないだろうけど、毎朝十一時までにここへ出てくるってての、これは並みたいていのことじゃないんだぜ。しかも、ちょっとでも遅刻しようものなら、ここぞとばかりコダーズが騒ぎたてる。ほんとにきみなんかにはわかりっこないんだ。こういう生活がどんなにみじめなものか——」

「そのことはまたあすの晩、ゆっくり聞かせてもらうことにするわ」バンドルは急いでさえぎった。

受話器をがちゃんと置いた彼女は、しばし状況を判断してみた。まず時計を見る。十二時二十五分前。ビルは友人の習慣を熟知しているようなことを言っているが、自分としては、いかなジミー・セシジャー氏でも、いまごろはもう起きだして、訪問客を迎えられる態勢になっていると信じたい。彼女はまっすぐジャーミン街一〇三番地へタクシーをとばした。

ドアをあけたのは、隠退した紳士の従僕なる人種の、完璧な見本とでも言うべき人物だった。その顔は無表情かついんぎんそのもの、ロンドンのこの界隈で、とくによく見かける顔つきだ。

「どうぞこちらへ」

その従僕がバンドルを案内したのは、二階の一室、いかにも居心地のよさそうな居間だった。大きな革張りの肘かけ椅子がいくつも配置されていて、その巨大な椅子のひとつに、まるで沈みこむように腰をおろしているのは、バンドルよりもいくぶん年若な、もうひとりの女性だった。小柄で色白、黒衣に身をつつんでいる。

「どなたさまとお取り次ぎいたしましょうか？」

「名前は申しあげられません」と、バンドルは言った。「ただ、大事な用件でセシジャーさんにお目にかかりたいと、それだけお伝えください」

従僕はもったいぶって一礼すると、音もなくドアをしめてひきさがっていった。

しばらく沈黙があった。

ややあって、色白の娘がおずおずと言った。「すてきな朝ですわね」

「とても気持ちのいい朝ですわ」と、バンドルも相槌を打つ。

またしばらく会話がとぎれた。

それからバンドルがもう一度会話を試みた。「けさ、田舎から車で出てきましたの。またひどい霧になるかと思いましたけど、さいわい晴れましたわね」

「ええ、ほんとに」相手の女性は言った。それからつけくわえて――「あたくしも田舎から出てまいりましたのよ」

バンドルはあらためてその女性を見なおした。はじめこの部屋に通されて、先客がいるのに気づいたときには、多少の当惑を覚えたものだった。生まれつき精力的で、〝一路邁進〟するのが好きなたちだったし、この先客の用事がかたづき、追っぱらわれてしまうまでは、こちらの用件は切りだせないと見てとったからだ。こちらの用件は、見ず知らずの人間の前で持ちだせるような、そんな性質のものではないのだから。

ところが、いまあらためてその先客を観察するうちに、ひとつのとっぴな考えが頭に浮かんできた。ひょっとすると？　そうだ、このひとは喪に服している。黒い絹靴下につつまれたくるぶしがそれを示しているではないか。あてずっぽうだが、この直感にまちがいはない、そうバンドルは確信した。彼女は深く息を吸いこんだ。

「あの、失礼ですけど、もしやあなた、ロレーン・ウェイドさんじゃありませんこと?」

ロレーンの目が大きく見ひらかれた。

「ええ、そうですけど。よくおわかりですわね。いままでお会いしたこと、ございませんでしょ?」

バンドルはうなずいた。

「ですけど、きのうそちらへお手紙をさしあげましたわ。わたし、バンドル・ブレントです」

「まあ、それはそれは。ご親切にジェリーの手紙を送っていただきまして。さっそくお礼状をさしあげましたけど、まさかこんなところでお目にかかろうとは思いもしませんでしたわ」

「わたしがなぜこちらへうかがったのか、そのわけをお話ししますわね」バンドルは言った。「あなた、ロニー・デヴァルーをご存じ?」

ロレーンはうなずいた。

「ロニーはジェリーが、その――ご存じですわね。あの日にきてくれまして、その後も二、三度、顔を見せてくれました。ジェリーの大の親友でしたの」

「ええ。じつはね――そのロニーが亡くなったんです」

ロレーンのくちびるがあんぐりひらいた。

「亡くなった？　でも、いつだってとてもお元気そうでしたのに」

バンドルは前日の出来事をできるだけ手みじかに語って聞かせた。恐怖と驚愕の表情がロレーンの面に浮かんだ。

「じゃあ、あれはほんとうなんだわ。やっぱりあたってたんだ」

「なにがあたってたとおっしゃるの？」

「あたくしがずっと考えてたこと――ここ二、三週間、ずっと考えつづけてきたことが、ですわ。ジェリーの死は自然死なんかじゃありません。殺されたんです」

「じゃあ、あなたもそう考えてらしたのね？」

「ええ。ジェリーは眠り薬なんかぜったい飲まなかったはずです」ロレーンはちらっと青ざめた微笑を見せた。「人一倍、よく眠るひとでしたもの。薬なんかいるわけがありませんわ。最初からあたくし、おかしいと思ってましたの。あのかたもそう思ってらしたはずですわ――あたくしにはわかってました」

「あのかたって？」

「ロニーです。しかもまた今度は、この事件。ロニーもきっと殺されたんですわ」一呼吸してから、ロレーンはまたつづけた。「きょうあたくしがこちらへうかがったのも、じつはそのためなんです。あなたがお送りくださったあのジェリーの手紙——あれを読むとすぐ、ロニーに連絡をとろうとしたんですけど、お留守だとかで。それで、ジミーに会いにこようと思いついたんです——やっぱりロニーの親友でしたから。たぶんジミーなら、あたくしがどうしたらいいか教えてくれるんじゃないか、そう思いましたので」

「つまり——」バンドルはためらった。「その——セブン・ダイヤルズのことを？」

ロレーンはうなずいた。

「じつは——」

彼女は言いかけたが、そのとき、ジミー・セシジャーが部屋にはいってきた。

8　ジミーへの訪問客

さて、ここでわたしたちは、二十分ばかり時間をさかのぼらねばならない。ジミー・セシジャーが深い眠りの靄《もや》の底から浮かびあがり、聞き慣れた声が聞き慣れない言葉をしゃべっているのを意識しはじめた、その瞬間まで。

眠気に曇った彼の頭は、ちょっとのあいだ、その異常な事態と取り組もうと努めた。だがうまくいかなかった。あくびをひとつしただけで、彼はまた寝返りを打った。

「お若いご婦人がお目にかかりたいとのことでございますよ、旦那様」

声は執拗だった。無視していると、いつまでもその口上をくりかえしそうに思えたので、ジミーもやっとあきらめて、避けられぬ運命を受け入れることにした。彼は目をあけて、ぱちぱちさせた。

「なんだって、スティーヴンズ？　もう一度言ってみてくれ」

「お若いご婦人がお目にかかりたいとのことでございます」

「へえ！」ジミーは事態を把握しようと苦闘した。「どういうわけでだ？」

「それはわたくしにはわかりかねます」

「ああ、そうだろう。そうだろうとも。それはまあそうだろうな」ジミーはひとしきりそれについて思案をめぐらした。

　スティーヴンズは、ベッドの脇に置かれた盆の上にかがみこんだ。

「ただいま新しいお茶をお持ちいたしましょう、旦那様。これは冷めております」

「なあ、どう思う？　ここはやっぱり起きだして――その――ご婦人とやらに会うべきかな？」

　スティーヴンズは答えなかったが、ひどくしゃちこばったその背中の表情から、ジミーも的確にその意味を読みとった。

「やれやれ！　しかたがない。やっぱりそうしたほうがよさそうだ。そのご婦人、名は名乗らなかったんだね？」

「はい」

「ふうむ。ひょっとしてジェマイマ叔母さんじゃないだろうな？　もしそうだったら、断じて起きていったりはしないからね」

「あのご婦人がどなたかの叔母さんだとは思えませんです――大家族の末のお嬢さんか

なにかでないかぎりは」

「ほほう。若くてきれいな女性ってわけか。ええと——どんなタイプだい？」

「あらゆる点で、すこぶるその、ごりっぱ《コム・イル・フォ》なお嬢様でございます——こういう表現を用いてよろしければ、ですが」

「いけなくはないさ」ジミーは愛想よく言った。「はばかりながら言わせてもらえば、おまえのフランス語の発音はたいしたものだよ。ぼくのなんかより、ずっといい」

「お褒めにあずかって恐縮でございます、旦那様。じつを申しますと、近ごろわたくし、フランス語の通信教育を受けておりますような次第で」

「ほんとか？　見あげた心がけだな、スティーヴンズ」

スティーヴンズは尊大に微笑してみせてから、部屋を出ていった。しばらくジミーは横になったまま、若くて、きれいで、すこぶるごりっぱ《コム・イル・フォ》で、しかもこの自分を訪ねてきそうな若い女性の名、それをあれこれ思い浮かべてみた。

スティーヴンズが淹れなおしたお茶を持ってはいってきた。それをすすっているうちに、ジミーの胸にはわくわくするような好奇心が頭をもたげてきた。

「新聞かなにか出してあげてくれただろうな、スティーヴンズ。そのお客にさ」

「《モーニング・ポスト》と《パンチ》をお出ししておきました」

そのとき呼び鈴が鳴ったので、スティーヴンズは出ていった。まもなく彼はもどってきた。

「またお若いご婦人がお見えでございます」

「なんだって？」

「もうひとりお若いご婦人がお見えでございます。お名前はおっしゃいませんが、大事なご用件がおありとか」

ジミーは頭をかかえた。

ジミーはまじまじとスティーヴンズを見つめた。

「こいつは妙だぜ、スティーヴンズ。奇っ怪至極だ。ひとつ訊くが、ゆうべぼくが帰ってきたのは何時だった？」

「朝の五時ちょうどでございます」

「で、そのときのようすだが——ええと——どんなふうだった？」

「いくらかご機嫌というところで——それ以上ではございません。しきりに『ブリタニアよ、統治せよ』を歌っておいででした」

「それはまた珍しい。『ブリタニアよ、統治せよ』をねえ。このぼくがそんな愛国歌を歌うなんて、しらふだったらとても想像できないよ。隠れたる愛国心とやらが、刺激によって——その——二杯ばかり過ごした刺激によって、あらわれてきたのにちがいない。ゆうべはたしか、《芥子菜《からしな》と田芥子《たがらし》》亭でおだをあげてたんだっけ。言っとくがね、スティーヴンズ。こいつは必ずしも名前から想像できるような、そんな罪のない店じゃないんだぜ」ジミーはちょっと口をつぐんだ。「もしかすると——」

「はい？」

「もしかすると、いま言ったような刺激の影響で、新聞になにかとんでもない広告を出すとか、そんな真似でもしたんじゃないのかな？——育児係の女性募集、とかなんとかさ」

　スティーヴンズはおほんと咳払いした。

「二人も若い女性があらわれるとは、こいつはどう考えたってへんだよ。よし、これからは《芥子菜と田芥子》亭は忌避するとしよう。これ、しゃれた言葉だろう、スティーヴンズ——〝忌避する〟なんてね——こないだクロスワードで見つけて、おおいに気に入ったんだ」

　しゃべりながら、ジミーは手ばやく身支度をととのえていった。十分後には、見知らぬ訪問客たちを迎える用意がすっかりととのっていた。居間へ行き、ドアをあけたとたん、まず目にはいってきたのは、まったく見覚えのないほっそりした、色の浅黒い娘だった。マントルピースのそばに立ち、そこに寄りかかっている。つづいて彼の視線が向けられたのは、大きな革張りの肘かけ椅子のほうへだったが、とたんに心臓が一拍のあいだ止まった。ロレーンじゃないか！

立ちあがって、まずおずおずと口を切ったのは、ロレーンのほうだった。

「とつぜんおうかがいして、さぞお驚きになったでしょうね。でも、うかがわないわけにはまいりませんでしたの。そのわけはいまお話ししますわ。こちら、レイディー・アイリーン・ブレントです」

「バンドルですーー普段はこの名で通ってますの。たぶんわたしのこと、ビル・エヴァズレーからお聞きになっておいでかと存じますけど」

「ええ、まあ、たしかにうかがっていますよ」ジミーはそう言いながら、なんとかこの場の状況を把握しようと努めた。「まあとにかくおかけください。カクテルかなにかいかがですか？」

女性たちは二人とも辞退した。

「じつは」と、ジミーは言葉をつづけて、「たったいま起きたばかりでしてね」

「ビルが言ってたとおりね」と、バンドルが言った。「あなたをお訪ねするって言うと、ビルが言いましたのーーまだ起きておいでじゃないんじゃないか、って」

「いや、まあ、とにかく、起きましたよ」ジミーは愛想よく言った。

「ジェリーのことなんですの」と、ロレーンが言った。「それに、今度はまたロニーのことで――」

「どういうことです、〝今度はまたロニーのことで〟とは？」

「撃たれて死にましたの、きのう」

「なんですって？」ジミーは叫んだ。

バンドルがもう一度いきさつを説明した。ジミーは夢でも見ているような心持ちで聞いていた。

「ロニーのやつが――撃たれた。なんてこった」と、つぶやく。

そのあと、椅子の端に腰をおろし、しばらく思案してから、おさえた、抑揚のない声音で切りだした。

「お二人にお聞かせしなきゃならないことがあります」

「なんでしょう？」バンドルがうながすように言った。

「ジェリー・ウェイドが死んだ日のことです。あなたに知らせにゆく途中――」と、ジミーはロレーンにうなずいてみせて、「――車のなかでロニーは、ぼくにあることを言いました。いや、正確には、言おうとしかけたんです。なにかぼくに聞かせたいことがあって、それを言おうとしかけたんだけど、そのあと一転して、約束に縛られてるから言うわけにはいかない、そう言いだしたんです」

「約束に縛られている」と、ロレーンが思案げにくりかえした。

「とにかくそう言ったんですよ。当然ぼくは、それ以上は追及しませんでした。しかし、あのときのロニーのようす、たしかにへんだった――じつにへんだった――最初からずっと。そのときぼくは感じたんです、ロニーは感づいてる――そう、犯罪のにおいを嗅ぎつけてる、って。ですから、てっきりそのことを医者に言うだろうと思いました。ところが言わないんです――におわそうともしない。そこで、これはぼくの思いちがいだったか、といったんは考えなおしました。その後にいろんな証拠やらなにやらが出てきて――まあ事の成り行きははっきりしてるみたいだったし。ぼくとしても、根も葉もない疑いだったか、そう思ったような次第なんです」

「でもロニーはずっと疑っていた、そうお思いになるわけね？」バンドルが訊いた。

ジミーはうなずいた。

「いまはそう思います。なにせ、あのとき以来、仲間のものはぜんぜんロニーに会っていませんからね。思うに、単独で事件の裏を調べてたのにちがいありませんよ――ジェリーの死の真相をさぐりだそうとしてたんです。いや、それだけじゃない、それをつきとめることに成功も<ruby>しいた</ruby>んだと思いますね。だから殺されたんです。それでそのことをぼくに伝えようとした。けれどもあいにく、その二語しか口にできなかった」

「セブン・ダイヤルズね」バンドルが言って、かすかにおののいた。

「セブン・ダイヤルズです」と、ジミーも重々しく言った。「とにかく、それだけがぼくらに残された手がかりというわけです」

バンドルがロレーンに向きなおった。

「たしかさっき、わたしになにか言おうとなさって――」

「あら！ そうでしたわね。まずあの手紙のことですわ」ロレーンはジミーに話しかけた。「ジェリーは手紙を残していましたのよ。それをレイディー・アイリーンが――」

「バンドルよ」

「バンドルさんが見つけてくださいましたの」ロレーンは簡単に事情を説明した。

ジミーはひときわ興味を持って聞き入った。手紙のことは初耳だった。ロレーンがそれをバッグからとりだし、渡してよこした。彼は文面に目を通し、それからじっとロレーンを見つめた。

「すると、この点ではきみの力が借りられそうだ。ジェリーが忘れてくれと言ったのは、どんなことだったの？」

ロレーンはわずかに当惑げに眉根を寄せた。

「いまとなると、はっきり思いだせないんですけど。じつは、うっかりしてあたくし、ジェリー宛てにきた手紙を開封してしまったことがあるんです。たしか安物の便箋に、ひどいまちがいだらけの綴りで書かれていたみたい。便箋の上のところに、セブン・ダイヤルズのある住所がしるされていました。あたくし宛ての手紙ではないとわかったので、読まずに封筒にもどしてしまいましたけど」

「ほんとですか?」ジミーがいやにものやわらかな口調で問いかけた。

ロレーンははじめて声をたてて笑った。

「おっしゃりたいことはわかりますわ。たしかに女性は好奇心が強いものです。でもね、その手紙はあまりおもしろそうな内容には見えませんでしたの。ただの名前と日付けのリストみたいなもので」

「名前と日付けねえ」ジミーは思案げに言った。

「ジェリーもあんまり気にしてるふうではありませんでしたわ」と、ロレーンはつづけた。「笑って、あたくしにマフィアのことを聞いたことがあるかとたずね、それから、イギリスにマフィアみたいな結社が興ったとしたら、おかしなものだ――だけどああいう秘密結社のたぐいは、イギリス人にはあまり受けないだろう、そう言いました。『わが国の犯罪者は、そんな華麗な想像力には恵まれていないからね』って」

ジミーはくちびるをすぼめて、ひゅっと口笛を吹いた。

「だんだんわかってきたようだぞ。セブン・ダイヤルズというのは、さだめしなにかの秘密結社の本拠にちがいない。ジェリーもはじめはこのきみへの手紙に書いてるように、ちょっとした冗談だと思っていた。ところが、冗談どころの騒ぎではなかった——そのことも彼は書いている。それから、まだ問題がある。前に話したことを忘れてくれという彼の警告です。その理由はたったひとつしかありえない——その結社の秘密活動について、きみが知っているということを向こうにさとられると、きみの身も危険にさらされる。ジェラルドはその危険に気づいた。それでおおいに心配したわけです——きみのためにね」

いったん言葉を切ってから、ジミーはおもむろにつづけた——

「こうなると、ぼくらは三人とも危険にさらされるということになりそうですね——この問題から手をひかないかぎりは」

「手をひくんですって？」バンドルが憤然として叫んだ。

「あなたがたお二人のことを言ってるんです。ぼくはべつですよ。ロニーの友達でしたからね」ジミーはバンドルを見やった。「あなたのお仕事はもうすみました。ぼくへのロニーの伝言を届けてくださったんですから。そうです、後生ですから、これで手をひいてください——あなたもロレーンも」

バンドルはさぐるようにロレーンをうかがった。自分自身の気持ちははっきり決まっていたが、いまはまだそれを気ぶりにも見せなかった。ロレーン・ウェイドまでも危険な企てに巻きこむのは、彼女としても本意ではなかったからだ。

ところがロレーンの小づくりな顔は、たちまち憤激に燃えあがった。

「よくもそんなことがおっしゃれますわね！　あたくしが仲間はずれにされて平気でいるなんて、これっぽっちでもお思いなんですか？——ジェリーが殺されたっていうのに——あたくしのたいせつなジェリーが。あれほどやさしくて、親切で、すてきなお兄さんだったジェリーが。この世でたったひとりの身内だったのに！」

ジミーは当惑げに咳払いした。そして思った——ロレーンはすばらしい。まったくすばらしい。

「ねえきみ」と、彼はぎごちなく言った。「そんなふうに言うのはまちがいだよ。この世でたったひとりだなんて——そんなばかなこと。友達ならば、たくさんいるじゃないか——できることならなんでもしてあげたいという友達が。ぼくの言う意味、わかるだろう？」

どうやらロレーンにもわかったようだ。というのも、急に顔を赤らめて、狼狽を隠すためか、せきこんで話しはじめたからだ。

「じゃあ、これで決まりましたわね。あたくしもお手伝いさせていただきます。どなたにひきとめられようと、ひきさがりはしませんから」

「わたしもおなじよ、もちろん」バンドルも言った。

二人はそろってジミーを見た。

「そうだな。まあそういうことだ」彼はのろのろと言った。

二人は怪訝そうに彼を見つめた。

「考えてたところなんです——どこから手をつけるべきか、とね」と、ジミーは言った。

9 計画

ジミーの言葉がきっかけになって、すぐさま議論はもっと具体的な段階へ進んだ。

「いろいろ考えてみたんですが、われわれにはたいして手がかりになりそうなものはありません。じつのところ、そのセブン・ダイヤルズという言葉だけです。実際問題として、セブン・ダイヤルズというのがどこにあるのか、それすらぼくははっきり知らないんですが、とにかく、その地域全体を一軒一軒、戸別に調べてまわるってわけにもいきませんしね」

「やればできますわ」と、バンドルが言った。

「ええ、時間をかければそれも可能かもしれない——もっともぼくはさほど確信がありませんが。ごみごみして、住人の数も多いだろうし、あまりおもむきのある土地柄とも思えませんしね」

その言葉でソックスという娘のことを思いだし、つい彼はにやりとした。

「それから、もちろん、ロニーが撃たれたというその現場、そのへんを嗅ぎまわるって手もありますね。とはいえ、ぼくらがやれるようなことなら、警察がとっくに手をつけていて、しかもずっとうまくやってるという可能性もありますが」

「あなたのいいところは、その陽気で楽天的な傾向ですわね」と、バンドルが皮肉っぽく言った。

「気になさらないでね、ジミー。つづけてくださいな」と、ロレーンがやさしくうながした。

「そう急《せ》いちゃいけませんよ」と、ジミーはバンドルに言った。「優秀な探偵というのは、だれでもこういうやりかたで事件の核心に迫っていくんです――不必要かつ無益な捜査を省いていくことで。そこで、いよいよ第三の手がかり――ジェラルドの死です。あれが他殺であることは明らかですから――ついでですが、おふたりともちろんそう信じておいでなんでしょう?」

「ええ」ロレーンが言った。

「たしかに」バンドルも言った。

「結構。ぼくもです。さて、この点についてだけは、ごくわずかですが見込みがあるように思える。なにはともあれ、もしもジェリーが自分でクロラールを飲んだのでなければ、何者かが部屋に忍びこんで、それを用意したのに相違ないんですから——彼が目をさまして、一気に飲んでしまうように、グラスの水にそれを溶かしこんで。それからもちろん、空き箱だか空き瓶だか知りませんが、それもその場に残しておいた。以上の点に異議はありませんね？」

「え——ええ」バンドルはのろのろと言った。「でも——」

「待ってください。ついでに言うと、その何者かは、あのとき邸内にいただれかに相違ない。外部の人間ということは、まず考えられませんから」

「ええ」バンドルは同意した。今度はさほど逡巡しなかった。

「よろしい。これでだいぶ範囲がせばまってきた。というわけで、まずは召使いですが、ほとんどは家付きの使用人なんでしょうね？——つまり、ブレント家の？」

「ええ」バンドルは答えた。「屋敷をお貸ししたあとも、大半の使用人がそのまま勤めていました。おもだったものたちは、いまも残っていますわ——もちろん、下働きのもののなかには、二、三異動もありましたけど」

「でしょうとも——ぼくが言おうとしてるのもそれなんです。あなたには——」と、ジミーはまっすぐにバンドルを見て、「——ぜひその点を調べてみていただきたい。新顔の召使いが雇われたとすれば、それはいつのことか——たとえば、従僕についてなんか、どうです？」

「新顔がひとりはいりましたわ。ジョン——とか呼ばれているようですけど」

「では、そのジョンについて洗ってみてください。それと、近ごろきたばかりのがほかにもいましたら、その連中のことも」

「やっぱり召使いのだれかなんでしょうか」バンドルはためらいがちに言った。「お客様のうちのだれかだってこと、ありえませんわよね？」

「それはまず考えられますまい」

「正確なところ、どのようなかたがご滞在でしたの？」

「ええと、若いお嬢さんがたが三人——ナンシーとヘレンとソックス——」

「ソックス・ダヴェントリーですか？　知り合いですわ」

「たぶんそうでしょう。しょっちゅう〝おもむきがある〟って言ってるお嬢さんですよ」

「じゃあソックスにまちがいないわ。〝おもむきがある〟っていうの、口癖なんです」

「それから、あとはジェリー・ウェイドとぼく、それにビル・エヴァズレーとロニー。ほかにはもちろん、サー・オズワルドとレイディー・クート。ああ、それからポンゴがいたっけ」

「どなた、ポンゴって？」

「ベイトマンというのが本名でね——クート老の秘書です。くそまじめでおもしろみのないやつですが、良心的ではある。ぼくと学校でいっしょだったんです」

「あまり疑わしいひと、いそうもありませんわね」と、ロレーンが言った。

「そうね、たしかに」バンドルは相槌を打った。「やっぱりあなたのおっしゃるとおり、召使いを調べてみるほか、手はなさそうだわ。それはそうと、ひとつだけ窓から投げ捨てられた時計のこと、あれが事件に関係があるとはお思いにならないのね？」

「窓から投げ捨てられた時計？」ジミーは目を丸くして言った。そのことはまったく初耳だった。

「わたしだって、どういうつながりがあるのかわかりませんけど。でも、なんだかへんでしょう？　そんなことをする意味、ぜんぜんないんですもの」と、バンドル。

「そういえば」と、ジミーはゆっくり言った。「ぼくが部屋にはいってってみると——ジェリーのやつに対面しにいったんですよ——すると、時計がマントルピースの上に並べてありましたっけ。覚えてますよ、それが七つだけだったのを——八つじゃなかった」

彼はふいに身ぶるいし、それから弁解がましく説明した。

「すみません。ただどういうものか、あのときの時計のことを考えると——きまってぞっとするんです。ときには夢にまで見ますよ。あれがもし暗いときだったら、部屋にはいってって、一列に並んでる時計を見るのなんて、ごめんこうむりたいですね」

「暗いときだったら、時計は見えないでしょうに」と、バンドルはいとも実際的に言ってのけた。「夜光文字盤《ダイヤル》でもないかぎり——あら！」ふいに彼女は息をのみ、その頬に血がのぼった。「おわかりにならない？ セブン・ダイヤルズよ！」

ほかの二人は半信半疑の面持ちで彼女を見つめていたが、彼女はますます躍起になって力説した。

「ぜったいそうよ。偶然の一致でなんかあるはずがないわ」

ちょっと沈黙があった。

ややあって、ジミー・セシジャーが言った。「あるいはそうかもしれないな。たしかに——たしかに奇妙きてれつだ」

バンドルは勢いこんでジミーを問いつめはじめた。

「どなたなの、時計を買ったのは？」

「ぼくたちみんなでです」

「どなたの思いつき？」

「ぼくたちみんなのです」

「ばかおっしゃい。だれかいるはずだわ、まず思いついたってひとが」

「そんなふうに運んだんじゃないんですよ。ぼくらはジェリーを起こす方法について話しあっていた。するとポンゴが、目ざまし時計はどうかと言い、だれかが一個だけじゃだめだと言いだして、さらにべつのだれかが——たしかビル・エヴァズレーだったと思いますが——それなら一ダースも仕掛ければいい、そう言ったんです。そこでみんなして、そりゃいい考えだ、いっしょに買いにいこうってなことになって、各自が一個ずつ買い、べつにポンゴとレイディー・クートの分も買った、と——二人を仲間はずれにしちゃ気の毒だと思ったものでね。ですから、計画的なところなんか、ぜんぜんないんです——たまたまそういう成り行きになったというだけで」

バンドルは黙りこんだ。が、納得したわけではなかった。

ジミーはさらに言葉をつづけて、いままでの要点を要領よくまとめていった。

「いくつかの事実は、まずまちがいないと言えるでしょう。ある秘密結社が存在していて、それにはマフィアと類似した点がある。ジェリー・ウェイドがたまたまその存在を知った。はじめはただの冗談として——いってみれば、ばかげたお笑い種として受け取った。それが現実に危険をはらんだものだとは思えなかったわけです。ところが、その後になにかが起こり、それが絵空事ではないのをさとった彼は、今度こそほんとうに不安を覚えた。たぶんそのことでロニー・デヴァルーになんらかの相談でも持ちかけたんでしょう。いずれにせよ、そのジェリーがやがて消されると、ロニーもなにかくさいと考えはじめた。きっと、下地となるだけの知識もいくらかあったはずで、それでおなじ線をたどってみることもできた。しかるに、あいにくぼくらの場合には、まったく雲をつかむようなところから出発しなけりゃならない。前の二人が持っていた程度の手がかりすら、ぼくらにはないんですから」

「かえってそれが強みかもしれませんわよ」と、ロレーンが落ち着きはらって言った。「それならばあたくしたちが向こうに目をつけられる理由もないわけだし、したがって、消される心配もないわけ」

「さて、そう言いきれればいいんだが」ジミーは気がかりそうな声音で言った。「なにしろね、ロレーン、ジェリーのやつだって、きみがこれにかかわらないことを望んでたんだし、ここはやっぱり考えなおす余地が――？」

「ありませんわ」ロレーンは言った。「いまさらその話を蒸しかえすのはよしましょう。時間の無駄になるだけですもの」

時間という言葉を聞いて、ジミーはふと時計を見あげ、とたんに驚きの声を発した。

立ちあがるなり、彼はドアをあけた。

「スティーヴンズ」

「なんでございましょう、旦那様？」

「昼飯はどうなってる？　なにか用意してくれてるのか？」

「そうおっしゃるだろうと思っておりました。すでに家内がちゃんとお支度をいたしております」

ジミーは席にもどりながら、ほっと吐息をついて言った。「あれはなかなか頼りになる男でね。なにより頭がいい。たいした頭脳です。なんと、通信教育を受けてるんですから。ぼくもときどき考えることがありますよ——ひょっとして通信教育でも受ければ、このぼくでもいくらか役に立つだろうか、なんてね」

「ばかなことおっしゃらないで」と、ローレーンがたしなめた。

スティーヴンズがドアをあけ、なかなか手の込んだ料理を運びこんできた。オムレツにつづいて、鶉《うずら》の一皿と、とびきり軽いスフレが運ばれた。

「独身の男のかたって、なぜこんなに楽しそうなんでしょう」ローレーンがわざと悲しそうな声音をつくろって言った。「あたくしたち女性に世話されるのより、ほかのだれかに世話してもらうほうが、ずっとしあわせそうだなんて、いったいなぜなのかしら」

「いや、そいつはばかげた言い種だよ」ジミーが言った。「つまり、しあわせでなんかないということさ。しあわせなはずなんかないだろう。ぼくなんかもときどき考えるけど――」

ふいに彼は口ごもり、黙りこんだ。ロレーンがまた頰を染めた。

このときバンドルがとつぜんあっと大声をあげたので、ほかの二人はぎくりとした。

「ばかね。まぬけもいいとこだわ。いえ、わたしのことよ。なにか忘れてることがあるって、ずっとそう思ってたんだけど――」

「なんです？」

「コダーズをご存じでしょ？　コダーズって――あのジョージ・ロマックスのことだけど？」

「うわさならさんざん聞かされてますよ」ジミーは言った。「ビルやロニーから、ってことですが」

「そのコダーズがね、来週、アルコール抜きのパーティーみたいなものをひらくんだそうなの――ところが、そのコダーズに宛てて、セブン・ダイヤルズから脅迫状がきたんですって」

「なんですって？　事実ですか、それは？」ジミーは興奮して膝をのりだしながら叫んだ。

「ええ、事実よ。うちの父にそう話していったとか。そこでよ、これはどういうことを意味するのか――あなた、どうお思いになる？」

ジミーは体を起こして椅子の背にもたれた。そしてすばやく、慎重に思案をめぐらした。それからようやく口をひらいたが、その言葉は慎重で、かつ要領を得ていた。

「なにかが起こりますね、そのパーティーで」

「やっぱりね、わたしもそう思うの」と、バンドル。

「それでぴったりだ――なにもかも辻褄が合う」と、ジミーは夢見るような口調でつぶやいた。

それからロレーンに向きなおった。

「この前の戦争のとき、きみはいくつだった？」唐突にそう問いかける。

「九つ――いえ、八つでしたかしら」

「そしてジェリーは、たぶんはたちぐらいだった。はたちの男というと、たいがい戦争に出ていたはずだけど、ジェリーはそうじゃなかった」

「ええ」しばらく考えてから、ロレーンは言った。「たしかにジェリーは戦争には行きませんでしたわ。なぜだかわかりませんけれど」

「ぼくにはわかるような気がするな」と、ジミー。「すくなくとも、事実に近い推測はできる。一九一五年から一八年まで、彼はイギリスを離れていた。ぼくはわざわざ調べたことがあるんだ。ところが彼がどこにいたのか、それを詳しく知ってるものはだれもいないみたいなのさ。いまにして思いあたるんだが、彼はそのあいだドイツにいたのにちがいない」

ロレーンの頰に血がのぼった。彼女は感嘆のまなざしでジミーを見つめた。

「よくわかりましたわね」

「彼はドイツ語を上手に話した。そうだろう？」

「ええ、たしかに。母国語みたいに」

「この推測に誤りはないはずだ。二人とも、よく聞いてほしい。ジェリー・ウェイドは外務省に勤務していた。見かけはビル・エヴァズレーやロニー・デヴァルーとおなじに、愛すべきぼんくら——まあ言葉は悪いけど、ぼくの言う意味はわかるでしょう——まあそんなふうに見えた。まったくのお飾り、無用の長物というふうにね。ですが実際のところは、ぜんぜんそんなものじゃなかった。ジェリー・ウェイドこそは、まさに本物だったとぼくは思いますね。わが国の諜報機関は、世界に冠たるものとされていますが、そのなかでもジェリー・ウェイドは、かなり高い地位にあったはずです。そう考えれば、すべてが符合しますよ！　いまでも覚えてますが、チムニーズ館で過ごしたあの最後の夜に、ぼくはなにげなく言ったことがあるんです――どんなとんまでも、ジェリーがそう見せかけてるほどのとんまには、なかなかなりきれないんじゃないか、って」

「で、もしその推測があたってたとしたら、どうなの？」バンドルが例によって実際的に言った。

「としたら、まさしく事態はぼくらが考えてるのより、もっと重大なものになる。このセブン・ダイヤルズの一件は、たんなる犯罪ではなく――国際的な事件になってくるでしょう。いまのところ、はっきりしてることはひとつだけ――来週のそのロマックス家のハウスパーティーに、だれかが顔を出す必要があるということです」

バンドルはちょっと顔をしかめた。

「わたしならジョージとは知り合いだけど――あいにく向こうはわたしを嫌ってるの。まじめな会合にわたしを招待しようなんて、夢にも考えないでしょうね。とはいうものの、うまくいけばわたし――」

ちょっとのあいだ、彼女はじっと考えこんだ。

ジミーが言った。「ぼくがビルを通じて工作する、ってのはどうですか？　ビルはコダーズの片腕ですから、当然その席にも出るでしょう。なにか口実をつくって、ぼくを連れてってくれるかもしれない」

「それはいいかもしれないわね」バンドルは言った。「でも、口実ならばこっちで考えて、ビルがへまなことを言わないよう、よく教えこんでおかなくちゃ。自分でうまい口実を思いつけるようなひとじゃありませんもの」

「じゃああなたなら、どんな口実を考えます？」ジミーはへりくだってたずねた。

「あら、そんなの造作もないことじゃありませんか。あなたはお金持ちの青年で、政治に関心があり、議員に立候補したがってる、とでも言わせるのよ。ジョージはたちまちころりとだまされるわ。政党というのがどんなものか、あなただってご存じでしょう？——いつだって新顔の、お金をたくさん持ってる若いひとを探してるのよ。あなたがどれだけお金持ちか、そのへんをビルが吹聴すればするほど、事はたやすく運ぶんじゃないかしら」

「ロスチャイルドほどの大金持ちだとでも吹聴されないかぎりは、ぼくはそれでかまいませんけどね」

「じゃあ、これでだいたい決まったわね。あしたの晩、ビルと食事をする約束だから、会合に出席するひとの名をできるだけ訊きだしておくことにするわ。なにかの役に立つかもしれないから」

「あなたご自身がおいでになれないのは残念ですが、大局的に見れば、それがいちばんいいってことになるでしょうね」ジミーが言った。

「まだわたしが出席しないと決まったわけじゃありませんわよ」バンドルは言った。

「コダーズはわたしを疫病神みたいに嫌ってるけど――ほかに便法がないわけじゃないし」

彼女は思案にふけりはじめた。

「で、あたくしはどうしますの？」と、ロレーンが小さな慎ましやかな声でたずねた。

「きみはこの場面には登場しないんだ」ジミーが言下に答えた。「だって、わかるだろう？　だれかひとりが外部にいて――その――」

「なにをしますの？」

ジミーはそれ以上この線は追わないことにしたのか、バンドルにむかって訴えかけた。

「ねえ、そうでしょう？　ロレーンはこれにかかわるべきじゃないでしょう？」

「たしかにそのほうがよさそうね」

「つぎの機会にね」と、ジミーはやさしく言った。

「でも、もしつぎの機会がなかったら？」と、ロレーン。

「いや、あるはずだよ。きっとあるはずだ」

「わかりましたわ。じゃああたくし、このまま家に帰って——待機しています」

「それがいい。きっとわかってくれると思っていた」ジミーはありありと安堵の色を見せて言った。

「つまりね」バンドルが説明を加えた。「無理をしてわたしたちが三人ともその会に出ようとすると、怪しまれるおそれがあるわけ。あなたの場合は、とくにね。わかっていただけて？」

「ええ、わかりますとも」

「じゃあ、これで決まりだ——きみはなんにもせずにいること」と、ジミーが言った。

「あたくしはなんにもせずにいます」ロレーンはおとなしく答えた。

ふいに疑念を覚えて、バンドルはそっとロレーンをうかがった。説得にしたがったロレーンの従順さ、それがなんとなく不自然に感じられたのだ。ロレーンもバンドルに目を向けた。その目は青く澄み、邪気がなかった。バンドルの目とかちあっても、まつげ一本ふるえはしなかった。だがバンドルは、全面的に納得してはいなかった。ロレーンの従順さは、おおいに疑わしいという気がしてならなかった。

10　バンドル警視庁を訪れる

　さて、ここで申しあげておくと、前述の会話にさいして、三人の関係者は、それぞれ口には出さないものの、ひそかに胸に温めているなにかがあった、そう言ってよいだろう。〝だれしもすべてを語るとはかぎらない〟というのは、まことにもってうがった金言ではある。

　たとえば、ロレーン・ウェイドがジミー・セシジャーを訪問するにいたった動機について説明したとき、はたして天地神明に誓って真実を語っていたかどうか、その点は疑問の余地なしとしない。

　同様に、ジミー・セシジャーにしても、きたるべきジョージ・ロマックス邸での集会に関し、あれやこれやの思惑や計画を持っていはしたが、それを──そう、バンドルに打ち明ける気は毫もなかった。

　そしてバンドル自身はといえば、熟慮のすえにすでにひとつの計画を立て、すぐにもそれを実行する気でいながら、それをおくびにも出そうとしなかった。

ジミー・セシジャーの住まいを辞去した彼女は、その足でまっすぐ警視庁へ車をとばし、バトル警視に面会を申し入れた。

バトル警視はかなりの大物だった。もっぱら微妙な政治的性質を帯びた事件を扱っていて、四年前にその種の事件に関してチムニーズ館にきたことがあり、バンドルは警視がその事実を記憶してくれていることに、臆面もなくつけこむつもりでいるのだった。

しばらく待たされたのちに、彼女は案内されて廊下を何カ所か曲がり、警視の私室へ通された。バトルは木彫りの面のような顔をした、一見鈍重そうな男だった。およそ知的には程遠い雰囲気で、捜査官というよりは、どこかの守衛かなにかのようだ。

バンドルがはいっていったとき、警視は窓ぎわに立って、ぼんやり雀をながめていた。

「やあいらっしゃい、レイディー・アイリーン。まあおかけになりませんか」

「ありがとうございます。わたしのこと、覚えていてくださらないんじゃないかと思ってましたわ」

「ひとの顔を見忘れたことはありませんよ」バトルは言い、それからつけくわえた——

「それもやはり仕事のうちですから」

「あら！」バンドルはいささか出鼻をくじかれた思いがした。

「で、わたしになんのご用です？」警視はたずねた。

バンドルは単刀直入に用件を切りだした。

「かねてから聞いてることですけど、こちらには、ロンドン市内で結成されている秘密結社とかなんとか、そういう組織を網羅したリストがあるそうですわね？」

「まあ最新情報に遅れないよう努力はしていますがね」と、バトル警視は慎重に答えた。

「その大半は、さほど危険なものじゃないんでしょう？」

「その点については、なかなか重宝な見分けかたがありましてね。声高な主張をするやからほど、実行力は伴わない。この原則がよくあてはまることたるや、じっさい驚くべきものがありますよ」

「それで、そういうのはたいがい野放しにしておくんだって、そう聞いてますけど」

バトルはうなずいた。

「そのとおりです。ある男が〈自由の兄弟〉とかなんとか称して、週に二回、地下室に集まり、おびただしい血の流れるような計画について語りあったって、べつにどうということはありません――当人にも、われわれにも、なんの害もないんですから。それに、万が一なんらかの問題が起きたとしても、どこをおさえればいいかは、すでにわかっているわけですし」

「でもときには」と、バンドルはのろのろした口調で、「その種の結社のひとつが、こちらの想像以上に危険なものであるという、そういう場合もあるんじゃありません？」

「そういうことはまずありえませんな」

「でも、もしもということもあるでしょう？」バンドルは言い張った。

「さよう、もしもということはあるでしょうが」警視も認めた。

ちょっと言葉がとぎれた。それから、バンドルはおもむろに切りだした――

「バトル警視さん、セブン・ダイヤルズに本拠を持っている秘密結社のリストでもありましたら、いただくわけにはまいりません？」

バトル警視は日ごろ、けっして感情を外にあらわさないのを自慢にしていた。だがいまバンドルの見たところ、そのまぶたが一瞬ぴくりとし、驚愕の表情さえうかがえたのはまちがいなかった。とはいえ、それもほんの一瞬。やおら口をひらいたときには、ふたたびいつもの無表情なバトルにもどっていた。

「厳密に申しますとね、レイディー・アイリーン。現在、セブン・ダイヤルズと呼ばれる場所はどこにもないんです」

「ありません？」

「ありません。あらかたとりこわされ、建てなおされてしまっています。むかしはどちらかというと下層の地域だったんですが、いまはいたって高級な、品のよい地区になっています。謎めいた秘密結社を探してまわるような、そんなロマンティックな土地柄じゃないんですよ」

「あらまあ！」バンドルはそう言いながら、多少の困惑を覚えていた。

「それにしても、とくにそのあたりの土地を思いつかれたのはどういうわけか、それをぜひとも知りたいものですな、レイディー・アイリーン」

「お話ししなきゃいけません？」

「さよう、そうしていただければ、手間が省ける。でしょう？　いってみれば、おたがい自分の立場がつかめますからね」

バンドルはしばらくためらった。

それから、のろのろと言った。「きのう、あるひとが射殺されました。はじめはわたしが轢いちゃったのかと思って――」

「ロニー・デヴァルー氏ですな？」

「じゃあやっぱりご存じなんですね。どうして新聞には出ていませんでしたの？」

「ほんとにそれをお知りになりたいのですか、レイディー・アイリーン？」

「ええ。教えてくださいな」

「要するに、われわれとしては二十四時間の余裕がほしかったわけで——わかりますか？　あすの新聞には出るでしょう」

「まあ！」バンドルは途方に暮れてバトルの顔を見つめた。

この仮面のような顔の奥に、いったいなにが隠されているのだろう？　ロニー・デヴァルーが射殺された事件を、このひとはありふれた犯罪と見なしているのだろうか。それとも、普通でないなにかと見ている？

「じつは、あのひとがいまわのきわに言いましたの——セブン・ダイヤルズって」バンドルはのろのろした口調で言った。

「ほう、それはいいことをうかがった。書きとめておきましょう」

そう言ってバトルは、目の前の吸い取り紙の束に二言三言メモした。

バンドルは攻める方向を変えることにした。

「聞くところによると、ロマックスさんがきのう、ここへ相談に見えたとか——脅迫状を受け取ったことについて」

「おいでになりました」

「その脅迫状はセブン・ダイヤルズからきたんでしょう？」

「たしか、用紙の上のところに、セブン・ダイヤルズとしるされていたようですな」

バンドルは、鍵のかかったドアをむなしくたたきつづけているような気がしてきた。

「ひとつ忠告させていただけますか、レイディー・アイリーン――」

「なにをおっしゃりたいのかわかってますわ」

「わたしならば、このまままっすぐお屋敷へ帰って――さよう、そのことはこれかぎり忘れてしまうことにしますね」

「要するに、警察にまかせろと?」

「まあそういうことです」バトル警視は言った。「なんといっても、われわれは専門家なのですから」

「そしてわたしは素人にすぎない? ええ、おっしゃるとおりです。でも、忘れていらっしゃることもひとつありましてよ――わたしにはあなたがたほどの知識も技術もないかもしれない。でも――でも、あなたがたにくらべて、ひとつだけ強みがあります。隠密に行動できるということですわ」

警視がわずかにはっとしたようにバンドルには見えた――まるで、こちらの言ったことが急所を衝いたとでもいうように。

「もちろん」と、バンドルは言葉をつづけて、「秘密結社のリストなど、渡すわけにはいかないということでしたら――」

「とんでもない！　そうは言っておりませんよ。リストならさしあげます——ぜんぶを網羅したやつを」

戸口へ行ったバトルは、首だけ出してなにかを言いつけ、また席にもどってきた。わけもないのに、はぐらかされたようにバンドルは感じた。バトルがあまりにもあっさりと依頼に応じたこと、それがかえって胡散くさく思われた。バトルのほうは、そんな彼女のようすを落ち着きはらったようすで見ている。

「ジェラルド・ウェイドが亡くなったこと、覚えてらっしゃいます？」バンドルはだしぬけにたずねた。

「お宅のお屋敷で死んだんでしたね？　睡眠薬を飲みすぎたとか」

「妹さんは言っています——お兄さんは、いまだかつて睡眠薬のお世話になったことなんかない、って」

「なるほど！　いや、妹が兄について知らないことなど、世のなかにはいっぱいありますよ——それはもうびっくりするほどです」

バンドルはまたしてもはぐらかされたような気がした。黙りこくってすわっていると、やがてひとりの男がタイプした紙を手にしてはいってき、それを警視に渡した。

男が出てゆくまで待ってから、警視は言った。「さあ、これがご希望のものです。いわく、《聖セバスチアン血盟団》。《狼猟犬団》。《平和同盟》。《同志クラブ》。《虐げられしものらの友》。《モスクワの子ら》。《赤色旗手団》。《ヘリング党》。《戦没者同盟》――そのほかまだ半ダースもあります」

目にまぎれもなく悪戯っぽいきらめきをたたえて、バトルはそれを渡してよこした。

「これをくださるのは、これがわたしにはなんの役にも立たないとわかってらっしゃるから――そうなんでしょう？　やっぱりこの問題には手を出すなとおっしゃりたいんですのね？」

「できればそうお願いしたいものですな。おわかりでしょう――こういった場所であなたにやたら嗅ぎまわったりされると――さよう、われわれとしてはすこぶる迷惑なことになるのです」

「わたしの世話まで焼かなくてはならないから、そういう意味ですの？」

「そう、あなたの世話まで焼かなくてはならないからです、レイディー・アイリーン」

バンドルはすでに立ちあがっていたが、心はまだ決しかねていた。このままひきさがってはみすみすバトル警視に名をなさしめることになる。だがここで、ある些細な出来事が記憶によみがえり、彼女はそれに最後の望みを託すことにした。

「さっき、素人には専門家のできないこともできる、そう申しあげたとき、警視さんは反対なさいませんでしたわね。それは警視さんが正直なかただからですわ。わたしの言うとおりだってこと、ご自分でもよく承知しておいでだからなんです」

「それで？」バトルはすばやく切りかえした。

「チムニーズ館の事件のとき、わたしにお手伝いさせてくださったでしょう？　今度もまたお手伝いさせていただくというわけにはまいりません？」

バトルはとつおいつ考えあぐねているようだった。彼が答えないのに力を得て、バンドルは追い討ちをかけた。

「わたしがどういう人間だか、ご存じでしょう、バトル警視さん。なんにでも鼻をつっこみたがるんです。お節介屋なんです。といっても、あなたがたの邪魔をするとか、あなたがたのほうがよっぽどうまくやれることに手を出そうとか、そういうんじゃありません。ただ、素人にもなにかできる機会があるようでしたら、やらせていただきたいんですの」

またしても沈黙があった。やおらして、バトル警視は静かに言った——

「感心しましたよ、レイディー・アイリーン。じつにりっぱなお心がけです。しかし、これだけはぜひ言わせてください。あなたのなさろうとしていることは、危険なことなんです。そしてわたしが危険だと申しあげれば、それはほんとうに危険なのです」

「それはよく承知していますわ。こう見えても、ばかじゃありませんから」

「でしょうな。あなたほど賢いお嬢さんはめったにいない。いいですか、レイディー・アイリーン。あなたのためにしてさしあげられることは、これしかありません。ひとつ、ささやかなヒントをさしあげることだけ。そしてわたしがそれをするのは、〝安全第一〟というモットーに、あまり重きを置いていないからにほかなりません。わたしに言わせれば、バスに轢かれまいと用心しながら生きているようなやからは、いっそ轢かれてしまったほうがまし――さっさと邪魔にならないところにかたづいてくれてしまったほうが、よっぽどましなのです。生きていても、なんにもなりませんから」

バトル警視のような常識人の口から吐かれた、かくも過激な言辞――これにはバンドルも思わず息が止まりそうになった。

それからようやくたずねた。「それで、教えていただけるヒントというのは、どんなことですの？」

「エヴァズレー氏をご存じですな？」

「ビルを？　もちろんよく知ってます。でもどうして――？」

「ビル・エヴァズレー氏なら、あなたがセブン・ダイヤルズについて知りたがっておいでのことぐらい、残らず教えてくれると思うのです」

「ビルがそれを知ってるんですか？　あのビルが？」

「そうは言っておりません。ぜんぜんちがいます。ただ、あなたのように頭の回転の速いお嬢さんなら、知りたいだけのことはエヴァズレー氏から訊きだせるはずだ、そう考えるというだけです」

それから、バトルはきっぱりと言った――

「さて、これ以上わたしからはなにも申しあげるわけにはいきません」

11　ビルとの夕食

あくる晩、バンドルは期待に胸をふくらませて、ビルとの約束を果たしに出かけた。

ビルは全身で喜びを表現しながら彼女を迎えた。

「ビルって、ほんとに気のいいひとだわ」と、バンドルは胸のうちでひとりごちた。「まるで、柄ばかり大きくてぶきっちょな犬みたいに、うれしい気持ちをあらわそうと、一所けんめい尻尾をふってみせる」

その柄ばかり大きな犬は、きゃんきゃん声でしきりに挨拶だの報告だのを彼女に吠えたてていた。

「バンドル、すごく元気そうじゃないか。きみがもどってきて、どんなにうれしいか知れないよ。牡蠣を注文しといたけど——牡蠣は好きだったよね？　で、どうだい？　なんでこんなに長いこと海外でぶらぶらしてたんだい？　それほど楽しくてしかたなかったってこと？」

「とんでもない、ひどいものだったわ」バンドルは答えた。「うんざりもいいとこ。病気持ちの老大佐が、炎天をひょろひょろ這いずりまわってたり、かと思うと、しなびたオールドミスたちが、図書館や教会をわがもの顔に闊歩してたり」

「やっぱりイギリスがいいってことか。ぼくも外国にはどうもなじめない——スイスだけはべつだけど。スイスはいい。今度のクリスマスにでも行こうと思ってるんだ。きみもいっしょにこないか？」

「考えてみるわ」バンドルは言った。「ところであなたのほうは、どうなの？　ここんとこ、どうしていたの、ビル？」

　これは不用意な質問だった。バンドルにしてみれば、こちらの話題を持ちだす前置きとして、儀礼上そう言ったにすぎないのだが、あいにくそれこそがビルの待ち構えていた話の糸口にほかならなかったのだ。

「それだよ、きみに話したいと思ってたのは。バンドル、きみは頭がいい。きみの助言がほしいんだ。きみも知ってるだろうけど、『その目がこわい』というミュージカルがある」

「ええ」

「それでさ、きみに話したいことってのは、世にも醜い演劇界の一面についてなんだ。

じっさい、ひどいものだぜ、あの世界の連中ときたら。じつは、ある女優がいてね——アメリカ人なんだけど——これがとびきりの美人で——」

バンドルはがっかりした。毎度のことだが、女友達に関するビルの愚痴ときたら、いったん始まったらきりがない——どこまでもどこまでも際限なくつづいて、とどまるところを知らないのだ。

「でね、その女優——名前はベーブ・シーモアというんだけど——」

「おやまあ、どうしてそんな名前をつけたものやら」バンドルは茶々を入れた。

ビルはそれを言葉どおりに受け取った。

「人名録で見つけたのさ。ページをひらいて、あてずっぽうに指でさしたんだ。ちょっとしゃれてるだろ、ね？　本名はゴールドシュミットとかアブラメイアとか——なにかそんな、どうしようもない名だけど」

「なるほどね」バンドルは相槌を打った。

「そこでさ、そのベーブ・シーモアってのは、けっこう才気があるんだ。それに力もある。八人の女優が組んで、生きた橋《ブリッジ》をつくるんだけど、そのうちのひとりで——」

「ねえビル」バンドルは破れかぶれで言った。「わたしね、きのうの朝、ジミー・セシジャーに会ってきたのよ」

「ジミーはいいやつさ」と、ビル。「ところでね、いまも言ったように、ベーブはけっこう才気がある。現代の女性たるもの、すべからくそうでなきゃ。その点ベーブは、大勢の同輩のうちでも群を抜いてるんだ。現代を生き抜こうと思ったら、弱みを見せちゃいけない、これがベーブの人生訓さ。それにね、いいかい、彼女は本物の素質も持ってる。演技は確かだし——すばらしい演技力の持ち主なんだ。『その目がこわい』じゃ、あまりいい役には恵まれていないけど——ただきれいなだけの女の子の群れにほうりこまれてさ、めだたなくなっちまってる。で、ぼくは言ってやったんだ、なぜもっと本格的な役を——知ってるだろ、〝タンカレー夫人〟（サー・アーサー・W・ピネロー作『二度めのタンカレー夫人』。英国近代劇の先駆をなした作品）とか——ああいう役をやらないんだって。だけどベーブはただ笑うだけで——」

「あなたはどうなのよ——近ごろジミーには会ってるの？」

「けさ会ったよ。ええと、どこまで話したっけ？　ああそうだ、まだ喧嘩のところまでいってなかったな。とにかくね、嫉妬が原因だったんだ——完全な、悪意に満ちた嫉妬。その相手の女優ってのは、器量の点じゃベーブの足もとにも寄れないし、自分でもそれはわかってたんだな。そこで、裏にまわって——」

ついにバンドルはあきらめて、ベーブ・シーモアが『その目がこわい』のキャストからとつぜん姿を消すにいたった、その不幸な事件の顚末に耳を傾けることにした。それには長い時間がかかったが、そのうちとうとうビルが一息入れるため、かつまた同情の相槌をうながすために言葉を切ったので、バンドルはすかさず口をはさんだ――

「まったくあなたの言うとおりよ、ビル。忌まわしいことだわ。そういう世界って、きっと山ほどの嫉妬が――」

「演劇界全体に、嫉妬と反目がうずまいてるのさ」

「でしょうとも。それでジミーは、来週のコダーズのパーティーに行きたいとかなんとか、そんなようなことを言ってなかった？」

ここではじめてビルは、バンドルの言っていることに注意を向ける気になったようだ。

「しきりになにかわけのわからないことを言ってたけど――ぼくの口から自分をコダーズに売りこんでくれとかなんとか。保守党に入党したいとも言ってたな。だけどね、バンドル、そいつはとんでもなく厄介なことだぜ」

「ばかおっしゃい」バンドルは決めつけた。「万が一、コダーズが、ジミーが食わせものだってことを見抜いたとしても、あなたを責めるはずがないじゃない。あなたはただだまされてただけ、それだけのことよ」

「そういうことじゃないんだよ。ジミーにとって厄介なことになる、そう言ってるんだ。あいつ、あれよあれよというまにトゥーティング・イーストのようなところに連れていかれてさ、無理やり赤ん坊にキスさせられたり、演説させられたりするようになるんだぜ。コダーズがどんなに徹底した男だか、どれだけものすごい精力家だか、きみは知らないんだ」

「あらそう。でも、それぐらいの危険は冒さなきゃ。ジミーだって、いざとなれば自分の面倒ぐらいは見られるわよ」

「きみたちはコダーズという人間を知らないんだよ」と、ビルはくりかえした。

「ところでビル、そのパーティーにはどんなひとたちがくるの？　なにか特別な集まりなの？」

「例によって例のごとき連中が集まるだけさ。たとえばマカッタ夫人とか」

「あの代議士の？」

「ああ。知ってるだろ――なにかといえば、〈福祉〉がどうの、〈純正ミルク〉がどうの、〈児童救済〉がどうのと言ってとびまわってる、あの女傑さ。あの女史にとっつかまって、お説を拝聴させられてるジミーを想像してみろよ」

「ジミーのことは気にしないで。先をつづけてちょうだい」

「それから、ハンガリー人がくるはずだ。いわゆる《ハンガリー青年党》とか称するひとりだ。たしか、舌でも嚙みそうなややこしい名前の伯爵夫人だけど、この女性はまあ心配ない」

彼は当惑げに唾をのみこんだ。見れば、その手はしきりにパンをもてあそんで、それを粉々に砕いてしまっている。

バンドルはそれとなく問いかけた。「若くて、きれいなひとなのね？」

「うん、まあね」

「ジョージがそれほど女性美を尊重するひとだったなんて、知らなかったわ」

「いや、そんなんじゃないんだ。彼女はブダペストで託児所——だったかなんだか、そんなものを経営してる。当然、マカッタ夫人とは**うま**が合うだろうってことなのさ」

「で、ほかには？」

「サー・スタンリー・ディグビー——」

「航空大臣の？」

「ああ。それに秘書官のテレンス・オルーク。ついでだけど、この男はなかなかの傑物だよ——すくなくとも、飛行士時代はそうだった。それからもうひとり、ヘル・エーベルハルトとかいう、まったく鼻持ちならんドイツ人。どういう人物なのかさっぱりわからないんだが、みんなは下へも置かないように扱ってる。ぼくなんか、もう二度もこの御仁と昼食をつきあうように言いつかったけど、いやまったく、バンドル、こいつは冗談じゃすまなかったよ。どう考えてもあれは、大使館の人間じゃないね――大使館員ともなれば、みんなもっと洗練されてるさ。この御仁ときたら、スープは音をたててすするし、豆をナイフで食べるんだからね。そればかりじゃない。あの野蛮人め、たえず指の爪を嚙んでるんだ――ほんとにそれを嚙み切っちまうんだぜ」

「ちょっとひどいわね」

「だろう？　たぶん発明家じゃないかと思うんだけど――とにかくまあそんなものさ。ええと、これでぜんぶだったかな？　ああそうだ、サー・オズワルド・クートがいたっけ」

「じゃあレイディー・クートもね？」

「ああ、彼女もくるはずだ」

しばらくバンドルは思案にふけった。ビルの挙げた顔ぶれは、たしかにいわくありげだったが、かといっていまは、さまざまな可能性について思いめぐらしているひまはない。すぐにもつぎの問題にとりかからねばならないのだ。

「ねえビル」おもむろに切りだす。「このセブン・ダイヤルズがどうのって、いったいなんのこと？」

たちまちビルはひどく当惑げな面持ちになった。目をぱちぱちさせて、彼女の視線を避けようとする。

「なんのことだかさっぱりわからないな」

「ばかおっしゃい。そのことならあなたがなんでも知ってるって、そう聞かされてきたのよ」

「そのことというと？」

これはいささか難問だった。バンドルは攻めかたを変えることにした。

「なんでそんなに隠しだてするのか、合点がいかないわ」と、不服そうに言う。

「なにも隠しだてなんかしちゃいないさ。いまじゃだれもめったにあんなところへは行かない。それだけのことだよ。一時の流行にすぎなかったんだ」

どうにも腑に落ちない返答だ。

「去るものは日々にうとしってわけ？」と、わざと悲しげな声音をつくろって言ってみた。

「いや、行かなくなったって、べつにたいして損をしたわけじゃないさ。みんなもたんに行ってきたと自慢したくて、そのために行ってたみたいなものなんだから。ほんとのところは退屈な場所さ。じっさい、きみだってあそこのフィッシュフライにはうんざりしたはずだ」

「みんなが行ってたって、どこへ？」

「セブン・ダイヤルズ・クラブへさ、もちろん」ビルは目を丸くして言った。「きみが知りたがってたの、そこのことじゃないのかい？」

「そういう名前では知らなかったわ」

「むかしはトテナム・コート・ロード界隈の、まあ貧民窟に近い土地柄だったんだけどね。いまじゃすっかりとりこわされたり、撤去されたりしてる。ただセブン・ダイヤルズ・クラブだけが、むかしの雰囲気を保ってるのさ。フィッシュフライとポテト。総体的にむさくるしい感じ。まさにイーストエンドの縮図ってところだけど、芝居がはねたあとで寄るのには、すごく便利なんだ」

「じゃあナイトクラブなのね。ダンスができて、お酒も飲めるとか」

「そうさ。いやもう、雑多な連中が詰めかけてる。けっして上品じゃない。まず芸術家だろ。それから、ありとあらゆるタイプの〝すすんだ〟女たち。それにぼくらの階層の客もちらほら。それがまあ、そろって談論風発、やたらにしゃべりまくるんだが、ぼくに言わせると、どれもこれもくだらん話ばかりさ。ただ、そのおかげで店がはやってると言われてるけど」

「いいじゃない」バンドルは言った。「だったらこれからそこへ行きましょうよ」

「えっ？　そいつはだめだよ」ビルは言った。さいぜんの当惑げなふぜいがまたあらわれていた。「言っただろう、もうすたれてるって。いまじゃだれも行きゃしないんだ」

「いいわよ。わたしたちは行くの」

「きみの気に入るはずがないよ、バンドル。とてもじゃないが、だめだ」

「あなたはそのセブン・ダイヤルズ・クラブにわたしを連れてってくれればいいのよ、ビル。それ以外のところじゃだめ。だいたいね、なんだってそんなに渋るの？　わけが知りたいわ」

「ぼくが？　渋ってるって？」

「躍起になって行かせまいとしてるじゃない。なにか後ろ暗い秘密でもあるの？」

「後ろ暗い秘密？」

「いちいちわたしの口真似をするのはよしてちょうだい。時間稼ぎにやってることぐらい、お見通しなんだから」

「ちがうってば」ビルはむっとしたように言った。「ただね——」

「なんなの？　なにかあるってことはわかってるわ。あなたって、隠し事ができないひとなんだから」

「なにも隠し事なんかしてやしないったら。ただ——」

「なんなの？」

「話せば長い話なんだ――じつはさ、ある晩、ベーブ・シーモアをそこへ連れてったと思いたまえ――」

「あらやだ！　またベーブ・シーモアなの？」

「いけないか？」

「まさか彼女が関係してるとは思わなかった」バンドルはあくびを嚙み殺しながら言った。

「とにかく、ベーブをそこへ連れてったと思いたまえ。彼女はロブスターが大の好物なんだ。そこでぼくはロブスターを一匹、小脇にかかえて――」

話は延々とつづいた――ついにそのロブスターをめぐって、ビルと、横から割りこんできた不愉快なよそものとのあいだでいざこざが起こり、ロブスターがずたずたにちぎれてしまったというところで、バンドルはようやく話に注意をもどした。

「わかったわ。で、一騒動あったわけね？」

「ああ。だけど、あのロブスターはぜったいぼくの、の、の、ものだったんだ。ちゃんと金を払って買ったんだから。ぼくには完全な権利が――」

「ええ、ええ、あったわよ、たしかにあったわ」バンドルは急いで口をはさんだ。「でもね、もういまとなったら、そんな騒動のこと、みんな忘れてるわよ。それに、どっちみちわたしはロブスターなんて好きじゃないし。ね、だから行きましょう」

「警察の手入れがあるかもしれないんだぜ。二階に隠し部屋があって、そこでバカラをやってるんだ」

「そうなったら、父が重い腰をあげて、わたしをもらいさげにくるはめになるだけのことだわ。さあ、行きましょう、ビル」

ビルはいまだに気が進まないようすだったが、バンドルは頑としてひきさがらなかった。というわけで、まもなく二人はタクシーをそこへむけて走らせていた。

着いたところは、だいたいバンドルの予想したとおりの場所だった。狭い通りに面した高い建物で、番地はハンスタントン街一四番地。バンドルはその番号を脳裏に刻みこんだ。

ドアをあけたのは、その顔に妙に見覚えのある男だった。男は彼女を見てわずかにはっとしたようすを見せたが、それでもビルを見知ってはいるらしく、丁重に挨拶した。背が高く、金髪、どちらかというと頭の弱そうな、貧血性ぎみの顔だちで、目つきにもいくぶんか落ち着きのなさがうかがわれる。いったい前にどこでこんな顔に出くわしたろう? バンドルは内心で首をひねった。

ビルはすでに平静をとりもどし、ショーマンの役を楽しんでいた。二人は地下室でダンスをしたが、そこには濛々《もうもう》と煙が立ちこめ、あらゆるものを青い靄《もや》を通して見るおもむきがあった。フィッシュフライのにおいたるや、いまにも息が詰まりそうだった。

壁には粗削りなタッチの木炭画が何枚かかかっていたが、そのうちのいくつかは、まぎれもない才能を示していた。客種は種々さまざまだった。恰幅のいい外国人がいるかと思えば、財力のありそうなユダヤ人もいる。見るからに洗練された感じの客もちらほらいるし、かと思うと、世界最古の職業に従事するご婦人がたもいる。

やがてビルはバンドルを二階へ案内した。そこには例の頭の弱そうな男がいて、賭博室にはいる客たちにそれとなく目を配っていた。と、とつぜん、バンドルはその男がだれだったかを思いだした。

「あらやだ。わたしもよっぽどどうかしてるわ。アルフレッドじゃないの——以前チムニーズ館で、二番従僕を務めていた……しばらくだったわね、アルフレッド、元気だった？」

「おかげさまで。ありがとうございます、お嬢様」

「いつチムニーズ館を辞めたの？　わたしたちが帰国するよりもだいぶ前？」

「一カ月ほど前でございます、お嬢様。たまたまよい仕事の口がございまして、それを棒にふるのはもったいないように思えましたもので」

「そんなら、ここではさぞかしいいお給料をもらってるんでしょうね？」

「はい、さようで、お嬢様」

バンドルは部屋に通った。一目で見てとれたのは、この部屋にこそ真のクラブの命が息づいているということだった。賭け金は高額だし、二つのテーブルのまわりに集まった客たちも、本物のクラブ人種だ。目は鷹のように鋭く、頬はこけ、賭博熱に血をたぎらせている。

この部屋に、バンドルとビルはおよそ半時間ほどいたが、そのうち、ビルがそわそわしはじめた。

「もう出ようよ、バンドル。ダンスをしようじゃないか」

バンドルは承知した。いかにも、ここにいてもあまり見るべきものはなさそうだ。ふたたび階下に降り、また三十分ほどダンスをして、フィッシュ・アンド・チップスを食べてしまうと、バンドルはもう引き揚げましょうと切りだした。

「しかし、まだ早いぜ」ビルは不服そうだった。

「早くなんかないわ。ほんとよ。それにね、どっちにしてもわたし、あしたはやらなきゃならないことが山ほどあるの」

「なにをするつもりなんだ？」

「それは事情によりけりよ」と、バンドルは謎めかして言った。「でもね、ビル、これだけは言えるわ――わたしの足の下には草は生えないって（〝ぐずぐずしていない〟、〝怠けていない〟の意）」

「だろうとも」と、エヴァズレー氏は言った。

12　チムニーズ館での調査

バンドルの気質が父親譲りでないことは確かだった。ケイタラム卿の顕著な特質といえば、まことに愛すべきそのものぐさぶりにこそあるのだから。じっさい、バンドル自身がいみじくもビル・エヴァズレーに言ったごとく、彼女の足もとには草など生えるべくもないのだ。

ビルと食事をした翌朝、バンドルははりきって目をさました。本日ちゅうに実行に移すつもりの明確な目論見が三つあるのだが、時間的、空間的な制約から、よほどうまく運ばないと、その完遂には少々支障をきたしそうなのだ。

さいわい彼女は、ジェリー・ウェイドやロニー・デヴァルー、ジミー・セシジャーなどのかかえている悩み――つまり、朝起きは苦手だという病弊――とは縁がなかった。また、かのサー・オズワルド・クートはどうかといえば、これは早起きという点では彼女にも文句のつけようがない。というわけで、朝の八時半には、バンドルははや朝食をすませ、愛車イスパノを駆ってチムニーズ館への帰路についていた。

彼女を見て、ケイタラム卿はかなりほっとしたようすだった。

「おまえときたら、いつひょっこりあらわれるか見当もつかん。だがおかげで電話する手間が省けた。電話は面倒でかなわんからな。じつは、きのう、メルローズ大佐が検死審問のことで訪ねてきたんだ」

メルローズ大佐というのは、州の警察本部長で、ケイタラム卿の長年の友人である。

「検死審問って、あのロニー・デヴァルーの？　いつに決まって？」

「あすだ。正十二時。メルローズからおまえに召喚状がくるだろう。死体の発見者だからな、証言せんわけにもいくまいて。とはいえ、なにもびくびくすることなんかないそうだ」

「どうしてわたしがびくびくしなきゃならないの？」

「まあな、わかるだろう」と、ケイタラム卿は弁解がましく、「メルローズのやつ、いささかむかし気質なんだよ」

「十二時からね。わかりました。その時間にはここにいますから――もしもそれまで生きていれば」

「生きておらんという理由でもあるのかね？」

「先のことはわからないと言うじゃありませんか」と、バンドル。「現代生活のストレスとかなんとか——よく新聞が書きたててるでしょ？」

「ああ、それで思いだした。ジョージ・ロマックスがわしに、来週ワイヴァーン屋敷にご来駕たまわりたいと言ってきたぞ。むろん断わったがね」

「それでよかったのよ。おとうさままでが、なにやら怪しい事件に巻きこまれたりしたら、ことですもの」

「怪しい事件？　そんなものが起こりそうなのか？」にわかに興味を覚えたようすで、ケイタラム卿はそうたずねた。

「だって、ほら——脅迫状がくるとか、いろいろあったでしょ？」と、バンドル。

「ひょっとすると、ジョージが暗殺されでもするかしれんぞ」ケイタラム卿が期待をこめて言った。「なあバンドル、どう思う——やっぱりわしも出かけたほうがいいんじゃないのか？」

「だめよ、そういう猟奇的な関心はおさえて、屋敷でおとなしくしてなくちゃ」バンドルは言った。「じゃあわたし、ミセス・ハウエルに話がありますから」

ミセス・ハウエルというのは、この屋敷の家政いっさいを取り仕切る女性で、例のレイディー・クートの心胆を寒からしめた、いかめしく床をきしませて歩く女丈夫である。

このミセス・ハウエルも、しかし、バンドルにとっては恐ろしくもなんともない。それどころか、いまだに〝バンドル嬢ちゃま〟と呼んで甘やかしてくれる存在で、これは、バンドルの父が爵位を継ぐより前、脚ばかりひょろ長いお転婆少女だった彼女が、しょっちゅうチムニーズ館に滞在していたころの名残なのだ。

「どう、ハウエリー？」と、バンドルは声をかけた。「いっしょにおいしいココアでも飲みながら、最近のこの屋敷の事情がどうなってるか、聞かせてもらいましょうか」

苦もなく知りたかったことを訊きだしたバンドルは、以下の条項を心に銘記した――新参の台所女中が二人――どちらもこの村の出身――これはこのさいたいした問題はない。新参の三番女中――これは女中頭の姪。これもまちがいはなさそうだ。ハウエリーはどうやら、気の毒なレイディー・クートをだいぶいびったらしい。このハウエリーならやりそうなことだ。

「実際ねえ、バンドル嬢ちゃま。このチムニーズのお屋敷に、まさか他人が住む日がやってくるとは思いませんでしたよ」

「まあ！　でもね、ハウエリー、時勢にはかなわないわ。あなただってこの屋敷が、ピクニックにもってこいの広い地所のついた、しゃれたフラットに変わるのを見なくてすんだら、幸運だったと思わなきゃ」

ミセス・ハウエルは身ぶるいした。骨の髄まで反動的、貴族的な彼女の背骨の、その上から下までをおののきが走り抜けた。

「わたしね、まだサー・オズワルド・クートにはお目にかかったことがないのよ」と、バンドルは打ち明けた。

「サー・オズワルドはすごいやり手でいらっしゃいます。それはまちがいございません」と、ミセス・ハウエルはよそよそしく答えた。

どうやらサー・オズワルドは、屋敷の使用人たちからは好感を持たれていなかったらしい、とバンドルは見当をつけた。

「もちろん、いっさいを切りまわしていらしたのは、ベイトマンさんなんですけど」と、家政婦は言葉をつづけた。「これがお若いのにとてもよくおできになったかたでして。それはもう、ほんとによくできたかたで、なににつけても、筋の通ったやりかたを心得ておいででした」

バンドルはそれとなく話題をジェリー・ウェイドの死へと持っていった。ミセス・ハウエルは待ってましたとばかりにその話題にのってき、かの不幸な青年への悼辞を盛りだくさんに並べたてたが、バンドルにとっては、まるきり新たな収穫はなかった。まもなく彼女はミセス・ハウエルをさがらせると、再度階下へ降りるなり、ベルを鳴らしてトレドウェルを呼び寄せた。

「トレドウェル、アルフレッドが辞めたのは、いつ？」

「一カ月かそこら前でございましょう、お嬢様」

「どうして辞めたの？」

「本人の希望によってでございます。その後にロンドンへ行ったと承知しておりますが。働きぶりについては、わたくしのほうに不満はございませんでした。ついでですが、新顔のジョンについても、きっとご満足いただけると思っております。仕事は心得ておりますし、本人もご満足いただけるように努めておりますようですから」

「どういうってできたの？」

「その点については、申し分のない身元証明がございます。ご当家へまいりますまで、長らくマウント・ヴァーノン卿のお屋敷に住みこんでおりましたそうで」

「なるほどね」バンドルは思案げに言った。

マウント・ヴァーノン卿が現在、東アフリカを狩猟旅行ちゅうであることを彼女は思いだしていた。

「ジョンの姓はなんていうの、トレドウェル？」

「バウアーでございます、お嬢様」

トレドウェルはなおしばらくそこに控えていたが、どうやらバンドルの用件は終わったらしいと見てとって、そっとひきさがった。バンドルはなおも思案にふけっていた。けさがた屋敷にもどってきたとき、ドアをあけてくれたのがジョンだった。そのとき、それとなく彼を観察してみたのだが、見たところは無表情な顔の、申し分なく躾のゆきとどいた使用人と見えた。しいて言えば、たいがいの従僕にくらべて、ほんのわずか軍人ふうの物腰が目につき、後頭部の形にも、いくらか変わった特徴が見受けられる、といったところか。

とはいえ、こういった細部が当面の問題と関係があるとはまず思えない。バンドルは顔をしかめて、前に置かれた吸い取り紙を見つめた。それから、鉛筆を手にとると、なんということもなく、バウアーという名をくりかえしそこに書きつけた。

と、ふいにある考えが頭をよぎり、彼女ははっと書く手を止めて、その名を凝視した。それからもう一度トレドウェルを呼んだ。

「トレドウェル、バウアーの名だけど、どう綴るの?」

「B-A-U-E-Rでございます、お嬢様」

「イギリスの名前じゃないわね」

「たしか、スイスの出ではないかと存じます」

「あらそう！　それだけよ、トレドウェル。ご苦労さま」

スイスの出？　とんでもない。ドイツ人だわ！　あの軍人ふうの立ち居ふるまい、あの絶壁然とした真っ平らな後頭部。しかも、彼がチムニーズ館にきたのは、ジェリー・ウェイドの死ぬわずか二週間前。

バンドルはすっくと立ちあがった。ここでやれるだけのことはすべてやりおえた。さっそくつぎの仕事にとりかからねば。彼女は父親を探しにいった。

「また出かけます。マーシャ伯母様にお会いする用事がありますので」

「マーシャに会いにいく？」ケイタラム卿は驚きに声をはりあげた。「やれやれ、なんでまた、そんなはめになったのかね？」

「あいにくですけど、今度ばかりはわたし自身の意思で出かけるんです」と、バンドルは答えた。

ケイタラム卿は目を丸くして娘を見つめた。だれであれ、自らすすんであの恐るべき彼の義姉に会いにゆきたいなどとは、およそ理解を絶する出来事だった。マーシャ、つまり、亡兄ヘンリーの未亡人、先代ケイタラム侯爵夫人は、すこぶる傑出した人物だった。彼女が兄ヘンリーにとって申し分のない妻であり、その内助の功がなければ、ヘンリーが外務大臣の職責を全うすることはできなかったろうという事実は、ケイタラム卿としても認めるにやぶさかでない。だがその反面、ヘンリーが早世したのも、見かたによっては神の慈悲による解放だったのかも、などとつねづね考えてしまうのもまた事実なのである。

卿に言わせるなら、バンドルは愚かにも自分からライオンのあぎとに首をつっこもうとしているようなものなのだ。

「やれやれ！　これはまたなんとしたことだ。わしならそんなばかな真似はやめておくがね。どんな結果になるか、わかったものではないのだぞ」

「どういう結果になるかぐらい、ちゃんと計算のうえだわ」と、バンドルは言った。

「わたしならばだいじょうぶ。どうか心配しないで、おとうさま」

ケイタラム卿は溜め息をつき、あらためてゆったりと椅子に腰を落ち着けると、《フィールド》誌を読むことにとりかかった。ところが、一分か二分すると、またもやバンドルが顔をのぞかせた。

「ごめんなさい。あとひとつだけうかがいたいことがあったの。サー・オズワルド・クートって、どんなひと？」

「言っただろうが――蒸気ローラーさ」

「おとうさまの個人的印象をうかがいたいんじゃないのよ。どうやって財産をつくったの？――たとえばズボンのボタンとか。それともほかのなに？」真鍮のベッドとか。それとも、ほかのなにか？

「ああ、そのことか。鋼《はがね》だ。鋼と鉄だよ。　イギリス最大の製鋼所だか製鉄所だか知らんが、そいつを持っておる。むろんいままでは個人経営ではなく、会社組織になっておるがね。それもひとつだけじゃない、たくさんの会社だ。わしもそのうちのなんとやらの重役に担ぎあげられておる。わしにとってはありがたい仕事さ――年に一度か二度ロンドンへ出かけて、どこやらのホテル――キャノン街だかリヴァプール街だかのホテルで、テーブルにすわっておればいいんだから。上等な新品の吸い取り紙が、それぞれ配置されておる席にな。そうこうするうち、クートだか、どこやらのお利口なジョニーだかが、やたら数字を引用しながら演説を始めるが、さいわいそんなものは聞いていなくたってかまわん――しかもだ、言っておくが、たったそれだけの役目がすめば、あとでちょくちょくすばらしい昼食にありつけるんだ」

あいにくケイタラム卿の昼食などには興味はなかったので、バンドルは話が終わらないうちにさっさとその場を退散していた。ふたたびロンドンへとってかえす道々、彼女がやろうとしたのは、いままでに得た情報を満足のゆくようにつなぎあわせてみることだった。

彼女の見たかぎりにおいて、鋼鉄と児童福祉とは、とうてい結びつきそうもなかった。

してみると、二つのうちのどちらか――おそらくは後者――は、たんなる〝賑やかし〟と見ていい。言いかえれば、マカッタ夫人とハンガリーの伯爵夫人、この二人は無視してかまわないということだ。彼女らはカムフラージュにすぎない。では、だれが中心人物かといえば、どうやら例のあまり魅力のないベル・エーベルハルトらしい。どう考えてもこの人物は、普段ジョージ・ロマックスが招待するタイプの客ではなさそうだ。ビルは漠然とながら、この人物は発明家ではないかと言っていた。それと、あとは航空大臣、それに鋼鉄屋のサー・オズワルド・クート。なにやらこのへんで結びつきそうではないか。

いまはそれ以上に思索を進めても意味はないので、バンドルはその試みを放棄し、さしせまった先代ケイタラム侯爵未亡人との会見に集中することにした。

レイディー・ケイタラムの住まいは、ロンドンの高級住宅街にある大きな、陰気な家だった。家のなかには、封蠟と、小鳥の餌と、いくぶん腐りかけた花のにおいがこもっていた。レイディー・ケイタラムは、大きな――あらゆる意味で大きな女だった。体つきは、恰幅がいいというよりは、むしろ堂々としていたし、鼻は大きな鷲鼻、その鼻に金縁の鼻眼鏡をのせ、上くちびるの上には、うっすらと口髭らしいものが生えている。姪があらわれたのを見て、レイディー・ケイタラムはいささか驚いたようだったが、それでも冷ややかに頬をつきだし、バンドルは丁重にその頬にキスした。

「これはまあ、思いがけないご光来だね、アイリーン」と、侯爵未亡人はよそよそしく言った。

「つい先日、帰国しましたので、伯母様にご挨拶をと」

「帰国したことは承知してます。おとうさまはどうしておいでだえ？　あいかわらずかえ？」

その声音には軽侮が感じられた。彼女は第九代ケイタラム侯爵、アラステア・エドワード・ブレントを、あまり買ってはいない。〝出来損ない〟という言葉をもし知っていたら、きっとそう呼んだことだろう。

「元気ですわ。いまはチムニーズ館におりますけど」

「結構だこと。言っとくけどね、アイリーン、あたしはチムニーズ館をひとに貸すなんてこと、ぜったい反対でしたよ。あれはいろいろな意味で歴史的な記念物なんだから、軽々に扱ってもらっちゃ困ります」

「ヘンリー伯父様の時代には、きっとすばらしかったでしょうね」バンドルはかすかな溜め息まじりに言った。

「ヘンリーは当主の責任というものを心得ていましたからね」と、ヘンリーの未亡人は言った。

「そのころあの屋敷に滞在なさったひとたち、いまでも目に浮かぶみたい。みなさん、ヨーロッパ有数の政治家ばかりでしたわね」バンドルはうっとりとした調子で言葉を継いだ。

レイディー・ケイタラムは嘆息した。

「はっきり言うけど、チムニーズ館で歴史がつくられたことが一度ならずあったものですよ。これであんたのおとうさまさえ――」

彼女は情けなさそうに首をふった。

バンドルは言った。「おとうさまは、政治にうんざりなんですの。でもわたしに言わせれば、政治ほどおもしろい勉強って、ないんじゃありませんかしら。とくに、その内幕がわかってくると」

これはまったく心にもない、その場かぎりの出まかせだったが、それを彼女は顔を赤らめもせずに言ってのけた。伯母はいささか意外そうな面持ちで彼女を注視した。

「あんたの口からそういう台詞が聞けて、うれしいね、アイリーン。てっきりあんたは、近ごろはやりの楽しみを追いかけることにしか興味がないんだと思ってた」

「いままではそうでしたわ」と、バンドル。

「たしかにあんたはまだ若い」と、レイディー・ケイタラムは思案ありげに言った。「でもね、あんたほどのバックがあって、しかもふさわしい相手と結婚しさえすれば、ひょっとしたら当代一流の政治家夫人になれるかもしれないよ」

バンドルの心がかすかに警鐘を鳴らしはじめた。ちょっとのあいだ、伯母がいまこの場で、ふさわしいと考える結婚相手を押しつけてくるのではないか、とひやひやしたほどだ。

「でも、わたしなんて頭がからっぽですから。ぜんぜんなんにも知らないんですもの」

「そんなことはすぐにでも身につけられます」レイディー・ケイタラムはきびきびした口調になってそう言った。「参考書ならいくらでもあるから、貸してあげようかね」

「ありがとう、マーシャ伯母様」バンドルは言い、急いで第二の攻撃にとりかかった。

「ねえ伯母様、伯母様はマカッタ夫人をご存じ？」

「知ってるともさ。なかなか頭のいい、優秀な女性だね。まあはばかりながら言わせてもらうと、もともとはあたし、女性が議会に出るのはあまり賛成できない。もっといくらでも女らしい手段で、影響力を及ぼすことができるんだから」レイディー・ケイタラムは一呼吸した。明らかに、かつて自分がそうした女らしい手段で、気の進まぬ夫の尻をたたいて政界入りさせたこと、そして、その自分たち夫婦の努力に報いてくれためざましい成功のこと、などを思い起こしているのだろう。「といっても、時勢は変わるものだからね。マカッタ夫人のやってることは、国家的にも重要な仕事だし、女性全般にとっても、なにより価値のあること。あれこそは、真に女らしい仕事と言ってもさしつかえないだろうね。あんたもマカッタ夫人にはぜひ会うといい」

バンドルは、どちらかというとしおらしく溜め息をついてみせた。

「そのマカッタ夫人ですけど、来週、ジョージ・ロマックスのところでハウスパーティーがあって、彼女もそこにくることになってるんですって。ジョージはおとうさまも招待したんですけど、おとうさまは例によって断わってしまった。でもジョージったら、わたしを招待することは思いつかなかったみたい。よっぽど頭のからっぽな娘とでも思ってるんでしょうね」

ここで、レイディー・ケイタラムはふと気がついた——どうやらこの姪の人柄は、すっかりいいほうに変わってしまったようだ。もしや失恋でもしたのだろうか？　レイディー・ケイタラムの見解によれば、不幸な恋の経験というものは、往々にして若い女性にすこぶる有益な変化をもたらす。人生をまじめに考えるようになるのだ。

「たぶんジョージ・ロマックスは、あんたが、その——なんていうかね、おとなになったということに、これっぽっちも気がついていないんだろうよ、アイリーンや。ここはひとつ、あたしからも一言ぴしっと言ってやる必要がありそうだ」

「でもあのひと、わたしが嫌いなんです。招待なんかしてくれっこありませんわ」

「ばかをお言い。あたしからちゃんと釘をさしておきます。なんせジョージ・ロマックスのことなら、これくらいの背丈だったころからよく知ってるんだから」そう言ってレイディー・ケイタラムが手で示したのは、およそ背丈とは思えないほど低い位置だった。「あたしの頼みなら、喜んで聞いてくれるはずさ。それに、自分でもきっと気がつくだろう——当節のあたしたちの階層の若い女性が、国家の福利に知的な関心を持つ、これがいかにたいせつなことかをね」

バンドルは、あやうく「ヒヤ、ヒヤ」と言いそうになったが、かろうじてそれをこらえた。

「じゃあ、あんたに持たせる参考書を探してあげようかね」そう言いながら、レイディー・ケイタラムは立ちあがった。

そしてよく響く声で呼んだ——

「ミス・コナー！」

おそろしくきちんとした身なりの秘書の女性が、おどおどした表情で駆けつけてきた。その秘書にレイディー・ケイタラムはさまざまな指示を与えた。まもなく車でブルック街の家へもどってきたバンドルは、どう見ても無味乾燥としか思えない書物を山ほどかかえていた。

つぎなる彼女の目論見は、ジミー・セシジャーに電話することだった。彼がのっけに言った言葉には、得意満面といった調子がみなぎっていた。

「やってのけましたよ。もっともビルにはだいぶ手こずりましたが。どうやらあの石頭、ぼくが狼の群れにほうりこまれた仔羊同然のはめになる、そう思いこんでいるらしい。それでも、ようやく道理をのみこませました。いま、なんとかいう資料をどっさり手に入れて、勉強におおわらわですよ。ええ、青書とか白書とかいうやつ。おそろしく退屈だ——それでも、やる以上はきちんとやる必要がありますからね。〈サンタフェ境界紛争〉なんてもの、聞いたことがありますか？」

「いえ、ぜんぜん」

「それがね、ぼくはそのことに特別の関心を持ってるってわけで。紛争は何年もつづいていて、しかもおそろしく込み入ってる。そいつをぼくは自分のテーマとしてとりあげようというんです。きょうび、ひとはすべからく専門分野を持たなきゃなりませんから」

「じつはわたしも似たようなのをどっさりかかえこまされたの」バンドルは言った。

「マーシャ伯母様に押しつけられたんだけど」

「だれ伯母様ですって？」

「マーシャ伯母様——父の義理の姉なの。とても政界に顔が広いのよ。げんにいまも、わたしをジョージのパーティーに招待させようとして、工作してるところ」

「えっ？　ああ、なるほど。そいつはすてきだ」ちょっと間があってから、ジミーはつづけた。「ねえ、そのことをロレーンには言わないほうがいいと思うけど——どうです？」

「でしょうね」

「いってみれば、仲間はずれにされるのをいやがるかもしれないから。しかし実際問題として、彼女をこれに立ち入らせるわけにはいかない」

「そうね」

「だって、彼女のような娘が危険にとびこむのを、黙って見ているわけにはいかないでしょう！」

そう聞いて、バンドルは内心、このセシジャー氏は少々気配りが足りないと思わざるを得なかった。彼の言い種をそのまま受け取れば、バ、ン、ド、ル自身が危険にとびこもうとしているという事実は、いささかも彼の心に懸念など呼び起こしてはいないみたいではないか。

「もう切っちゃいましたか？」と、ジミーがたずねた。

「いえ、ちょっと考え事をしてただけ」

「なるほど。ところで、あすの検死審問にはおいでになりますか？」

「ええ。あなたは？」

「行きます。ついでですが、夕刊に事件のことが出てます。隅っこに押しこめられてますが。へんじゃありませんか――てっきりもっと派手に扱われると思ってたのに」

「ええ――わたしも」

「さてと、そろそろまた勉強にとりかからなきゃ。ボリヴィアがわが国に覚え書きを送ってよこした、というところまで読んだんですが」

「わたしもやっぱりちょっと勉強する必要がありそう。今晩はずっとそれに取り組むつもり？」

「そのつもりです。あなたは？」

「ええ、たぶんね。じゃあお休みなさい」

二人とも、厚顔このうえない大嘘つきだった。ジミー・セシジャーは、これから自分がロレーン・ウェイドを食事に連れだそうとしていること、それを百も承知のうえだった。

バンドルはといえば、電話を切るやいなや、用意してあったどことといって特徴のない衣類を、つぎつぎに身につけはじめた。じつのところ、それらはいずれもお付きのメイドから借用したものだった。やがて身支度がととのうと、セブン・ダイヤルズ・クラブへ行くのにはバスと地下鉄のどちらが便利だろうと思案しながら、勇躍、徒歩で家をあとにした。

13　セブン・ダイヤルズ・クラブ

バンドルがハンスタントン街一四番地に到着したのは、夕方六時ごろだった。この時刻には、予想したとおり、セブン・ダイヤルズ・クラブもしんと静まりかえっていた。バンドルの目論見は単純至極だった。元従僕のアルフレッドをつかまえようというのだ。つかまえてしまいさえすれば、あとは容易だという確信がある。なにしろ、貴族の娘として身につけた、独特の尊大な召使い操縦法があるのだ。これが成功しないことはめったになかったし、いまも成功しない理由は見あたらない。

ただひとつ、はっきりしないのは、クラブの建物にはたしてどれだけの人数が住みこんでいるのか、という点だった。当然のことながら、なるべく多数の目につかないですめば、それに越したことはない。

どういう手で攻撃にかかろうかと考えあぐねているうちに、問題は向こうから、それもいたってあっけなく解けた。一四番地のドアがひらいて、当のアルフレッドが出てきたのだ。

「ご機嫌よう、アルフレッド」と、バンドルは快活に声をかけた。

アルフレッドはとびあがった。

「こ、これはお嬢様、ご機嫌よろしゅう。そ、それにしても――すっかり見ちがえてしまいましたよ」

われながら、メイドの扮装をしたのは名案だったとうぬぼれながら、バンドルは用件を切りだした。

「おまえにちょっと話があるのよ、アルフレッド。どこか話のできるところはない？」

「はあ――それがじつは――なんと申しますか――このへんはあまり上等とは申せない土地柄でして――その、とうてい――」

バンドルはさえぎった。

「クラブのなかにはだれがいるの？」

「いまはだれもおりませんが」

「だったら、なかにはいりましょう」

アルフレッドは鍵をとりだし、ドアをあけた。バンドルはさっさとなかにはいった。

アルフレッドはおどおどしながら、困惑顔であとについてきた。バンドルは腰をおろすなり、もじもじしているアルフレッドをまっすぐに見据えた。

それから、ずばりと言った。「おまえも承知なんでしょうね――ここでおまえたちのやってること、これが法律に触れる問題だということは？」

アルフレッドは居心地悪げに足を踏みかえた。

「二度ばかり手入れを受けたのは事実でございます。ですが、いかがわしいものなどなにも発見されませんでしたので――その点、モスゴロフスキーさんの手配がゆきとどいておりますから」

「賭博のことだけを言ってるんじゃないのよ。ここにはそれ以上のなにかがある――おそらくはおまえも知らないような、もっとはるかに重大なことが。いいことアルフレッド、ひとつ率直な質問をさせてちょうだい。ぜひともほんとのことを答えてほしいの。おまえ、チムニーズ館を辞めるについて、いくらお金をもらったの？」

なにか霊感でも得られないかというように、アルフレッドは二度天井へ視線をさまよわせて、壁との境の蛇腹のあたりを見まわし、さらに三度か四度、ごくりと唾をのみこんだ。それからようやく、強い意志に相対した弱い意志としての不可避の結果を受け入れた。

「つまりこういうわけなのでございます、お嬢様。お屋敷の公開日でございましたが、モスゴロフスキーさんが見物客にまじって、チムニーズ館においでになったのです。あいにく、トレドウェルさんのぐあいが悪いとかで――じつは、足の爪が肉に食いこんだのですが――それでわたくしにお客様のご案内をする役目がまわってきました。ひととおり見学を終えられたあと、ほかのお客様より一足あとまで残られたモスゴロフスキーさんが、わたくしに大枚のお心付けをくださったうえ、お話を持ちかけてこられたのでございます」

「それで?」バンドルはうながした。

「で、まあかいつまんで申しますと」と、アルフレッドはにわかにせきこんだ調子になって、「わたくしに百ポンドやるから、いますぐこの屋敷から暇をとって、自分のクラブの面倒を見てもらえないか、と、こうなんでございます。なんでも、上流の家庭に慣れた人間がほしい――それが店に品格を与えることになるからと、まあのかたのお言葉を借りれば、そういう次第でして。それでわたくしといたしましても、断わっては罰が当たるようなお話だと、こう考えまして――二番従僕としていただいておりましたお給料にくらべますと、こちらのお給料がちょうど三倍にあたるということはべつにしましても」

「百ポンドねえ」バンドルは言った。「百ポンドといえばたいそうな金額よ、アルフレッド。それで、おまえの後釜としてチムニーズ館にくるはずのひとについては、なにか説明でもあったの？」

「じつはわたくしとしましても、その場ですぐにお暇をいただく件については、いささか異論がございました。そういう辞めかたは前例がないし、こちらのお屋敷にご迷惑をおかけするおそれもあるから、と。するとモスゴロフスキーさんがおっしゃるには、ちょうどひとり若いのがいる――りっぱなお屋敷に勤めていた男で、すぐにでも呼び寄せられるから、とのことで。そこで、わたくしからその男のことをトレドウェルさんに申しあげ、万事円満に話がまとまったような次第でございます」

バンドルはうなずいた。やはり疑念は的中していたし、その手口もまた、ほとんど想像どおりだった。彼女はさらにつっこんだ質問をしてみた。

「モスゴロフスキーさんって、どんなひとなの？」

「このクラブを経営されているかたでして。ロシア人で、たいそうやり手の紳士でいらっしゃいます」

バンドルはさしあたりこれ以上の情報収集は断念し、べつの問題に移った。

「ねえアルフレッド、百ポンドって、相当の大金よ」

「はあ、わたくしもはじめて手にした大金でございます」アルフレッドはけろりとして言ってのけた。

「その点で、なにかいかがわしいふしがあるんじゃないか、そう思ってはみなかったの?」

「いかがわしいふし、でございますか?」

「ええ。べつに賭博のことを言ってるんじゃないわよ。なにかそれよりもずっと重大なこと。おまえにしたって、懲役に送られたりなんかしたくはないでしょ、アルフレッド」

「めっそうもない、お嬢様! まさか、本気でそうおっしゃっておいでではございますまいね?」

「じつはね、おととい警視庁へ行ってきたのよ」と、バンドルはもったいをつけて言った。「そのとき、とても妙な話を二つ三つ聞きこんだの。それでおまえに手を貸してほしいわけ。おまえが承知してくれれば、そうね——そのうちなにかおかしな雲行きになっても、おまえのために口添えしてあげられるんだけど」

「よろしゅうございます。わたくしでできることでしたら、なんでもいたします。喜んでお役に立ちます、お嬢様。それはもう、いかようにでも」

「そう。じゃあ最初にね、この建物のなかをすっかり見せてほしいの——上から下まで、残らず」

煙に巻かれ、びくびくしているアルフレッドをお供にしたがえて、バンドルは建物のうちをくまなく調べてまわった。賭博室にくるまでは、なにも目をひくものはなかった。その部屋で、はじめて、一隅にあるめだたない扉が目にとまった。扉には鍵がかかっていた。

アルフレッドがすすんで説明の労をとった。

「これは逃げ口に使われているのでございます、お嬢様。この向こうに部屋がありまして、階段へつづくドアがございます。階段は隣りの通りへの出口に通じておりまして、手入れがあったときなどに、お客様がたが脱出なされる通路になっております」

「でも、警察ではそういう仕掛けを知らないわけ？」

「隠し戸になっておりますから。このとおり、戸棚のように見せかけてあるだけでして、はい」

バンドルは興奮が高まるのを感じた。

「ぜひそこを見せてもらいたいわ」彼女は言った。

アルフレッドはかぶりをふった。

「それはできません、お嬢様。モスゴロフスキーさんが鍵を持っておりますので」

「でも、鍵ならほかにもあるでしょう？」

見たところ、扉の錠はごくありふれた型のもので、ほかのドアの鍵でも容易にあけられそうだった。アルフレッドはすくなからず困惑していたが、命じられて合いそうな鍵をとりにいった。四番めにためしてみた鍵が、ぴたりと合った。バンドルはそれをまわし、扉をあけて、なかにはいった。

そこは狭くてすすぼけた部屋だった。中央に長いテーブルが置かれ、その周囲に椅子が配置してある。ほかには家具はなく、ただ暖炉をはさんで二つの造りつけの戸棚が並んでいるだけだ。その手前のほうを、アルフレッドがあごでさしてみせた。

「あれがそのドアです」と、説明する。

バンドルは戸棚の戸をひっぱってみた。が、錠がおりていて、その錠前が非常に特殊な型のものであることは、一目で見てとれた。新案特許の錠前で、これと組になったキーでなければあけられない形式になっている。

「じつにうまくできた仕掛けでして」アルフレッドが説明をつづけた。「あけてみても、なんの変哲もないただの戸棚としか見えません。棚がありまして、帳簿が何冊か置いてあるだけです。だれも怪しみはいたしません。ところが、然るべき部分にちょっと触れてやりますと、全体がぐるっとまわって、戸口がひらくのでございます」

バンドルは向きなおって、部屋のうちを思案顔で見まわしているところだった。まず目についたのは、いま通ってきた扉の周囲に、ぐるりと丹念にベーズが張ってあることだった。完全な防音になっているのにちがいない。つづいて、彼女の目が向けられたのは、室内に配置された椅子だった。ぜんぶで七脚、三脚ずつテーブルをはさんで向かいあい、もうひとつ、ほかのよりもこころもちいかめしい造りのが、テーブルの首座に置かれている。

バンドルの目が輝いた。やっともとめていたものが見つかったのだ。この部屋こそは、問題の秘密組織の会合の場に相違ない。部屋は申し分なく設計されていた。まず、どう見ても怪しいところなどありそうにない——賭博室を通ってくることもできるし、外に通ずる秘密の出入り口からはいることもできる——おまけに、どれだけ秘密主義を通しても、どれだけ厳重な警戒措置を講じても、隣室で行なわれている賭博が、たやすくその口実となってくれるはずだ。

こうしたことを思いめぐらしながら、バンドルは漫然と指を大理石のマントルピースに走らせた。アルフレッドはそのしぐさを見てとり、その意味を勘ちがいして受け取ったらしい。

「申すまでもございませんが、汚れてはおりません。けさ、モスゴロフスキーさんのお言いつけで、この部屋を掃除するようにとのことでしたので、あちらがここで待っておいでのあいだに、わたくしが掃除をすませました」

「あら！　けさお掃除を？」バンドルはそう問いかえしながら、めまぐるしく頭を働かせた。

「掃除はときどきする必要がございます」アルフレッドは言った。「もっともこの部屋は、普通の意味で使われたことは一度もございませんのですが」

つぎの瞬間、アルフレッドを大激震が襲った。

「ねえアルフレッド」と、バンドルが言った。「この部屋のなかで、どこかわたしが身を隠せそうなところを探してちょうだい」

アルフレッドは唖然として彼女を見つめた。

「そんなことは無理でございます、お嬢様。わたくしまでが面倒に巻きこまれて、職を失うはめになりかねません」

「監獄行きになれば、どうせ失業するのよ」バンドルは非情に言いきった。「でもね、実際問題として、おまえが心配することなんか、なんにもありゃしない——だれにも知られるはずはないんだから」

「とおっしゃられても、隠れる場所なんかどこにもございません」アルフレッドは泣きだしそうな声で言った。「嘘だとおっしゃるのでしたら、どうかご自分でごらんになってくださいまし」

バンドルとしても、彼の言葉に一理あることは認めざるを得なかった。とはいうものの、不可能に挑戦する真の冒険精神が彼女にはそなわっている。

「ばかおっしゃい。きっとどこかにあるはずよ」

「ですが、ないものはないんでして」アルフレッドは泣き声をはりあげる。

それにしても、隠れるのにおよそこれほど不向きな部屋もなかった。汚れた窓にはすすけたブラインドがさがり、カーテンはない。外に張りだした窓框《まどがまち》は、バンドルの目測によれば、幅がわずか四インチほど！　室内にあるのは、テーブルと椅子、それに二つの造りつけの戸棚だけだ。

暖炉の反対側のいまひとつの戸棚の錠前には、キーがさしこんであった。バンドルはつかつかと歩み寄ると、戸をひっぱってあけた。なかには何段かの棚があり、グラスや陶器のたぐいが雑然と置いてある。

「普段は使っていない余分の品です」と、アルフレッドが説明した。「ごらんになればおわかりでしょう、お嬢様。猫一匹隠れるほどの隙間もございません」

けれどもバンドルはさっさと棚を調べていた。

「やわな造りだわ」と、断定する。「いいこと、アルフレッド、階下にこういったグラスを押しこんでおく戸棚はない？　あって？　結構。だったらお盆を持ってきて、すぐにこれを運びおろしてちょうだい。急ぐのよ――ぐずぐずしてるひまはないんだから」

「無理でございます、お嬢様。そろそろ時間も切迫しておりますし、いつ調理場のものたちがやってくるか知れません」

「そのモスゴ――なんとかってひとは、遅くなってからでなきゃ、こないんでしょ？」

「真夜中までは、めったにお見えになりません。しかし、その、お嬢様――」

「よけいなことを言ってるひまがあったら、さっさとお盆を持ってらっしゃい、アルフレッド。なんだかんだと言い訳ばかりしてると、それだけ面倒なはめになるのよ」

いわゆる〝手をもみしだく〟という表現でおなじみの動作をしながら、アルフレッドは退散した。まもなく盆を持ってもどってくると、もはや抵抗は無駄だとさとったのだろう、思いのほかかいがいしく動きまわりはじめた。

バンドルの目論見どおり、棚は簡単にはずれた。棚板をとりおろした彼女は、それらを並べて壁に立てかけると、なかにはいった。

「うーん、かなりきついわね。きちきちいっぱいって感じ。じゃあね、アルフレッド、気をつけて戸をしめてみて――ええそうよ。いいわ、なんとかなりそう。と決まったところで、今度は錐《きり》を持ってきて」

「錐、でございますか？」

「ええそう、言ったとおりよ」

「とおっしゃられましても、さて――」

「ばかおっしゃい。錐がない、なんてうちがあるもんですか。ドリルだってあるかもしれない。ないと言うんなら、外へ買いにいってもらうことになりますからね。だから、なんとかして探しだしてきたほうが利口というものよ」

アルフレッドは立ち去り、しばらくして、けっこう使えそうな道具類をひとそろいかきあつめてもどってきた。これぞと思うものをひっつかんだバンドルは、手ばやく、かつ手ぎわよく、自分の右の目の高さに孔をあけはじめた。なるべくめだたぬように、孔は外側からあけ、さらに人目をひくことのないよう、あまり大きくあけることも避けた。

しばらくして、彼女は言った。「さてと、これで細工は流々だわ」

「ですが、その、お嬢様――お嬢様――」

「なんなの？」

「きっと見つかってしまいますよ――万一この戸をあけられたら」

「あけやしないわよ」と、バンドル。「だっておまえが鍵をかけて、キーは持ってってしまうんだから」

「ですが、もしかしてモスゴロフスキーさんがキーを渡せとおっしゃったら——」

「なくしたとおっしゃい」バンドルは歯切れよく言ってのけた。「だいいち、この戸棚のことなんか気にするひとはいないわよ——これがここにあるのは、一対に見せかけて、もういっぽうの戸棚からひとの目をそらすだけのためなんだから。さあアルフレッド、いつだれがやってくるかしれないわ。早く鍵をかけて、キーを持っておいき。そしてだれもいなくなったら、きて、出してちょうだい」

「気分が悪くなりますよ、お嬢様。きっと気が遠くなって——」

「気なんか遠くなるもんですか。でもね、それだけ心配してくれるんなら、カクテルを一杯、持ってきておいてくれるのも悪くはないわね。そのうちきっと必要になるだろうから。それがすんだら、鍵をかけて——部屋の鍵もよ——忘れずに——ついでに、ほかのドアの鍵は、ぜんぶ本来の場所にもどしておく、と。ああ、それからね、アルフレッド——あんまりびくびくしないで。いいこと、たとえなにがあったって、おまえを見はなしたりはけっしてしないから」

さて、これで準備はよしと、バンドルが内心でそうつぶやいたのは、やがてカクテルが運ばれ、アルフレッドがこれを最後に立ち去ってしまってからだった。

そのうちアルフレッドが不安に負けて、ぼろを出してしまうのではないか、そういう危惧は彼女にはなかった。彼の自衛本能とて、それほどやわではないことはわかっている。そもそも、訓練のゆきとどいた召使いとして、仮面の下に個人的な感情を押し隠すのに慣れているから、そのことだけでもいまの場合、彼の助けになってくれるはずだ。

ただひとつ、バンドルにとっても気がかりなことがあった。けさ、この部屋が掃除されたという事実から判断したこと、その判断がことによると、まるきり見当ちがいかもしれないということだ。そしてもしそうなら──バンドルは狭苦しい戸棚のなかで吐息を漏らした。こんなところで長時間費やしたあげく、なんの収穫も得られないという可能性、そんな可能性を考えてみるのは、あまり楽しいことではなかった。

14 セブン・ダイヤルズの会合

それからの四時間にわたる苦行については、できるだけ省略したほうがいいだろう。そのかんの姿勢の窮屈さたるや、予想以上のものがあった。見通しとして、会合がもしひらかれるとしたら、それはクラブの賑わいが最高潮に達するころあい――だいたい真夜中から午前二時までのあいだ――であるはずだ、そうバンドルは予測していた。すくなくとも、もう朝の六時にはなっただろうと思いかけたころ、待ち望んでいた音が聞こえた。ドアの錠前をはずす音だ。

まもなく、電灯がともった。ちょっとのあいだ、遠い潮騒のようにくぐもった話し声が聞こえていたが、それもまた、始まったときとおなじようにぱたっとやみ、かんぬきのかかる音がした。明らかに、隣りの賭博室からだれかがこちらの部屋にはいってきたのだ。境の防音扉の効率のよさに、あらためてバンドルは内心で賛辞を呈した。

やがて、侵入者の姿が視界にはいってきた。視野の広さは必然的にかぎられていたが、それでもいちおうの目的にはかなっていた。背の高い、肩幅の広い、精悍な顔つきの男で、真っ黒な長いあごひげをたくわえている。先夜、その男がバカラのテーブルのひとつにいたのをバンドルは思いだした。

してみると、これがアルフレッドの言う謎のロシア人——このクラブの経営者ながら、どこか後ろ暗いところのあるモスゴロフスキー氏だろう。バンドルの心臓が興奮に高鳴りはじめた。もともと、父親とは気質のまるきり異なる彼女は、いまこの瞬間の自分の窮屈きわまりない立場を、むしろ楽しんでいさえした。

ロシア人はなおしばらくテーブルのそばに立って、あごひげをなでていた。それから、ポケットから懐中時計をとりだし、時刻をたしかめた。そして満足げにうなずくと、またポケットに手を入れ、バンドルには見えないなにかをとりだしながら、移動して、彼女の視界から消えた。

ふたたび男の姿が目にはいってきたとき、バンドルは驚きのあまり、はっと息をのまずにはいられなかった。

男の顔は仮面に隠されていた——ただし、普通に言う意味での仮面ではない。そもそも顔に似せてつくったものではないのだ。カーテンのように、顔の前に布が一枚さがっているだけで、目にあたる位置に、二つの細い切れ目がある。全体の形は円く、それが時計の文字盤をかたどっていて、針は六時をさしている。

「セブン・ダイヤルズだわ！」バンドルは胸のうちで叫んだ。

と、まさにそのとき、べつの物音が聞こえた——七回のくぐもったノック。

モスゴロフスキーは大股に歩いて、もういっぽうの戸棚の位置とおぼしきあたりへ近づいた。かちりと鋭い音がして、つづいて、外国語で挨拶をかわす声が聞こえてきた。

まもなく、新来の客たちがバンドルの視界にはいってきた。

その二人もやはり時計の仮面をつけていたが、針のさす位置は異なっていた——それぞれ四時と五時だ。どちらの男も夜会服を身につけているが、二人のあいだには、はっきり見てとれる相違がある。ひとりは品のよい、ほっそりした体つきの青年で、服も最上の仕立て。身のこなしの優雅さは、イギリス人というよりも、ヨーロッパ人を思わせる。もういっぽうは、〝痩せてはいるが屈強な〟と形容するのが似つかわしい体格で、服もぴったり体に合ってはいるが、しかしそれだけのことだ。声を聞かないうちから、バンドルには国籍の見当がついた。

「今夜の集まりには、われわれが一番乗りのようですね」

わずかにアメリカ訛りのまじる、豊かな気持ちのいい声で、どこかにアイルランドふうの抑揚も聞きとれる。

もうひとりの優雅な身ごなしの青年が、流暢ではあるがほんのわずか大仰な英語で言った――

「今夜は抜けだしてくるのにだいぶ苦労をさせられました。こういうことは、いつも都合よく運んでくれるとはかぎりませんからね。ここにおいでの〈ナンバー4〉とはちがって、ぼくは時間が自由になる身でもありませんし」

バンドルはその男の国籍を推定してみようとした。口をきくまでは、たぶんフランス人だろうと見ていたのだが、そのアクセントはフランス人のものではなかった。ことによるとオーストリア人かハンガリー人、いや、ロシア人ということもありえないではない。

アメリカ人がテーブルの向こう側へ行き、椅子をひく音がバンドルにも聞こえてきた。

「〈一時〉さんは、たいした成功をおさめていますね。あなたが思いきってああいう手段をとられて、よかったと思いますよ」

〈五時〉が肩をすくめた。

「虎穴に入らずんば――」言いさして、それきり語尾をとぎらせる。

ここでまた七回ノックする音がして、モスゴロフスキーが秘密の扉に歩み寄った。

そのあとは、全員がバンドルの視界から消えてしまったので、彼女にもはっきりした成り行きがつかめなかったが、やがて、ひげのロシア人がやや声を高めて言うのが聞こえた。

「では、議事にとりかかりますかな」

そう言いながらロシア人はテーブルをまわって、上座にある肘かけ椅子の隣りに座を占めた。そこにすわると、まっすぐバンドルの隠れている戸棚と向かいあうかたちになる。さらにその隣りに、優雅な〈五時〉が着席した。おなじ側の三つめの椅子は、バンドルの位置からは見えなかったが、〈ナンバー4〉のアメリカ人がそこにすわる前に、ちらりとその姿が彼女の視野をかすめた。

テーブルのこちら側に並んだ椅子のうち、見えるのはやはり二つだけだった。見まもるうちに、一本の手があらわれて、その二番めの——実際にはまんなかの——椅子を折り畳むのが見えた。つづいて、あとからきたひとりが、すばやい身のこなしで戸棚の前をかすめ、モスゴロフスキーと向かいあわせの椅子にすわった。だれがそこにすわるにせよ、その人物は当然バンドルにまっすぐ背を向けることになるが、いまバンドルがひときわ興味をもって見つめたのは、その背中だった。というのもそれが、ドレスの襟を大きくくり、肩をむきだしにした、とびきり美しい女性の背中だったからだ。

まず口をひらいたのは、その女だった。その声は音楽的かつ異国的で——しかも、ひとの心を深くひきつける響きがあった。彼女はテーブルの首座の空席のほうへ目を向けていた。

「では、今夜も〈ナンバー7〉さんにはお目にかかれないんですのね。ねえみなさん、はたしてわたくしたち、いつかあのかたにお会いできるときがあるんでしょうか」

「いいご質問ですね」と、アメリカ人が言った。「まことにいいご質問です！　そこで〈七時〉さんについてですが——じつはぼく、そんな人物は存在しないんじゃないか、そう思いはじめているところなんです」

「そういう見かたはおすすめできませんな、あなた」ロシア人が愛想よく言った。

沈黙があった——どちらかというと気まずい沈黙というところだ、そうバンドルは感じた。

彼女の目は依然として、すぐ目の前にある美しい背中を魅せられたように見つめていた。右の肩甲骨のすぐ下に、小さな黒いほくろがあり、肌の白さをいっそうひきたてている。バンドルの思うに、これまでたびたび本で読んできた〝美貌の女山師〟という表現、それがはじめて意味を持ったような気がする。この女性が美貌であること——情熱的な目をした、黒髪のスラブ系の美女であること、それをバンドルは信じて疑わなかった。

ここでまたロシア人の声がして、バンドルは夢想から呼びさまされた。どうやらロシア人が司会の役を務めているらしい。

「では、議事に移りますかな？　まずは欠席なさった同志、〈ナンバー2〉について！」

女の隣りの折り畳まれた椅子のほうへ、彼は手をさしのべつつ妙なしぐさをした。出席しているほかのものたちも、おなじくその椅子のほうを向きながらそれにならった。

「今夜はぜひとも〈ナンバー2〉に出席してほしかったですな」と、ロシア人はつづけた。「問題が山積しているのです。思いもかけぬ難問が出来しまして」

「彼の報告は受け取っているのですか？」そう言ったのはアメリカ人だった。

「まだです――なにも受け取ってはおりません」言葉がとぎれた。「合点のいかぬことです」

「すると――途中で紛失したかもしれない、と？」

「そういうことも――考えられます」

「言いかえれば」と、〈五時〉がそっとつぶやくように、「つまり――危険だと」

彼はその言葉を慎重に――それでいてその響きを楽しむように口にした。

ロシア人は強くうなずいた。

「そうです――危険がある。あまりにも多くのことが知れわたりかけている――われわれについても、この店についても。疑惑の目を向けているものを、わたしも何人か知っていますよ」そして冷ややかにつけくわえた。「そういう連中は口を封じられねばなりません」

バンドルは冷たい戦慄が背筋を走り抜けるのを感じた。もしもいま見つかったら、わたしも口を封じられることになるのだろうか？　だがそこで、とつぜんある言葉が彼女の耳をそばだてさせた。

「すると、チムニーズ館については、まだなにも判明していないと？」

モスゴロフスキーはうなずいた。

「なにもわかっておりません」

いきなり〈ナンバー5〉が身をのりだした。

「ぼくも同感ですね、アンナに。いったいわれわれの首領は――〈ナンバー7〉は、どこにいるんです？　彼こそがわれわれを組織した張本人なんですよ。どうしてわれわれの前に姿を見せないのです？」

「〈ナンバー7〉には〈ナンバー7〉なりのやりかたがあるのです」と、ロシア人が言った。

「あなたはいつもそう言ってる」

「これ以上は申しません」モスゴロフスキーは言った。「ともあれ、〈ナンバー7〉に逆らう男を——あるいは女を——わたしは気の毒に思いますね」

気まずい沈黙が落ちた。

やがてモスゴロフスキーが静かに言った。

「われわれは、われわれのやるべきことを進めるまでのことです。〈ナンバー3〉、ワイヴァーン屋敷の図面は持ってきてくれましたね？」

バンドルの耳がぴくりとそばだった。これまでのところ、〈ナンバー3〉の姿はちらりとも見かけなかったし、声も聞いていなかった。いま聞いて、どこの国の人間かははっきり聞きわけられた。低くて、穏やかで、いくらか口ごもるような——育ちのいいイギリス人に特有の声だ。

「ここにあります」

何枚かの書類がテーブルごしに押しやられた。一座のものがそろってのぞきこんだ。

ややあって、モスゴロフスキーが顔をあげた。

「それで、客の名簿は？」

「これです」

ロシア人はそれを読みあげた。

「サー・スタンリー・ディグビー。ミスター・テレンス・オルーク。サー・オズワルドとレイディー・クート。ミスター・ベイトマン。アンナ・ラッツキー伯爵夫人。マカッタ夫人。ミスター・ジェームズ・セシジャー――」

ふと言葉をとぎらせて、それから鋭い口調でたずねた。

「何者です、このミスター・ジェームズ・セシジャーとは?」

アメリカ人が笑った。

「その男のことなら、心配するには及ばないと思いますね。ざらにいる、根っからの鈍物といった坊やですから」

ロシア人は名簿の読みあげにもどった。

「あとは、ヘル・エーベルハルトとミスター・エヴァズレー。これでぜんぶですな」

あらそう? とバンドルは内心でつぶやいた。もうひとり、あのすばらしいお嬢さん、レイディー・アイリーン・ブレントのことはどうなってるの?

「さてと、このあたりのことについては、べつに問題はなさそうですな」モスゴロフスキーがつづけた。そしてテーブルの向かいに目を向けた。「エーベルハルトの発明のことですが、その価値については疑問の余地がないんでしょう?」

〈三時〉がイギリス人らしい簡潔な返事をした。

「ありません」

「商業的には、何百万ポンドもの値打ちがあるはずです」ロシア人は言った。「そして国際的には――さよう、国家というものがいかに貪欲であるか、それは先刻ご承知のとおりです」

仮面のかげで、彼が無気味な笑みを浮かべているのではないか、そうバンドルは想像した。

「そうです」ロシア人はつづけた。「まさに金鉱ですよ」

「二、三の人命とひきかえにする値打ちなら、じゅうぶんにあるというわけだ」〈ナンバー5〉が皮肉っぽくそう言い、声をあげて笑った。

「もっとも、発明家というのがあまりあてにならないのはご承知の通りです」アメリカ人が言った。「いざとなると、その発明が思うように働いてくれない、なんてことはちょくちょくありますからね」

「サー・オズワルド・クートともあろう人物が、そんな誤りを犯すはずはありますまい」と、モスゴロフスキー。

〈ナンバー5〉が言った。「ぼくも飛行家のはしくれとして言わせてもらうと、あの発明は百パーセント、実用化が可能です。もう何年も前から検討されてきたんですが、それが実現を見るのには、エーベルハルトの天才が必要だったというわけです」

「では、これ以上は検討することもなさそうですな」と、モスゴロフスキーが言った。

「みなさんも図面はごらんになったはずです。当初の計画を練りなおす必要があろうとも思えません。ところで、ちょっと小耳にはさんだのですが、ジェラルド・ウェイドの手紙が見つかったそうですな――文面でこの組織について触れているとか。見つけたのは何者です？」

「ケイタラム卿の息女――レイディー・アイリーン・ブレントです」

「バウアーが気をつけているべきでしたな」と、モスゴロフスキーは言った。「彼の怠慢ですよ、これは。だれに宛てられた手紙だったのです？」

「妹、だと思います」と、〈ナンバー3〉。

「不運でしたな」モスゴロフスキーは言った。「しかし、いまさら言ってもしかたがない。ロニー・デヴァルーの検死審問は、あすの予定です。これについての手配はすんでいると思いますが？」

「地元の若いのが射撃の練習をしていた、そういううわさがそこらじゅうに広まっていますよ」と、アメリカ人が言った。

「でしたら、そのへんは心配ありますまい。さて、さしあたりお話しすることはこれくらいでしょう。われわれ一同、こぞってわが親愛なる〈一時〉女史を祝福し、今後の彼女の任務が支障なく果たされるように祈願するとしますか」

「ばんざい！」〈ナンバー5〉が叫んだ。「アンナのために！」

一同の手がさしのべられ、はじめのときとおなじしぐさをくりかえした。

「アンナのために！」

〈一時〉の女は、典型的なヨーロッパ人の身ぶりで、その一同の敬礼に答えた。それから立ちあがり、ほかのものもそれにならった。〈ナンバー3〉がアンナの肩にマントを着せかけたが、そのときはじめてバンドルは、その男の後ろ姿を垣間見た——背の高い、がっしりした体格の男だ。

やがて一同は、秘密の通路を通ってぞろぞろと出ていった。一同を見送ったあと、モスゴロフスキーはふたたびその出入り口をしっかりととざした。なおしばらく時間をおいてから、彼がもうひとつの扉のかんぬきをはずし、電灯を消したうえで、向こうの部屋へ出てゆく気配がした。

そのあとおよそ二時間もたってから、緊張のあまり蒼白な顔をしたアルフレッドがやってきて、バンドルを解放してくれた。彼女はあやうく彼の腕のなかに倒れこみそうになり、彼があわてて抱きとめねばならなかった。

「なんでもないわ」バンドルは言った。「ただちょっと体がこわばっただけ。とりあえずここにすわらせてちょうだい」

「た、たいへんな目にあわれて。さぞかしおつらかったことでしょう」

「とんでもない。首尾は上々よ。とにかくもう終わったんだから、そうびくびくしないで。こんなにうまくいくとは思っていなかったけど、さいわい何事もなくてすんだわ」

「ほ、ほんとにさいわいでございました、お嬢様。一晩じゅう生きた心地がいたしませんでしたよ。なにしろ変わった手合いでございますから、連中は」

「ほんと、おそろしく変わってるわね」バンドルは勢いよく腕や脚をマッサージしながら言った。「正直なところ、今夜という今夜まで、ああいう手合いは小説のなかにしか存在しないものだと思ってた。ねえ、驚くじゃない、アルフレッド。生きてるといろんな経験をするものだわ」

15 検死審問

バンドルが帰宅したのは、朝の六時ごろだった。九時半には、起床して身支度を終え、ジミー・セシジャーに電話していた。

彼がいきなり電話に出たのにはちょっと驚かされたが、これから検死審問に出かけると聞いて、納得がいった。

「わたしもこれから出かけるところ」と、バンドルは言った。「ついでに、あなたにお話ししたいこともいろいろあるのよ」

「じゃあ、ぼくの車で行きましょう。そしたら途中で話ができる。どうです？」

「いいわ。だけど、ちょっとだけ回り道してくださるかしら。チムニーズ館に寄らなきゃならないの。警察本部長が迎えにきてくれることになってるから」

「なぜ？」

「なぜって、親切だからでしょ」

「だったら、ぼくもおなじだ。すごく親切ですよ」

「あら！　あなたはね──あなたは〝鈍物〟ですってよ。ゆうべあるひとがそう言うのを聞いたの」

「だれです？」

「厳密に言えば──あるロシア系ユダヤ人。いえ、そうじゃないわね。あの台詞はたしか──」

しかし、相手の憤激の叫びが、彼女の言葉を途中でかきけしてしまった。

「そりゃぼくは鈍物かもしれないさ。自分でも認めますよ──だけど、それをロシア系ユダヤ人ごときに言われたくはないな。で、ゆうべはなにをしてたの、バンドル？」

「それを話してあげようと思ってるのよ。じゃあ、またあとで」

じらすように言って、バンドルは電話を切った。ジミーはとまどいながらも胸がはずむのを覚えた。バンドルという娘の能力は、彼も高く評価している。もっとも、彼女にたいして恋だの愛だのといった感情は、これっぽっちも持っていないのだが。

「あの子、なにかたくらんでるな」胸のうちでそうつぶやきながら、彼はあわただしくコーヒーの残りを飲み干した。「まあ見てろって。ぜったい彼女、なにかをたくらんでるから」

二十分後、彼の二人乗りの小型車がブルック街の家の前に停まると、待ち構えていたバンドルが軽やかに階段を駆けおりてきた。普段のジミーは、あまり観察眼の鋭いほうではないのだが、いまは、バンドルの目のまわりに黒いくまができていて、どこから見ても、ゆうべはろくに眠っていないらしいと気づいた。

車がそろそろ郊外にさしかかるころになって、ジミーは口をひらいた。

「さあ、聞かせてほしいな――いったいどんな悪事をたくらんでるのか」

「いま話すわよ」バンドルは言った。「でもね、話しおわるまで、口を出さないでほしいの」

かなり長い話になった。そのあいだジミーのほうは、車が事故を起こさぬよう、せいぜい運転に集中するのがせきのやまだった。ようやくバンドルが語りおえると、彼は溜め息をついた――それから、さぐるように彼女を見やった。

「バンドル?」

「なに?」

「まさかぼくをからかってるんじゃないよね?」

「どういう意味よ、からかってるって」

「いや、失礼」ジミーは謝った。「でもさ、それとそっくりおなじ話を、前にも聞いたことがあるような気がするから――夢のなかでね、もちろん」

「わかるわ」バンドルは調子を合わせた。

「だって、そんなことありえないだろ？」なおも自分の想念を追いながら、ジミーはつづけた。「美しい異国の女山師。国際的ギャング団。だれも正体を知らない謎の〈ナンバー7〉――なにもかも、百ぺんも小説のなかで読まされたことばかりだ」

「もちろんそうでしょうよ。わたしだっておなじですもの。でもね、だからってそれが現実には起こりえないという理由にはならないわ」

「だろうね」ジミーも同意した。

「なんてったって――小説というのは事実にもとづいてるものでしょう？　だって、実際にそういうことがあったのでなければ、だれもそんな内容を思いつくことなんかできない」

「たしかにきみの言うことにも一理ある」ジミーは譲歩した。「しかし、それでもやっぱりぼくは、はたして目がさめてるのかどうかって、自分のほっぺたをつねってみずにはいられないな」

「わたしだっておなじことを考えたわ」

ジミーは深い溜め息をついた。

「まあいい。とにかく二人とも夢を見てるんじゃなさそうだ。ええと、まずロシア人だろ、それにアメリカ人、イギリス人――たぶんオーストリア人かハンガリー人らしい人物――ついでにもうひとり、国籍不明の女――いちおうロシア人かポーランド人だとすると――すごいな、こいつはちょっとした代表者会議ってところだ」

「それにドイツ人もね」と、バンドル。「ドイツ人を忘れてるわよ、あなた」

「ほう！」ジミーはのろのろと言った。「というと――？」

「欠席した〈ナンバー2〉。〈ナンバー2〉はバウアーよ――わが家の従僕の。それははっきりしてるんじゃないかしら――報告を待ってるのに、それが届かないと言ってたことからしても。もっとも、はたしてチムニーズ館について報告するようなどんなことがあるのか、さっぱり見当もつかないけど」

「それはきっとジェリー・ウェイドの死に関係したなにかだな」と、ジミーは言った。「きっとまだあるんだ、ぼくらがつきとめていないなにかが。実際にバウアーの名が話に出たんだったね？」

バンドルはうなずいた。

「彼があの手紙を見つけそこなったのがまちがいのもとだ、そう言って非難してたわ」

「ならば、それ以上はっきりした証拠はないわけだ。反論の余地はないな。さっきはすまなかった、バンドル、頭から疑ってかかるみたいなことを言って。だけど、まあ、そのね——とてもほんとうとは思えない話だったから。なにしろぼくが来週ワイヴァーン屋敷へ行くことまで、連中は知ってたというんだろう？」

「そうよ。で、そのときなの、アメリカ人が——そう、アメリカ人だったわ、ロシア人じゃなく——なにも心配するには及ばないと言ったの。あなたはざらにいる〝鈍物〟のたぐいだから、って」

「くそっ！」そう言ってジミーがいきなり強くアクセルを踏みこんだので、車はたちまち矢のように走りだした。「それを聞かせてもらって、おおいに感謝しなくちゃ。おかげでこの一件にたいして、いわば個人的関心とでもいったものが持てるようになったわけだから」
一、二分たってから、彼は口調をあらためてつづけた——
「そのドイツ人の発明家だけど、名前はエーベルハルトだと言ったっけ？」

「ええそうよ。なぜ？」

「ちょっと待ってくれ。なにか思いだしかけてるんだ。エーベルハルト——エーベルハルトと——そうだ、あれだ、あれにまちがいない」

「聞かせて」

「エーベルハルトというのは、なにかの新案特許をとったやつでね、その方法は鋼鉄に応用できる。ぼくには科学知識がないから、正確な説明はできないけど——なんでも、それを応用すると、硬度が飛躍的に高まり、針金がこれまでの鉄棒ほどの強度を持つんだそうだ。このエーベルハルトはまた、航空機産業にも関係していて、彼の着想というのは、機体の重量を大幅に減らすことにより、航空機業界に事実上の革命をもたらそうというものだった——つまり、コストの面においてね。その発明を、彼はドイツ政府に売りこんだんだが、政府は二、三の否定しがたい欠点を指摘して、それを却下した——それも、かなり意地の悪いはねつけかたをしたらしい。発奮したエーベルハルトは、さっそく改良にとりかかり、どんな欠点だったにせよ、みごとそれらを回避することに成功したんだが、前回の政府の対応が腹に据えかねていたものだから、そんなやつらに大事な虎の子の発明を渡してたまるか、ってな気になったわけだ。ぼくは、そんな発明苦心談なんて、どうせ作り話だろうとずっと考えてきたけど、いまとなってみると——事情が変わってきたと言わざるを得ないな」

「そうよ、きっとそう」バンドルは熱をこめて言った。「あなたの観測でまちがっていないと思うわ、ジミー。さだめしエーベルハルトは、その発明をわが国の政府に売りこんだんでしょうね。そして政府はそれについて、専門家としてのサー・オズワルド・クートの意見をもとめたか、あるいはもとめようとしている。だからワイヴァーン屋敷で非公式の会合がひらかれるのよ。サー・オズワルド、ジョージ、それに航空大臣と、エーベルハルト。エーベルハルトはきっとその席に、その計画書だか、製法だか、なんて言うんだか知らないけど――」

「公式と言うんじゃないかな」ジミーが言った。「たぶん〝公式〟と呼ぶのがいちばん適切だと思う」

「その公式を彼は持ってくるのよ。そしてセブン・ダイヤルズは、それを盗もうとたくらんでる。何百万ポンドもの価値があるって、そうロシア人が言ってたのを覚えてるから」

「たしかにそうだろうね」と、ジミー。

「それから、二、三の人命とひきかえにする値打ちはじゅうぶんにある、とも――これはべつのメンバーが言ったことだけど」

「なるほど、いかにもそれだけの値打ちはあったみたいだ」ジミーは顔を曇らせて言った。「きょうのこのいまいましい検死審問、これがまさにそのいい証拠じゃないか。ところでバンドル、ほんとにロニーはほかのことはなにも言わなかったんだね？」

「ええ。あれだけよ。セブン・ダイヤルズ。伝えて、ジミー・セシジャー。やっとこれだけ言うのがせいいっぱいだった、お気の毒に」

「彼がなにを知ってたのか、ぼくらにもわかるといいんだが」と、ジミー。「それでも、ひとつだけわかったことがある。ぼくの思うに、例の従僕——バウアー——あの男がジェリーの死にからんでることはまずまちがいないはずだ。そこでさ、バンドル——」

「なんなの？」

「いやね、ときどきちょっと心配になるんだ。つぎに殺《や》られるのはだれだろうって！じっさい、こういう問題ってのは、かよわい女性がかかりあいになるべき性質のものじゃないからね」

われにもあらず、バンドルはにこっとした。ずいぶん時間がかかったけど、やっとジミーもわたしをロレーン・ウェイドと同類と認めてくれたらしい、そう考えたからだ。

「殺られるとしたら、わたしよりもあなたのほうがずっとその危険性が強いわ」と、快活に言いかえす。

「ヒヤ、ヒヤ」と、ジミー。「それにしても、たまには気分転換に、向こうのやつを何人か血祭りにあげてやるってのはどうかな？　けさのぼくは、むしょうに血に飢えている気分なんでね。そこで訊くんだけど、バンドル、そのメンバーのなかに、だれかひとりでも、顔を見たらそれとわかるようなやつはいない？」

バンドルはためらった。

それから、思いきって答えた。「〈ナンバー5〉ならわかるような気がするけど。しゃべりかたが独特だから――ちょっと毒のあるような、そのくせ舌足らずな――もう一度聞けばわかると思うわ」

「イギリス人はどう？」

バンドルはかぶりをふった。

「ちらっと見ただけだから――ほんの一瞬、ちらっと――それに、声もごく普通の、特徴のない声。わかるのは大柄な男というだけで、ほかに手がかりになりそうなものはほとんどないのよ」

「まあ、あとは女がいるけどね、もちろん」と、ジミーはつづけた。「男よりはずっと探しやすいだろう。といっても、きみがひょっこりその女と出くわす、なんてことはまずなさそうだけど。おそらく、向こうはなんらかのダーティーな仕事をさせられてるはずだから――たとえば、鼻の下の長い閣僚と食事をつきあって、一杯やりながら国家機密を訊きだすとか。すくなくとも、小説のなかではそんなふうになってる。じつをいうと、ぼくの知ってる唯一の閣僚なんか、飲み物といえば、レモンを一滴たらしたお湯しか飲まないんだけどね」

「それなら、ジョージ・ロマックスを例にとってみましょうよ。あのひとがヨーロッパ美人に鼻の下を長くしてるなんて図、想像できて？」バンドルは笑いながら言った。

ジミーもこの批判に一理あることを認めた。

それから、また話をつづけて、「だったら、問題のその謎の人物、〈ナンバー7〉だけど——その男がはたして何者か、きみに心あたりはぜんぜんない？」

「ないわ、ぜんぜん」

「これもまた——その、小説種なんだけどね——きっとその男は、ぼくらのだれもが知ってる人物にちがいない、そう思うんだ。たとえばの話、ジョージ・ロマックス本人、という考えかたはどう？」

バンドルはためらいがちに首を横にふった。

「小説のなかでなら、ぴったりかもしれないけど。でもねえ、コダーズというひとを多少なりとも知っていれば——」そこでとうとう、こらえようのない笑いがこみあげてきた。「あのコダーズが、大犯罪組織の首領ねえ。けっ、さ、く、だわ、まったく！」彼女は息を切らして笑った。

ジミーもそのとおりだと認めた。ここまでのふたりの議論はしばらくつづいていて、そのかんに一度か二度、知らずしらずジミーの運転のスピードが落ちたこともあった。

やがてチムニーズ館に到着すると、すでにきて、待っているメルローズ大佐の姿があった。ジミーが紹介され、それから三人は打ちそろって検死審問へと向かった。

メルローズ大佐も言っていたとおり、審問はごく簡単に終わった。バンドルが証言し、付近で射撃練習をしていたものがいる、との証言もなされた。評決は、偶発事故による事故死だった。

審問に伴ういっさいの手続きが終わると、メルローズ大佐がバンドルをチムニーズ館まで送り届ける役を買って出た。ジミー・セシジャーはそのままロンドンに帰った。

生まれつき楽天的な気質ではあったが、それでもバンドルから聞かされた話は、彼に深刻な打撃を与えていた。きっとくちびるを嚙みしめて、彼は心につぶやいた。

「なあロニーさんよ、おれは挑戦を受けて立つことにしたぞ。なのにきみは、あいにくこのゲームにはもう加われないんだ」

ここでべつの考えが頭にひらめいた。ロレーン！ まさか彼女が危険にさらされているようなことは？

ちょっとのあいだためらってから、ジミーは電話口へ行き、彼女を呼びだした。

「ぼくだ――ジミーだよ。検死審問の結果を知りたいだろうと思ってね。事故死だった」

「あら、でも──」

「わかってる。なにか裏があるみたいだ。検死官もそれとなくにおわしてたけどね。何者かが事件の揉み消しをはかっているらしい。そこでね、ロレーン──」

「はい？」

「よく聞いてくれ。なにか──たしかになにか怪しい動きがあるようなんだ。きみもくれぐれも気をつけてほしい。いいね？──ぼくのためにも」

たちまち彼女の声のなかに、警戒の響きがあらわれるのが聞きとれた。

「ジミー──でも、もしそうなら、危険なのはあなたじゃなくって？」

ジミーは笑った。

「いや、そのことなら心配はいらない。これでもぼくは、殺されたって死なない男だから。じゃあね、いずれまた」

電話を切ったあと、彼はなおしばらく考えこんでいたが、やがてスティーヴンズを呼んだ。

「ご苦労だが、スティーヴンズ、拳銃を買ってきてもらえないだろうか」

「拳銃を、でございますか？」

骨の髄まで躾のゆきとどいた使用人スティーヴンズは、毛筋ほどの驚きをも示さなかった。

「で、どういう拳銃をお望みでございましょう」

「引き金に指をかけていれば、その指をはなすまで、弾の出つづけるのがあるだろう」

「オートマティックでございますね？」

「そう、そのオートマティックだ。ついでに、銃身の青いやつがいいな——これがどういうことか、おまえや銃砲店の親父にわかるかどうか。つまりな、アメリカの小説を読むと、主人公は必ず尻のポケットから銃身の青いオートマティックをとりだすんだ」

スティーヴンズは、ごくかすかな、慎みぶかい微笑が、口辺をよぎるのを自分に許した。

「わたくしの存じあげておりますアメリカの紳士がたは、たいていそれとはいちじるしく異なるものを、お腰のポケットに入れておられるようですが」

ジミー・セシジャーは声をたてて笑った。

16　ワイヴァーン屋敷のパーティー

金曜の午後、ちょうどお茶の時間にまにあうように、バンドルはワイヴァーン屋敷へ車を乗りつけた。ジョージ・ロマックスがあらわれて、すくなからぬ熱意《アンプレッスマン》をもって彼女を迎えた。

「これはこれは、アイリーン。わざわざお越しいただいて、これほどうれしいことはない。お父上をお招きしておきながら、あんたをご招待しなかったのをお許しいただきたい。正直に言うと、この種の集まりに興味を持たれるとは、夢にも思わなかったものでな。レイディー・ケイタラムから、あんたが——あ——その、政治に——あ——関心を持っておられるとうかがったときには、その——あ——驚いたり——その——喜んだりしたものだよ」

「とてもきたかったものですから」と、バンドルはごくあっさりと、飾らない調子で言った。

「ミセス・マカッタは、もうちょっとあとの列車でないと、おいでになれんそうでな」と、ジョージは弁解した。「ゆうべ、マンチェスターで講演の予定がはいっておったものだから。あんた、セシジャーのことは知っておるかね？　まだ若いが、諸外国の政治情勢を非常によく勉強しておいでだ。外見からは想像もつかんが」

「セシジャー様なら存じあげていますわ」バンドルは言い、しかつめらしくジミーと握手をかわした。ジミーはきまじめな印象を与えようという魂胆からか、なんと髪をまんなか分けにしていた。

ジョージがちょっとそばを離れた隙に、ジミーが小声で早口に言った。「ちょっと聞いてくれないか、バンドル。怒らないでほしいんだけど、じつはわれわれのちょっとした冒険のことを、ぼくの口からビルに話したんだ」

「ビルに？」バンドルは当惑顔で言った。

「ああ。なんといってもビルは、もともとのメンバーのひとりなんだから。ロニーはビルの友達だったし、ジェリーもそうだった」

「ええ、そりゃ知ってるけど」

「だけど、きみはまずいと考えるわけだ。ごめんよ」

「いいえ、もちろんビルなら心配することはないわ。そういう意味じゃないの。ただね、ビルは——その、生まれつきどじなひとだから」バンドルは言った。

「あんまり血のめぐりがよくない？」ジミーが遠まわしに言った。「でもね、きみはひとつ忘れてるよ——ビルがとびきり腕っぷしが強いってことさ。それに、ふと考えたんだが、いずれ強力な腕力が必要になるときがくるかもしれない」

「そうね、たぶんあなたの言うとおりだわ。それで、あのひと、その話をどう受け取って？」

「うん、だいぶ頭をかかえてたけどね——つまり、いっぺんにいろんな事実を知らされて、すっかりこたえたらしい。それでも、やさしい言葉で根気よく説明して聞かせて、ようやくあの石頭にも事情をのみこませた。ついでに言うと、いまでは当然ながらわれわれと、いわば生死をともにする気でいるというわけだ」

とつぜんまたジョージが姿をあらわした。

「アイリーン、紹介させてほしい。こちら、サー・スタンリー・ディグビー——レイディー・アイリーン・ブレント。こちらはミスター・オルーク」航空大臣というのは、陽気な笑顔の、小柄でまるまるした男だった。いっぽうオルーク氏のほうは、笑みをたたえた青い目と、典型的なアイルランド系の顔だちをした、背の高い青年で、バンドルを紹介されて、熱烈に挨拶を返した。

「じつはね、いまのいままで、おそろしく退屈な政治集会になるだろうと思ってたところですよ」と、如才なく声をひそめて耳打ちする。

バンドルは言った。「あら、お気をつけあそばせ。わたくし、政治好きですのよ——とても」

「ご存じのサー・オズワルドとレイディー・クートだ」と、ジョージが紹介をつづけた。

「お目にかかるのははじめてですわね」

笑顔でそう言いながら、内心バンドルは父の描写能力に拍手を送っていた。サー・オズワルドは、鉄の万力のような力でバンドルの手を握り、いくらか彼女を辟易させた。

いっぽうレイディー・クートは、どことなく悲しげな調子で挨拶をしてしまうと、ジミー・セシジャーのほうを向いて、どうやら喜びに近い感情をあらわそうとしているようだった。朝食に遅れるという困った癖があるのにもかかわらず、この愛すべき紅顔の青年にレイディー・クートは好感をいだいていた。たくまずしてにじみでる彼の育ちのよさ、それが彼女を魅了したのだった。この青年の悪癖を矯正し、ひとかどの人物に育ててみたい、そんな母性愛に似た感情を彼女はいだいていた。そうやって育ててあげた結果が、はたしていまのままの魅力的な形態を保ちうるかどうか、そういう疑問は一度として彼女の念頭には浮かばなかった。いま彼女はジミーをつかまえて、自分の友人の身に起こった痛ましい自動車事故の顚末を語りはじめていた。

「ミスター・ベイトマン」と、ジョージが手みじかに言った。早くこれをかたづけて、つぎのもうすこしましな相手に移りたい、とでも思っているように。

血色の悪い、きまじめそうな青年が会釈した。

「そしてつぎにご紹介するのが」と、ジョージは言葉をつづけて、「ラッキー伯爵夫人」

ラッキー伯爵夫人は、それまでベイトマン氏と話しこんでいた。ソファに深々と腰をおろし、大胆に脚を組んで、話のあいまに、トルコ玉をちりばめたびっくりするほど長いホルダーで煙草をふかしている。

これまでに会ったなかでは最高の美人のひとりだわ、とバンドルは思った。目はとびきり大きく、青く、髪は烏の濡れ羽色。肌には沈んだつやがあり、スラブ系らしくやや低めの鼻に、ほっそりしたしなやかな体つき。くちびるはくっきりと赤くいろどられているが、その濃さは、バンドルの見るに、このワイヴァーン屋敷ではまったく前例のないものにちがいない。

伯爵夫人は身をのりだして言った。「じゃあ、こちらがミセス・マカッタ――ですのね？」

ジョージがそれを否定して、バンドルを紹介すると、伯爵夫人はぞんざいにうなずいてみせたきり、すぐまたきまじめなベイトマン氏との会話にもどった。

バンドルの耳もとで、ジミーがささやくのが聞こえた――

「ポンゴのやつ、あの魅力的なスラブ女にすっかりのぼせあがっていやがる。そぞろ哀れをもよおすじゃないか。行こうや――向こうでお茶でも飲もう」

やがてふたりはぶらぶらと歩いて、ふたたびサー・オズワルド・クートの勢力圏にもどってきた。

「お宅のあのお屋敷――チムニーズ館、あれはじつにすばらしいですな」と、偉大な鉄鋼王は言った。

「お気に召してよろしゅうございました」バンドルは慎ましやかに答えた。

「ただし、配管は新しくする必要がある」と、サー・オズワルド。「要するに、近代化するわけです」

しばらく彼は何事か思いめぐらしていた。

「目下、オールトン公爵のお屋敷をお借りする方向で話が進んでいます。三年契約です。むろん、自前の屋敷を見つけるまでの一時しのぎですが。ところでお父上には、たとえあのお屋敷を手ばなすお気持ちがあっても、お売りになる自由はないのでしょうな?」

バンドルは思わず息が止まる心地がした。一瞬、悪夢のような光景が目に浮かんだ。あまたのチムニーズ館と同格の由緒ある屋敷に、あまたのクートたちが住むようになった英国——そしてそれらのすべてに、おお、神も照覧あれ、百パーセント最新式の配管設備が組みこまれているという、その恐ろしさ。

彼女はふいに激しい怒りに襲われたが、それは筋の通らぬ怒りだと、あえて自分に言い聞かせた。結局のところ、ケイタラム卿とサー・オズワルド・クートをくらべてみれば、どちらが最終的な敗者となるかは疑問の余地がない。サー・オズワルドは強力な個性の主であり、接するものはだれしも、それとの対照で、一様に精彩を失って見える。まさしく、ケイタラム卿の言うように、人間の姿をした蒸気ローラー、それが彼なのだ。だがそれでいて、サー・オズワルドが多くの点で、幼稚な男であることもまた確実だろう。その専門的な知識と、おそるべき意志の力、それらをべつにすれば、おそらくは非常に無知な男。ケイタラム卿が味わうことのできる、またじゅうぶん堪能してもいる数々の玄妙な人生の楽しみ、それらはサー・オズワルドにはまったく無縁なものでしかないのだ。

こうしたさまざまな感慨にふけりつつも、うわべはバンドルも愛想よくおしゃべりをつづけていた。聞くところによると、ヘル・エーベルハルトはすでに到着しているのだが、なにやら神経性の頭痛のためにひきこもっているのだとか。これを教えてくれたのは、ほかでもないオルーク氏で、彼はすばやく立ちまわってバンドルのそばにすわりこむと、それきりそこを動こうとしなかった。

やがてバンドルは着替えのために二階へあがったが、気分としては、概してわくわくするような期待のうちにも、一抹の不安が暗雲のごとくつきまとっていて、それはマカッタ夫人の到着が迫っていることを思いだすつど、心の奥に頭をもたげてくるのだった。どう考えてみても、マカッタ夫人との出会いは、〝薔薇色の小道〟というぐあいにはいきそうもない。

だが、それよりも前にバンドルがショックを受けたのは、黒いレースのドレスで慎ましく装って、階下へと降りていったときだった。通り抜けようとした廊下に、ひとりの従僕が立っていた——すくなくとも、従僕の服装をした男が。けれども、その四角張った、いかつい体つきを見れば、せっかくの変装が変装になっていないのは明らかだった。バンドルは足を止め、目をみはった。

「バトル警視さんじゃありませんか」と、声を殺してささやく。

「おっしゃるとおりです、レイディー・アイリーン」

「驚きましたわ！」バンドルはあやふやに言った。「あの――警視さんがここへいらしてるのは――ええと――」

「警戒のためです」

「そうでしたの」

「例の脅迫状のこともありますのでね」警視は言った。「あれにはロマックス氏もだいぶ不安をつのらせておられるようで、わたしがじきじきに出向いてこないかぎり、どうにも安心ならんと言われるのです」

「でも警視さん、そのお姿だと――」言いさして、バンドルは口をつぐんだ。本人にむかって、あまり変装が巧みではないと指摘するのは、さすがに気がひける。それにしても、まるで全身に〝警官でございい〟と書いてあるようなもので、どんなにうっかりした犯罪者でも、これでは警戒しないのが無理というものだ。

「これではすぐに見破られる、そうお考えなのですな？」と、警視が無表情に言った。彼は明らかに〝見破られる〟という言葉に力点を置いていた。

「ええ、たしかに――そう思いましたわ」バンドルは白状した。

どうやら微笑のつもりと見えなくもない表情が、バトル警視の木彫りのような面をかすめた。

「これではやつらに警戒心を起こさせるだけ、ですか？　まあいいじゃありませんか、レイディー・アイリーン」

「いいじゃありませんか、ですって？」バンドルはおうむがえしに言った――われながら、ばかみたいな対応だと思いながら。

バトル警視はゆっくりとうなずいた。

「だれも不愉快なことが起きるのを望んでいるわけではないのです。そうでしょう？　だとしたら、あまり手ぎわよくやらないほうがかえっていい。どこかそこらにいるかもしれない手癖の悪い連中に、それとなく姿を見せておく――まあいってみれば、その道のものがいるぞということをわからせておく、それだけでいいんです」

いくばくかの感嘆の思いをこめて、バンドルは警視を見つめた。たしかに、このバトル警視ほどの有名人が前ぶれもなく姿をあらわせば、それだけで、なんであれけしからぬたくらみや、それをたくらむものたちを阻止できるかもしれない。このことは彼女にもじゅうぶん察しがついた。

「あまりに手ぎわよくやろうとするのは、おおいなる誤りでしてね」と、バトル警視はくりかえした。「大事なのは、この週末に不愉快な出来事などいっさい起こらぬようにすること、それだけなんですから」

バンドルはその場を立ち去りながら、はたして相客のうちでいったい何人ぐらいが、あの従僕をロンドン警視庁の捜査官だと気づいているだろう、あるいはこれから気づくことだろう、そう考えた。応接間へはいってゆくと、そこではジョージ・ロマックスが眉間に皺を寄せ、オレンジ色の封筒を手にして立っていた。

「まことに残念なことになった。ミセス・マカッタから電報がきて、あいにく出席できないと言ってきたのだ。子供さんがおたふく風邪にかかったとかでね」

安堵のあまり、胸の鼓動が高まった。

「あんたのために、とくに残念でならないよ、アイリーン」と、ジョージは恩着せがましく言った。「あんたがどれだけ夫人に会いたがってたか、それを知っているからね。伯爵夫人もだ。やはりいたく失望されることだろう」

「あら、わたしのことでしたら、どうかご心配なく」バンドルは言った。「無理してお見えになって、おたふく風邪でもうつされたら困りますから」

「すこぶる厄介な病気だからね」ジョージは相槌を打った。「もっともあれは、そういう伝染経路をとるものだとも思えないが。じっさい、ミセス・マカッタとしても、その種の危険を冒すことはないはずだ。非常に節義心の強い、真の意味での社会的責任感を心得たひとだから。今日のような国家的非常時にあって、われわれすべてが考慮すべきは――」

いまにも滔々たる弁舌をふるいはじめようとして、ふいにジョージはそれを思いとどまった。

「しかしまあこれについては、つぎの機会に譲ろう。さいわいあんたの場合は、なにも急ぐことはないわけだから。ただひとつ心残りなのは、伯爵夫人がわが国にはごく短期間しか滞在されんことだ」

「あのかた、ハンガリー人なんでしょう？」伯爵夫人への興味がいよいよ強まるのを感じて、バンドルはそうたずねた。

「そうだ。あんたもさだめし《ハンガリー青年党》のことは聞いているだろう。伯爵夫人はその党の指導者なのだ。非常な資産家で、若くして未亡人となり、以後はずっと、その富と才能とを社会事業にささげてきた。とくに熱心なのが、乳幼児死亡率の問題でね――現下のハンガリー情勢のもとでは、これは由々しき問題となっている。そこでわたしとしても――ああ！ ヘル・エーベルハルトがおいでだ」

このドイツ人発明家は、バンドルが予想していたのよりも若かった。三十三か、四以上ではないだろう。粗野で、落ち着きのない男だが、かといって、けっして不愉快な人物でもない。青い目は、陰険というよりも、むしろ内気そうだし、爪を嚙むといった、ビルが不快だと言う癖も、ほかのなんらかの理由からではなく、本来の神経質な性格から発しているらしい。体つきは、痩せてひょろひょろした感じ、顔だちも貧血性ぎみで、ひよわそうだった。

彼は大仰な英語でぎごちなくバンドルと言葉をかわしたが、そこへ陽気なオルーク氏が割りこんできたときには、双方ともむしろほっとした。それからまもなく、今度はビルがとびこんできた——まさにとびこんできたと言う以外に、それに適した表現はない。いってみれば、甘やかされたニューファウンドランド犬がご登場あそばされるときの感じ。そしてとびこんでくるやいなや、まっすぐバンドルのそばへ寄ってきた。こころなしか途方に暮れたような、気にかかることでもあるような顔をしている。

「やあバンドル、きみがきていると聞いたものでね。午後はずっとこき使われっぱなしでさ。でなきゃもっと早くきみに会えたのに」

「今夜も国家のお守りで一苦労ってところか」と、オルークが同情する口ぶりで言った。

ビルはうめいた。

「おたくの親分がどういうひとかは知らないけどさ」と、ぼやいてみせる。「こう拝見したところ、ころころ肥って、好人物らしいじゃないか。それにひきかえコダーズときたら、どうにもやりきれん。朝から晩まで尻をたたいて、さあやれ、さあやれ、さあやれ。こっちのやることはすべてまちがい、やらなかったことは、すべてやるべきだったと、こうなんだから」

「なんだい、またお経みたいな文句を唱えてるじゃないか」口をはさんだのは、ちょうどぶらぶらと歩み寄ってきたジミーだった。

ビルは非難がましく彼を睨んだ。

「ぼくがどれだけ辛抱してるか、どうせだれにもわかっちゃもらえないんだ」と、哀れっぽく言う。

「伯爵夫人のお相手をさせられたことを言ってるのか？」ジミーがそれとなく言った。

「ビルもかわいそうに。そいつはたしかにうんざりするお役目だったろうよ——きみのような女嫌いには」

「ねえ、なんの話よ」バンドルは訊いた。

「お茶のあとでね」と、ジミーはにやりとしながら、「伯爵夫人がビルにおおせられたのさ——この興味ぶかい、由緒あるお屋敷を、ぐるっと案内していただけないか、って」

「だって、断わるわけにはいかないだろ？」そう言うビルの顔は、濃い煉瓦色に染まっていた。

バンドルはかすかに胸がうずくのを覚えた。このウィリアム・エヴァズレー氏が女性の魅力にヨワいこと、これは悲しいかな、わかりすぎるほどよくわかっている。あの伯爵夫人のような女性の手にかかったら、たちまち蠟のようにぐんにゃりなってしまうだろう。ここであらためてバンドルは、ジミー・セシジャーがこのビルに秘密を打ち明けたのが、はたして賢明だったかどうかと思わずにはいられなかった。

ビルが言った。「とにかくあの伯爵夫人は、非常に魅力ある女性だ。それに、めっぽう頭もいい。この屋敷のなかを見学してまわるときのようす、きみたちにも見せてやりたかったね。そりゃもう、ありとあらゆる質問をされたものさ」

「どんな質問？」いきなりバンドルはたずねた。

ビルは言葉を濁した。

「どんなって、まあいろいろさ。この屋敷の歴史について。古い家具について。それから——もう！　いろんな質問だよ」

ちょうどこのとき、当の伯爵夫人が颯爽と部屋にはいってきた。ほんのわずか息を切らしているように見える。体にぴったり合った黒いビロードのドレスをまとい、まさに目もさめるような美しさだ。ふと気がつくと、たちまちビルが引力にひかれるようにそのそばへ寄ってゆく。おまけに、例のきまじめそうな眼鏡の青年までが、そのあとを追ってゆくではないか。

「ビルとポンゴ、どっちもすっかりいかれちまったな」と、ジミー・セシジャーが笑いながら言った。

けれどもバンドルにとっては、それはとうてい笑い事ではなかった。

17　晩餐のあとで

　ジョージ・ロマックスは、近代的革新というものを信用していなかった。ワイヴァーン屋敷は、したがって、セントラルヒーティングのような新式の設備とは、いっさい無縁である。結果として、晩餐後にご婦人がたが客間へ案内されたときには、そこの室温たるや、流行のイブニングドレスをまとった彼女らにはまことに気の毒な、不適切な温度でしかなかった。さいわい暖炉はじゅうぶんな設備がととのっていて、その鋼鉄の火格子の奥で燃える火のほうへ、三人の女性は磁石にひかれるようにひかれていった。

「ぶるるるるる！」伯爵夫人が気どった異国的な発音で言った。

「すっかり日が短くなりましたわね」レイディー・クートが言って、趣味のよくない花模様の肩掛けを肉づきのよい肩にひきよせた。

「ジョージったら、いったいどうしてじゅうぶんな暖房をしないんでしょうかしら」バンドルは言った。

「あなたがたイギリスのみなさんは、けっして家を暖めるということをなさいませんのね」と、伯爵夫人も言った。

そして例の長いシガレットホルダーをとりだすと、煙草をふかしはじめた。

「この暖炉は旧式ですわ」と、レイディー・クートが言った。「これではせっかくの熱が部屋のなかにひろがらずに、煙突から逃げてしまいます」

「あらまあ！」と、伯爵夫人。

話がとぎれた。伯爵夫人が同席者に退屈していることは明らかだったので、会話ははずまなかった。

やがてレイディー・クートが沈黙を破って言った。「妙な話ですわね――ミセス・マカッタのお子様がたが、おたふく風邪にかかられるなんて。じつに不思議だ、とまではあえて申しませんけど――」

「なんですの、おたふく風邪って？」伯爵夫人が言った。

バンドルとレイディー・クートとが、同時に口をひらいて説明しようとした。結局、二人して譲りあったあげくに、どうにかこもごも説明を終えた。

「ハンガリーの子供たちも、やっぱりかかりますでしょう？」と、レイディー・クートが言った。

「はあ？」と、伯爵夫人。

「ハンガリーの子供たちですわ。やっぱりおたふく風邪にかかりますでしょう？」

「知るもんですか。このわたくしが、どうしてそんなことを知っているわけがありまして？」

レイディー・クートは、やや意外そうに伯爵夫人を見つめた。

「でも、うかがいましたところでは、あなたのお仕事は――」

「ああ、そのこと！」

伯爵夫人は組んでいた脚をおろして、シガレットホルダーを口からとると、早口にしゃべりだした。

「悲惨な話をお聞かせしますわ。わたくしがこの目で見てきた悲惨な情景。信じられません！　とうてい事実とはお思いになれないでしょう！」

この言葉に偽りはなかった。彼女の話しぶりはよどみがなく、生きいきした描写力にあふれていた。信じられぬような飢餓と災禍の情景が、彼女の口を借りて聞き手の前に描きだされた。戦後まもないころのブダペストのありさまが語られ、その後、現在にいたるまでの変遷のあとがたどられた。まことにドラマティックな語り口だったが、いっぽうまたバンドルの耳には、なんとなくレコードをまわしているようにも聞こえた。ねじを巻けば、レコードがまわりだす。だがしばらくすると、まわりだしたときとおなじく唐突に、回転が停まってしまうのだ。

いっぽうレイディー・クートは、骨の髄まで感動に揺さぶられているようだった――それは明白だった。くちびるをわずかにあけ、持ち前の大きな、悲しげな黒目がちの目を、伯爵夫人に釘づけにしている。ときおりは話の途中で自分の感想をさしはさむ。

「じつはわたしの従姉妹のひとりも、三人の子を焼死させていますのよ。悲惨な話でしょう?」

伯爵夫人は耳も貸さなかった。立て板に水とばかりにしゃべりつづけ、最後にやっと、話しはじめたときと同様に、だしぬけに話をやめた。

「さあ! これでぜんぶですわ。わたくしどもには資金はあります――ですけど組織がありません。必要なのは組織なんです」

レイディー・クートは溜め息をついた。

「主人も口癖のように申しておりますわ――きちんとした方式がなければ、何事も成し遂げられないって。自分の成功はまったくそのおかげだ、そう申しますの。それがなければ、けっして成功はしなかったろう、とも」

彼女はまた溜め息をついた。一瞬、まだ世に出ていないサー・オズワルドの姿が、ちらりと目の前をかすめた。そのサー・オズワルドは、自転車店で働く快活な青年であったころの資質のすべて、それらを本質的な面において、ずっと持ちつづけている。もしかして、サー・オズワルドが〝きちんとした方式〟など持っていなかったら、そのほうが自分の人生はよっぽど楽しかったかも、そんな考えがつかのま頭をよぎった。

そこからのまことに妥当な連想作用によって、レイディー・クートはバンドルのほうへ向きなおった。

「あの、うかがいますけどレイディー・アイリーン、お宅のあの庭師頭、あなたは気に入っていらっしゃいます？」

「マクドナルドですか？　さあ——」バンドルは言いよどんだ。それから、弁解がましく言った。「たしかにマクドナルドを好きと言ったら、嘘になるでしょうね。でも、あれは庭師としては一流ですから」

「はあ！　それはよくわかっておりますけど」と、レイディー・クート。

「つけあがらせさえしなければ、あれも悪い人間ではありません」

「でしょうね」

相槌を打ちながらもレイディー・クートは、マクドナルドをつけあがらせないという難事業を、いとも気安くやってのけられるらしいバンドルにたいし、ひそかに羨望の目を向けた。

「むかしながらの格式のあるお庭、わたくし、とても好きですわ」と、伯爵夫人が夢見るように言った。

バンドルはおやと言うように目をみはったが、そこで注意をそらす出来事が起こった。ジミー・セシジャーが部屋にはいってきて、奇妙な、せきこんだ調子で、まっすぐ彼女に話しかけてきたのだ。

「あのね、ちょっとエッチングを見にいかないか？　みんな待ってるんだ」

バンドルは急いで部屋を出、ジミーもすぐあとにつづいた。

「なんのエッチングなのよ？」客間のドアが背後でしまるやいなや、彼女はそうたずねた。

「エッチングじゃないんだ」ジミーは言った。「きみを連れだす口実が必要だったものでね。行こう。ビルが書斎で待っている。ほかにはだれもいない」

ビルはうろうろと書斎を行きつもどりつしていた。ひどく取り乱した心理状態にあるのは明らかだ。

「ねえバンドル、こいつはどうも気に入らないよ」いきなりそう口走る。

「気に入らないって、なにが？」

「きみがこれに巻きこまれることがさ。十中八九、なにか面倒なことが起こる。そうなったら――」

彼がバンドルに向けた目には、つい哀れを誘われるほどの懊悩の色があり、それが彼女の胸の奥の、温かい、心地よい感情を刺激した。

「バンドルはこんなことにかかりあうべきじゃない。なあ、そう思うだろ、ジミー？」

仲間にむかって、ビルはそう訴えた。

「ぼくもはじめからそう言ってるんだがね」と、ジミー。

「やめてくれよ、バンドル。ぼくがこう言うのも、その――だれかがあぶない目にあうかもしれないし――」

バンドルはくるりとジミーに向きなおった。

「いったいどこまでこのひとに話したの？」

「どこまでって、ぜんぶさ」

「まだすっかりのみこめたとは言えないけどね」ビルは白状した。「だって、きみがセブン・ダイヤルズのあの家に忍びこんだのなんだの」彼は浮かぬ顔でバンドルを見た。

「じっさいねえ、バンドル、きみにだけはこんなこと、してもらいたくなかったな」

「なにをしてもらいたくないの？」

「こういったごたごたにかかりあうことさ」

「どうしていけないの？　わくわくするじゃない」

「いや、まあ——わくわくはするさ。でもね、とんでもなくやばいことになるかもしれないんだよ。ロニーの例を考えるといい」

「ええ」バンドルは言った。「わたしだって、もしあなたのお友達のロニーのことがなければ、こんな事件に〝かかりあ〟ったりはしなかったと思うわ。でもね、あいにくわたしはもう巻きこまれてる。だから、いくらあなたがそのことで泣き言を並べても、もう遅いってわけ」

「ぼくだって、きみがすばらしい冒険家だってことはわかってるさ、バンドル。しかしねえ——」

「お追従は結構。それより早く作戦を練りましょう」

ほっとしたことに、ビルは思いのほかあっさりとその提案に応じた。

「公式については、きみたちの考えたとおりだよ」と、ビルは言った。「エーベルハルトは、ある種の公式を書面にして持ってきている——あるいは、より正確には、サー・オズワルドが持っていると言うか。その内容は、彼の工場でテストされてたんだ——極秘裏に。エーベルハルトはしょっちゅうその工場でサー・オズワルドといっしょだった。

いまは全員が向こうの書斎に集まってる——いわゆる当面の問題を検討ちゅうというわけさ」

「サー・スタンリー・ディグビーは、いつまで滞在するんだって？」ジミーが訊いた。

「あすにはロンドンにもどる予定だ」

「ふうむ。それなら、ひとつだけははっきりしてるな。もしもぼくの想定するように、そのさいサー・スタンリーが書類をたずさえて帰るんだとすると、なんであれおかしな動きが出てくるのは、今夜のうちだってことになる」

「おそらくそうだろうな」

「いや、疑問の余地はないさ。おかげでこっちの行動も的をしぼりやすくなる。しかしだ、念には念を入れよということもあるからね。細部まで余さず検討しておく必要はある。まず第一にだ、今夜その貴重な公式が保管されるのは、どこになる？　エーベルハルトの手もとか、それともサー・オズワルドの？」

「どっちでもないよ。ぼくの見たところ、書類はあした航空大臣が持って帰れるように、今夜のうちに彼に渡されるはずだ。だとすると、秘書官のオルークがそれを保管することになる。まちがいない」

「なるほど。それならそのための対策はたったひとつ。何者かがその書類を狙っていると信ずる以上、われわれ自身が今夜は寝ずの番にあたらなきゃならない。ビル、そうだろ？」

バンドルは口をはさもうとしかけたが、結局、なにも言わずにすませた。

「ついでだけど」と、ジミーはつづけた。「夕方、ホールでハロッズの守衛を見かけたような気がするんだが、それともあれはわれわれのむかしなじみ、警視庁のレストレード警部だったかな？」

「ご名答だよ、ワトスン」と、ビル。

「してみると、ぼくらは少々あの男の領分に首をつっこむことになるわけだな？」

「しかたがないさ」と、ビル。「こっちも最後までかかわっていくつもりなら、それもやむをえないだろう」

「じゃあこれで話は決まった」と、ジミー。「われわれ二人、今夜は交替で警戒にあたる、と」

またしてもバンドルは口をひらきかけ、そしてまたしてもなにも言わずに口をつぐんだ。

「よし、合点だ」ビルが言った。「どっちが先にやる？」

「コインを投げて決めるか？」

「そうしよう」

「よし。じゃあ投げるぞ。表が出たらきみが先で、ぼくがあと。裏ならば、その反対だ」

ビルはうなずいた。コインが宙を舞った。ジミーがかがみこんで確かめた。

「裏だ」

「ちぇっ」ビルは舌打ちした。「きみが先だ。たぶん、おもしろい目にあうのもきみってことだな」

「いや、そいつはわからんぞ。犯罪者ってのはすこぶる気まぐれだからね。ところで、何時にきみを起こしたらいい？　三時ってところか？」

「まあそんなものだな」

ここでとうとうバンドルが口をはさんだ――

「で、わたしはどうなるのよ？」

「どうもしないさ。おとなしく床にはいって、おねんねする、と」

「あらやだ！　それじゃたいしてスリルなんかないじゃない」

「そうともかぎらないよ」ジミーが愛想よく言ってのけた。「ことによると、ビルやぼくは無事に難をのがれて、きみのほうが睡眠ちゅうに殺されるってこともありうる」

「まあね、その可能性はいつだってあるわね。ところでね、ジミー、どうもわたし、あの伯爵夫人の見た感じが気に入らないの。怪しいと思うわ」

「ばかを言いたまえ」ビルが躍起になって否定した。「あのひとが怪しいなんてことがあるものか」

「どうしてわかるの？」バンドルは言いかえした。

「わかるからわかるのさ。だってね、ハンガリー大使館のある男が、彼女の人物を保証してるんだぜ」

「あら、そう！」バンドルはそう言ったものの、ビルのあまりの剣幕に、いささかあっけにとられる思いがした。

「きみたち女性ときたら、きまってそうなんだから」ビルがぶつぶつ言った。「あのひとが抜群の美人だからといって、ただそれだけで――」

バンドルにとっては、この種の男性特有の不当な議論の進めかたというのは、うんざりするほどおなじみのものだった。

「とにかくね、あの伯爵夫人の桜貝のような耳のなかに、秘密を吹きこんだりはしてほしくないというだけ。それだけのことよ」彼女は釘をさした。「それじゃわたし、もうやすむことにするわ。さっきあの客間ではさんざん退屈な思いをさせられたから、もうあっちにはもどりたくないの」

彼女は部屋を出ていった。ビルはジミーを見やった。

「いい子だよ、バンドルは。さだめしごねるんじゃないかと思って、ひやひやしてたんだが。あのとおり、なんにでも首をつっこみたがってうずうずしてるんだからね。あんなにおとなしくひきさがってくれるなんて、まさに奇跡的だ」

「ぼくもそう思う。びっくりしたよ」ジミーも相槌を打った。

「あれなりに分別はあるのさ、バンドルにも。どうあっても無理だというときには、ちゃんとひきさがることを心得てる。ところで、われわれもなにか武器を用意しておいたほうがいいんじゃないか？　こういう冒険にのりだすときには、たいていそうするものだぜ」

「ぼくは銃身の青いオートマティックを持ってきた」ジミーはそれとなく自慢する口調で言った。「数ポンドも重さがあって、見るからに恐ろしげなしろものさ。交替するときには、きみに貸してやるよ」

ビルは尊敬と羨望の目でジミーを打ちながめた。

「なんでそんなものを持ってくる気になったんだ？」

「さあな。ただひょいと頭に浮かんだだけさ」ジミーはさりげなく言った。

「うっかり無関係な相手を撃ったりしなきゃいいんだが——おたがいにさ」ビルはいくらか気がかりそうに言った。

「ああ、そんなことなったらたいへんだ」と、セシジャー氏も重々しく言った。

18　ジミーの冒険

　さて、ここでこの物語は、三つの別個の、それぞれ異なる部分に分かたれねばならない。その夜は波瀾に富んだ一夜となったが、三人の関係者はそれぞれを、めいめい彼の、または彼女の独自の観点から、ながめることになったのである。

　まず最初は、かの快活で愛嬌に富む青年、ジミー・セシジャー氏の場合から始めるとしよう——彼が共謀者であるビル・エヴァズレーと、最終的におやすみの挨拶をかわしたその瞬間から。

「忘れるなよ。三時だぞ」と、ビルが言い、ついでに愛想よくつけくわえた。「もっともきみがそれまで生きてれば、の話だが」

「そりゃあぼくはとんまかもしれないけどね」と、ジミーはバンドルから聞かされた陰口を苦々しく思いだしながら言った。「でも、こう見えたって、見かけほどのとんまじゃないんだ」

「それはきみがジェリー・ウェイドのことを言った言葉じゃないか」ビルがのろのろと言った。「覚えてるだろ？　そしてまさにそのおなじ夜、彼は——」

「よせよ、ばかだな。すこしは時と場合を考えてものを言え」

「もちろん考えてはいるさ。これでも外交官の卵だからな。外交官なら、だれだってそのあたりのことは心得てる」

「へええ、そんなものかね！　だったらきみはまだ卵の段階で、孵化していないんだ」

「バンドルにはかなわないよ」いきなりビルが話題を飛躍させて、さいぜんの話題にもどった。「たしか前に言ったことがあると思うんだけどね。彼女は——そう、ときとして扱いにくくなる。それを思えば、ずいぶん進歩したよ。ぐっと進歩した」

「きみのところの親玉も、おなじことを言ってたな」ジミーは言った。「意外な成長ぶりで、まことに喜ばしい、って」

「ぼくとしてはむしろ、バンドルはちとやりすぎなんじゃないかと見たけどね。しかしまあ、コダーズはあのとおりの〝どんちき〟だから、なんでも額面どおりに受け取っちまう。さてと、じゃあおやすみ。交替時間にぼくをたたき起こすのは、ちょっと骨かもしれないけど——まあ無理にでも起こしてくれ」

「きみがもしジェリー・ウェイドの先例に倣ったりしてたら、無理に起こそうとしても、あんまり意味はないんじゃないかな」ジミーは意地悪く言った。

ビルは非難がましくジミーを睨んだ。

「いったいどういう気なんだ。わざわざひとを不愉快にさせて、おもしろいのか？」

「なに、さっきの仕返しをしたまでのことさ」と、ジミー。「さあ、もう行けよ」

だがビルはまだぐずぐずしていた。居心地悪そうに立ちつくし、足をもじもじと踏みかえるだけだ。

「なあジミー」

「なんだ」

「いや、なんて言うかな――つまりね、きみはだいじょうぶだと思うし、まあ、その、わかるだろ？　なにもかも悪戯みたいなものなんだから。しかし、ジェリーのやつのことを考えると――おまけにロニーのこともあるし――」

ジミーはむっとしてビルを睨みつけた。このビルという男、およそ悪気がないことは確かだが、相手のためを思って言ったり、したりすることが、かえって逆の結果にしかならないという、よくある頓珍漢のひとりだ。

「ようし、そんならいよいよきみにレオポルドを見せてやらなきゃならんな」

そう言って、ジミーはいましがた着替えてきたばかりの濃紺のスーツのポケットに手を入れると、とりだしたものをビルの前につきつけた。

「見ろよ、本物の、正真正銘の、銃身の青いオートマティックだ」と、いくぶん得意顔で言う。

「ほう、驚いたね。ほんとに本物？」

明らかにビルは感心したようすだ。

「うちのスティーヴンズが手に入れてきたんだ。出所は確かだし、性能にもぶれがない。このボタンを押せば、あとはこのレオポルドがすっかりやってくれる」

「ほほう！」と、ビル。「あのなあビル、聞いてくれるか？」

「なんだ」

「くれぐれも気をつけてくれよな。つまりさ、ひとにむかってぶっぱなしたりするな、ってことだ。寝ぼけて歩いてるディグビーでも撃とうものなら、いささか厄介なことになるぜ」

「だいじょうぶだよ」ジミーは言った。「そりゃね、せっかく買った品物だから、このレオポルドにそれだけの値打ちがあるかどうか、ためしてみたいってな気はないでもないが、せいぜいそういう血なまぐさい本能はおさえるようにするさ」

「そうか。じゃあな、おやすみ」ビルはこれで十四回目くらいにそうくりかえし、今度こそほんとうに立ち去った。

ジミーはひとりあとに残り、寝ずの番についた。

サー・スタンリー・ディグビーの泊まっている部屋は、西の翼棟のいちばんはずれにあった。部屋のいっぽうはバスルーム、もういっぽうは、連絡ドアを介してやや小さめの部屋に通じ、そこにはテレンス・オルーク氏が寝泊まりしていた。以上三つの部屋の入り口は、いずれも短い廊下に面していて、張り番をするのにはなんの面倒もなかった。その廊下が主回廊とぶつかる角のところに、オーク材の戸棚があり、そのかげにめだたぬように椅子を据えれば、地の利としては申し分がない。その廊下以外に、西の翼棟への通路はいっさいないから、そこを出入りするものがあれば、まちがいなく目にとまるはずだ。廊下の電灯のうち、ひとつはともされたままになっている。

ジミーはゆったりと椅子に腰を落ち着け、脚を組んで、待機する姿勢にはいった。レオポルドはすぐにでも使えるように、膝に横たえておく。

腕の時計を見た。一時二十分前――家じゅうのものが寝室にひきとってから、ちょうど一時間。静寂を破る物音はなにひとつない。どこか遠くで、時計がかちかちと時を刻む音がするだけだ。

なぜかは知らず、ジミーはその時計の音が気にさわってならなかった。それは雑念を呼び起こした。ジェリー・ウェイド——そしてマントルピースの上で時を刻んでいる七個の時計……いったい何者があれらをそこに並べたのか、そしてまたなんのために？思わずぶるっと身ぶるいが出た。

こうして待機しているのは、薄気味の悪いものだった。降霊術の会では、きまっていろいろ怪しい現象が起きるというが、それも無理はないという気がする。暗闇のなかにいると、神経が極端に過敏になる——ほんのちょっとした物音でも、ぎくっととびあがりそうになるほどに。そしてさまざまな愉快ならざる想念が、ひしひしと周囲から迫ってくるのだ。

ロニー・デヴァルー！　ロニー・デヴァルーと、ジェリー・ウェイド！　ともに若く、生気と活力に満ちみちていた。平凡な、陽気な、健康な若者たち。それがいまはどこにいる？　じめじめした土の下……蛆虫がその体を這いまわって……うげっ！　なぜまたこんなおぞましい考えが、どうしても頭から追い払えないのだろう？

また腕の時計を見た。やっと一時二十分過ぎ。なんと時間のたつのが遅いことだろう。たいした娘だ、あのバンドルというのは！　よくもまあ、単身セブン・ダイヤルズの本拠へのりこんでゆくような勇気が、そして大胆さがあったものだ。なぜこのおれにそれだけの度胸と、それを思いつくだけの機略がなかったのだろう。なぜかといえばそれが、あまりにもとっぴな行動だからだ。〈ナンバー7〉。〈ナンバー7〉とはいったい何者なのか。ひょっとして、いまこの瞬間にも、この屋敷のなかにいるのでは？　召使いにでも変装して。まさか客のひとりではあるまい。そうだとも、それはありえない。とはいえ、ありえないと言うのなら、この一件全体がありそうもないことではないか。バンドルという娘が、本質的に嘘のつけない人間だと信じていなかったら――そう、彼女の話はぜんぶ作り話だと思っていたところだ。

あくびをする。妙だな、こんなに緊張しているのに、いっぽうで眠くなってくるとは。またしても時計を見る。二時十分前。時間は刻々と過ぎてゆく。

と、とつぜんジミーははっと息をのんで、身をのりだし、耳をそばだてた。なにか物音がしたのだ。

そのまま何分かが過ぎた――と、また音がした。床板のきしむ音――とはいえそれは、階下のどこかから聞こえてくる。そら、まただ！　かすかな、無気味なきしみ。何者かが足音を忍ばせて家のなかを歩きまわっている。

ジミーは音もなく立ちあがった。忍び足で階段の上へ歩み寄る。なにもかも、完全に静まりかえっているようだ。とはいえ、あのひそかな物音が空耳ではないこと、これだけはまちがいない。あれはけっして気のせいではないはずだ。

レオポルドを右手にしっかりと握り、このうえなく静かに、用心ぶかく、階段を降りていった。広いホールには、物音ひとつしない。あの忍びやかな物音は真下から聞こえてきた——さいぜんいだいたこの直感が正しければ、それは図書室からに相違ない。

足音を忍ばせて図書室の入り口へ歩み寄り、耳をすました。なにも聞こえてこない。そこで、いきなりぱっとドアを押しひらくなり、明かりのスイッチを入れた。

まったく異状なし！　広い室内には煌々たる光があふれているが、動くものの影とてない。

ジミーは眉をひそめた。

「たしかに聞こえたんだが——」内心でそうつぶやく。

図書室は広い部屋なので、テラスに面して三カ所のフランス窓がある。ジミーは部屋を横切った。まんなかの窓の掛け金がはずれている。

それをあけて、外に出ると、テラスを端から端まで見まわした。やはり異状なし！

「なんともなさそうだな」またひとりごちる。「それにしても——」

そのまま一分ほど、思案にふけって立ちつくした。それから、図書室にもどり、入り口へ行って、ドアに錠をおろすと、鍵をポケットにしまった。つぎに明かりを消す。しばらくそこに立ったまま耳をそばだてていたあと、ひらいたフランス窓にむかってそっと部屋を横切り、油断なくレオポルドを構えてその窓ぎわに立った。テラスづたいにかすかな足音がしたような、しなかったような。いや――空耳だ。あらためてレオポルドをかたく握りなおすと、立ちつくしたまま耳をすました……

遠くで厩舎の時計が二時を打った。

19　バンドルの冒険

バンドルは才気煥発な女性だった——と、同時に、想像力に富んだ女性でもあった。今夜の冒険は、もとより危険が伴うものだから、自分がそれに参加をもとめても、ジミーはともかく、ビルがきっと反対するということは計算ずみだった。無駄な議論に時を費やすのは、バンドルの行きかたではない。すでに独自の計画をたて、そのための手配りもしてある。晩餐前のわずかなひまに、割り当てられた寝室の窓から見たかぎりでは、周辺の状況はすこぶる満足のゆくものだった。ワイヴァーン屋敷の灰色の外壁が、分厚く蔦でおおわれていることは承知していたが、なかでも自室の窓の外のがとりわけ強靱そうに見え、自分ほどの運動神経の持ち主なら、なんの障害もないということがはっきりしたからである。

ビルとジミーの計画については、それが思いどおりに運ぶかぎりは、とくに問題はなかった。とはいえ彼女の見たところ、それが思いどおりに運ぶとは思えない。計画にたいして、彼女はいっさい批判がましい言葉は口にしなかったが、それというのも、自分がその面はひきうけるつもりでいたからである。言いかえれば、ジミーとビルがワイヴァーン屋敷内部の問題にかまけているあいだ、自分はもっぱら外まわりに注意を向けるつもりだったのだ。

自分がつまらない役まわりを割り当てられて、それをおとなしく受け入れたこと、そのことが彼女としてはすこぶる楽しかった。もっとも、二人の青年が二人して、よくもああ簡単にだまされてくれたものだ、とあきれる気持ちもないではなかったが。もとよりビルは、頭のひらめきという点で、とくに有名というわけではない。だが反面、バンドルのひととなりをよく知ってもいる。あるいは、知っているはずである。いっぽうまたジミー・セシジャーのほうも、知りあってまだ日が浅いとはいえ、バンドルがそうやすやすと手なずけられ、追っぱらってしまえる人間ではないことぐらい、もう気づいていてもよさそうなものではないか。

自分の部屋でひとりきりになるやいなや、バンドルはさっそく活動を開始した。まず、イブニングドレスと、その下に着ていたとるにたらない小物を脱ぎ捨て、もう一度最初から、いわば土台から着なおしにかかった。ここへは小間使いは連れてきていなかったし、荷物も自分でまとめていた。そうでなかったら、煙に巻かれたフランス人のメイドは、なぜお嬢様が乗馬ズボンだけを荷物に入れ、ほかの乗馬道具はなにも持たずに出かけられるのか、と首をひねったことだろう。

乗馬ズボンと、ゴム底の靴をはき、黒っぽいプルオーバーを身につけてしまうと、これで出動準備はととのった。時間を確かめる。まだやっと十二時半。あまりに早すぎる。今夜なにが起きるにしても、まだ当分は起こるまい。まずは屋敷うちのものがみんな寝静まるまで待つ必要がある。行動開始の時刻としては、ひとまず一時半というところが妥当だろう。

部屋の明かりを消すと、窓のそばに腰をおろして待機した。予定の時間きっかりに、立ちあがって、上げ下げ窓を押しあげ、窓框《まどがまち》をまたいだ。夜は晴れて、寒く、静かだった。星明かりこそあるものの、月は出ていない。

蔦を伝って這いおりるのは、造作もないことだった。バンドルも、二人の妹も、幼いころにはチムニーズ館の庭園を思いきり駆けまわって過ごし、高いところへも猫のようにのぼったものだ。やがてバンドルは窓の下の花壇に降りたった。わずかに息をはずませてはいるが、どこにもかすり傷ひとつない。

しばらく休んで、そのあいだに計画を吟味しなおした。航空大臣とその秘書官が泊まっている続き部屋は、西の翼棟にあることがわかっている。西とはつまり、いまバンドルの立っている位置とは反対側にあるということだ。建物の南側と西側には、ぐるりとテラスが走っていて、その先は、垣根にかこまれた果樹園で、いきなり行き止まりになっている。

花壇から出たバンドルは、建物の角をまわり、南側のテラスの始まっているところへ向かった。建物のかげにぴったり身を寄せながら、音もなくテラスを二つめの角までやってきたが、そこでぎょっとして立ち止まった。ひとりの男が明らかに彼女の進路をさえぎるように、そこに立ちはだかっているのだ。

つぎの瞬間、その男がだれだかが見わけられた。

「バトル警視さん！　びっくりするじゃありませんか！」

「そのためにここにいるんですがね」と、警視は愉快そうに言った。

バンドルはしげしげと警視をながめた。これまでにもたびたび気づいたことだが、いまも警視にはほとんど身分を隠そうとする意図がない。彼は大柄で、頑丈で、きわだった存在感があり、どういうわけか、これぞイギリス人の権化、といった感じがある。とはいえ、ひとつだけ確実なことがあった。バトル警視はけっして愚物ではないということだ。

「ほんとうは、なんのためにここにおいでなんですの？」バンドルは声をひそめてたず

ように」

ねた。

「ただ見張っているだけです――だれであれ、うろつくべきでない人物がうろつかない

「あら！」バンドルはいくぶんたじろいだ。

「たとえばの話、あなたですよ、レイディー・アイリーン。まさか夜のこんな時間に、散歩に出る習慣がおありでもないでしょうに」

「ということは」と、バンドルはゆっくりした口調で、「わたしにもどれとおっしゃるんですの？」

バトル警視は満足げにうなずいた。

「さすがに察しが早いですな、レイディー・アイリーン。まさにそう申しあげたかったのです。ここへは、ええと――入り口を通ってこられましたか、それとも窓から？」

「窓からですわ。この蔦につかまれば、降りるのなんか造作もありません」

バトル警視は思案ぶかげに壁を見あげた。

「さよう。いかにもそのようですな」

「それで、やっぱりもどれとおっしゃいますの？」バンドルは言った。「さすがにもうこんなところをのぼる気はしませんわ。わたしね、西側のテラスへ行きたかったんで

す」

「ひょっとすると、そこへ行きたがるのは、あなたひとりではすまないかもしれない」

と、バトル。

「といっても、警視さんのそのお姿を見つけそこなうひとなんて、だれもいませんわよ」と、バンドルはいくぶん意地の悪い調子で言った。

警視はあんがい満足げなようすを見せた。

「ぜひそうあってほしいものですな。不愉快な出来事を防ぐこと。それがわたしのモットーですから。というわけで、失礼ですがレイディー・アイリーン、もうそろそろ寝床におもどりになるべきでしょう」

その断固たる口調には、いかなる妥協も許さぬものがあった。すっかり気落ちして、バンドルはいまきた道をひきかえした。自室の窓の下まできて、蔦を途中までよじのぼりかけたとき、ふいにある考えが頭をよぎり、思わず手がゆるんで落ちそうになった。

ひょっとしてバトル警視は、このわたしを疑っているのかしら。

彼の態度には、なんとなくそれを思わせるものが——そう、たしかにそれを思わせるものがあった。窓框《まどがまち》をまたいで寝室にはいりながら、彼女はつい笑わずにはいられなかった。あの分別に富んだ警視さんが、よりにもよってこのわたしを疑うとは！

　ここまではバトルの言にしたがってひきかえしてはきたものの、このままベッドにはいって、やすむ気など、バンドルにはこれっぽっちもなかった。また、バトルが本気で自分にそうさせようとしている、とも思わなかった。彼は不可能なことを期待するような男ではないのだから。そして、なんであれ冒険的な、胸のどきどきするようなことが起ころうとしているときに、おめおめひきさがるなどというのは、バンドルにとってはまさに不可能事なのだ。

　腕の時計を見た。二時十分前。ほんのわずかためらってから、そっと部屋のドアをあけた。ことりとの音もしない。すべては平穏に静まりかえっている。用心ぶかく足音を忍ばせて、廊下を歩きだした。

一度だけ、どこかで床のきしむのが聞こえたような気がして、はっと足を止めたが、やがて、聞きちがいだったと判断して、ふたたび歩きだした。まもなく主回廊に達し、西の翼棟をめざした。曲がり角まできたところで、そっと首だけ出して向こうをうかがった――そしてあっと息をのんだ。

見張り番の持ち場がからっぽだった。ジミー・セシジャーの姿はそこにはなかった。ただただ呆然として、バンドルはからっぽの椅子を見つめた。なにがあったのだろう？　なぜジミーは持ち場を離れたのだろう？　これはなにを意味するのだろう？

まさにその瞬間、どこかで時計が二時を打つのが聞こえた。

さてどうしたものかと迷いながら、なおもその場に立ちつくしているときだった——とつぜん、心臓がぎくりととびあがり、ついで、ぱたっと停止してしまった気がした。テレンス・オルークの部屋のドア、そのノブがゆっくりと回転している。

バンドルは魅入られたようにそこを凝視した。が、ドアはひらかなかった。かわりに、ノブがまたゆっくりと回転して、もとの位置にもどった。どういうことなのだろう？

バンドルはふいに決断に達した。ジミーはなんらかの知られざる理由により、持ち場を放棄している。とすれば、ビルに急を告げなくてはならない。

すばやく、音もなく、いまきた道をひきかえした。そして、礼儀もなにも省略して、ビルの部屋にとびこんだ。

「ビル、起きて！　ねえ、起きてちょうだいったら！」

彼女が発したのは切迫したささやき声だったが、それへの応答はまったくなかった。

「ビルったら！」バンドルは声を殺して呼んだ。

ついにしびれを切らして、彼女は明かりをつけた。そして立ちすくんだ。

部屋はからっぽだった。ベッドには寝た形跡すらない。

ではビルは、いったいどこに行ってしまったのだろう？

ふいに、息が止まった。ここはビルの部屋ではない。しゃれたネグリジェが椅子に投げかけてあり、化粧台には女らしいこまごました品物、そしてべつの椅子には、黒いビロードのドレスが無造作にほうりだしてある――まちがいない、あわてて部屋をとりちがえたのだ。ここはラッキー伯爵夫人の部屋に相違ない。

でも、それならいったい伯爵夫人は、いまどこにいるのだろう？

この疑問をバンドルが胸のなかで発した、まさにそのとき、夜の静寂がいきなり破られた――それも、聞きまちがえようのないほどはっきりと。

騒ぎは階下から聞こえてきた。即座にバンドルは伯爵夫人の部屋をとびだすと、階段を駆けおりた。物音が聞こえてくるのは図書室からだった――椅子がひっくりかえったのか、がちゃんとすさまじい音。

バンドルはやみくもに図書室のドアをたたきつづけた。ドアには錠がおりていた。けれども、室内でつづいている争闘の気配ははっきり聞きとれた――激しい息づかい、もみあう物音、とびかう怒声。取っ組みあいのさなかにぶつかったのだろう、軽い家具かなにかがこわれる音。

それから、無気味に、かつ明瞭に、二発の銃声がやつぎばやに響きわたり、夜のしじまは、これを最後に、完全に砕け散ったのだった。

20　ロレーンの冒険

ロレーン・ウェイドはベッドに起きあがり、明かりをつけた。きっかり一時十分前だった。その夜は、まだ早いうち――九時半に床についていた。彼女には、望んだとおりの時間にぴたりと目をさますという特技があった。それだから、いままでの数時間の眠りだけで、英気を養うにはじゅうぶんだった。

二匹の犬はおなじ部屋で眠っていた。いま、その一匹が首をもたげ、物問いたげにあるじを見た。

「静かにおし、ラーチャー」ロレーンが声をかけると、その大きな犬はおとなしく首を低くし、もじゃもじゃの毛のあいだから彼女をうかがった。

かつてバンドルが一度はロレーン・ウェイドの従順さに疑念を覚えたことがある、これは事実だった。けれどもその一瞬の疑念も、いまはとうに忘れられていた。ロレーンが聞き分けのよい子供のように、唯々諾々と身をひいたように見せかけてきたからだ。

とはいうものの、いまのこの娘の顔を仔細に見るならば、その小さな、決然としたおとがいに、かたく結ばれたくちびるに、強い意志力がまぎれもなく見てとれたことだろう。

ロレーンは立ちあがると、ツイードの上着とスカートを身につけた。上着のポケットには懐中電灯を入れた。それから、化粧台の引き出しをあけると、小さな象牙の握りのついたピストル――見た目はおもちゃのようにしか見えない――をとりだした。きのうハロッズで購入したもので、彼女としてはおおいに気に入っている。

最後になにか忘れ物はないかと、もう一度室内を見まわしたとき、大きな犬がゆらりと身を起こして、そばへやってくると、訴えかけるような目であるじを見あげながら、尻尾をふった。

「だめよ、ラーチャー、おまえは行けないの。連れてゆくわけにはいかないのよ。おとなしくお留守番をしてらっしゃい」

犬の頭にキスしてやり、もとどおり専用の敷物に寝そべらせると、音もなく部屋を出て、後ろ手にドアをとざした。

横手の入り口から外へ出たロレーンは、ガレージへまわった。愛用の二人乗りの小型車がそこで待機していた。ガレージの前はゆるいスロープになっていたから、エンジンをかけずに静かに道をくだり、家からかなり離れたところまで惰性で走らせることができた。それから、腕の時計をちらりと見て、アクセルを踏みこんだ。

車を乗り捨てたのは、前もって見当をつけておいた地点だった。そこの垣根にちょっとした隙間があり、なんなくくぐりぬけることができた。二、三分後には、わずかに泥に汚れた姿で、ワイヴァーン屋敷の構内にはいっていた。

できるだけ音をたてぬように気を配りつつ、彼女は蔦におおわれた古びた建物のほうへ歩きだした。遠くで厩舎の時計が二時を打った。

テラスに近づくにつれ、胸の鼓動がしだいに速くなってきた。あたりには人っ子ひとり——いや、猫の子一匹見あたらない。すべては平穏に、何事もなく静まりかえっているようだ。テラスに達した彼女は、そこに立ち止まってあたりを見まわした。

と、とつぜん、まったくなんの前ぶれもなく、なにかが空から降ってきて、ばさりと彼女の足もとに落ちた。ロレーンはかがみこんでそれを拾った。おおざっぱに包装した茶色の紙包みだ。それをかかえたまま、ロレーンは上を見あげた。

頭の真上にひらいた窓があり、彼女がそちらを見あげたちょうどそのとき、一本の脚がそこからあらわれたかと思うと、男がひとり、蔦を伝って降りてきた。

ロレーンはそれ以上ぐずぐずしてはいなかった。茶色の紙包みをかかえこんだまま、いきなり身をひるがえして、走りだした。

背後で取っ組みあう物音が起こった。しゃがれ声で、「はなせ！」と叫ぶ声。つづいてべつの聞き慣れた声――「もうこうなったらはなすもんか――なに、やる気か？　やる気だな？」

なおもロレーンは走りつづけた――やみくもに、恐怖に取り憑かれたように走りつづけ――まっしぐらにテラスの角を曲がって――とたんにひとりの大柄な、屈強な体格の男の腕のなかにとびこんだ。

「さあ、さあ、落ち着いて」やさしく言ったのは、バトル警視だった。

ロレーンは必死にしゃべろうとした。

「ああ、早く！――早く行ってあげて！　殺し合いをしてるわ。お願い、早く行ってあげて！」

鋭い銃声が響いた――つづいてもう一発。

バトル警視が走りだした。ロレーンもあとにつづいた。ふたたびテラスの角を曲がり、図書室のフランス窓へ。窓はひらいていた。

バトルはかがみこみ、懐中電灯をつけた。ロレーンはぴったり後ろに寄り添い、彼の肩ごしにのぞいた。かすかなすすり泣きに似たあえぎがその口から漏れた。

フランス窓の敷居ぎわに、ジミー・セシジャーが倒れていた。まわりに血溜まりとおぼしきものがひろがり、右腕が妙な角度にねじくれている。

ロレーンが鋭い悲鳴をあげた。

「死んでるわ。おおジミー——ジミー——ジミーが死んでる！」泣き声をはりあげる。

「さあ、さあ」バトル警視がなだめるように言った。「そんなに興奮しちゃいけません。請けあいますが、この若いひとは死んじゃいませんよ。それより早く明かりのスイッチを見つけて、つけてください」

ロレーンは言われたとおりにした。ふらつく足で部屋を横切り、ドアのそばのスイッチを見つけて、それを押した。部屋じゅうに煌々たる光が満ちあふれた。バトル警視がほっとしたように息をついた。

「だいじょうぶですよ——右腕を撃たれているだけです。出血のせいで気を失っただけでしょう。ここへきて、手を貸してくれませんか」

図書室のドアをどんどんたたく音がした。がやがやと声も聞こえる——どうしたんだとか、ぐずぐずするなとか、あけろとか、口々に勝手なことを叫ぶ声。

ロレーンがおずおずと入り口のほうを見た。

「あのう——」

「いや、急ぐことはありませんよ」と、バトル。「そのうち入れてやればいい。それよりも、手を貸してください」

ロレーンは言われるままにそばへやってきた。警視は大きな、清潔なハンカチをとりだし、手ぎわよく怪我人の腕を縛っていた。ロレーンも手伝った。

「さあ、もうだいじょうぶ」と、警視は言った。「心配はいりません。殺しても死にゃしませんからね、こういう若いひとは。どうやら、気を失ったのも出血のせいだけではないらしい。倒れた拍子に、床に頭をぶつけるかどうかしたんでしょう」

部屋の外では、ノックの音がいよいよ激しくなっていた。ジョージ・ロマックスが憤然として叫んでいる。その声がひときわ大きく、明瞭に聞こえてきた——

「おい、だれなんだ、なかにいるのは。いますぐドアをあけたまえ」

バトル警視が吐息を漏らした。

「そろそろあけてやらなきゃならんようですな。残念ながら」

そう言いながらあたりを見まわし、その場の状況をすばやく脳裏に刻みこんだ。ジミーのかたわらに、一梃のオートマティックがころがっている。警視はそっとそれを拾いあげると、用心ぶかく手のなかで検分した。そして低く鼻を鳴らして、それをテーブルに置いた。それから、部屋を横切ってゆき、ドアの錠をはずした。

　何人かがもつれあうようになだれこんできた。ほとんど全員が同時になにかをわめいていた。ジョージ・ロマックスは、舌にひっかかってすらすら出てこない言葉を懸命に絞りだし、まくしたてていた――

「こ――こ――これは、いったいどうしたことだ。ああ、きみか、警視！　なにがあったんだ？　おい――なにがあったのかと訊いているんだ！」

　ビル・エヴァズレーが言った――「なんてこった！　ジミーじゃないか！」そして床にころがっているぐったりした体をまじまじと見つめた。はでな深紅色の部屋着をまとったレイディー・クートが叫んだ――「まあ、おかわいそうに！」そしてバトル警視のそばをすりぬけるなり、慈母よろしく、倒れたジミーの上にかがみこんだ。

　バンドルが、「まあ、ロレーン！」と言った。

　ヘル・エーベルハルトが、「なんということだ《ゴット・イム・ヒンメル》！」とかなんとか、そのようなことを言った。

　サー・スタンリー・ディグビーが、「これはしたり、いったい何事だ！」と言った。

　メイドのひとりが、「まあ、あの血！」と言って、いかにもうれしそうに悲鳴をあげた。

従僕のひとりが、「これはこれは！」と言った。

執事が数分前に目についたのよりもはるかに勇ましい態度になって、「さあさあ、ここで騒いでいてもなんにもならん！」と言いながら、下働きの使用人たちを追いだしにかかった。

有能なるルーパート・ベイトマン氏がジョージにむかい、「用のないひとには出ていってもらいましょうか」と言った。

それから、みんなが同時に一息入れた。

「信じられん！」と、ジョージ・ロマックスが言った。「バトル、いったいなにがあったのだ！」

バトルがちらりと彼に目くばせした。とたんに、ジョージの習い性となっている用心ぶかさが、本来の力をとりもどした。

彼は入り口のほうへ向かいながら言った。「さあ、みなさん、どうかもうお部屋におひきとりいただきたい。ここでほんのちょっとした——あ——」

「事故です」と、バトル警視が平然と言ってのけた。

「あ——その、事故があっただけです。たいへん恐縮ですが、みなさんどうかお部屋におひきとりください」

明らかに、だれもそうするのは気が進まないようだった。

「レイディー・クート——どうか——」

「ほんとにお気の毒に」と、レイディー・クートは母親気どりで言った。

ひざまずいた姿勢から、彼女はしぶしぶ立ちあがった。そのとき、ふいにジミーが身じろぎして、半身を起こした。

「おや！　どうかしましたか？」

濁声でそう言うと、しばらくぼんやりと周囲を見まわしていたが、やがてその目に知性の輝きがもどってきた。

「つかまえましたか？」と、彼はせきこんで言った。

「だれを？」

「男です。蔦を這いおりてきたんですよ。ぼくはそこの窓ぎわにいたんで、組みついて、激しい格闘になったんですが——」

「きっとまた、よく話に聞く凶悪で残忍な夜盗に決まってますわ。ほんとにお気の毒に」レイディー・クートが言った。

ジミーはあらためて周囲を見まわしていた。

「これは——どうも、その——だいぶひどいことになってるようですね。なんせ、雄牛のように強いやつでして、取っ組みあったままそこらをころげまわったもので――」

室内の状況は、明らかにこの説明を裏づけていた。周囲十二フィートの範囲内にあるもののうち、軽くてこわれやすいものは、どれも例外なくめちゃめちゃになっていた。

「で、そのあといったいなにがあったのです？」

けれどもジミーはなにか探しものでもするように、なおもあたりを見まわしているばかりだった。

「あれはどこへ行ったかな、レオポルドは？　ぼくの自慢の銃身の青いオートマティックは？」

バトルがテーブルの上のピストルをゆびさした。

「これですかな、セシジャーさん？」

「ああ、それだ。わが愛すべきレオポルド。何発発射されています？」

「一発です」

ジミーは悔しそうな顔をした。

「ちぇっ、がっかりだな、レオポルドには」と、ぶつぶつ言う。「たぶん、ボタンをちゃんと押せなかったんだ。でなきゃ、連続射撃ができたはずなんだから」

「先に撃ったのはどっちでした？」

「ぼくみたいです、あいにく。つまりね、そいつがいきなりぼくの手をふりはなしましてね。窓にむかって駆けだすのが見えたんで、とっさにぼくはレオポルドを構えて、一発お見舞いした。すると向こうは窓ぎわで向きなおり、撃ちかえしてきたんですが、それきりこっちは——どうも、その、気絶してしまったようです」

彼は残念そうにひたいをこすった。

このとき、ふいにサー・スタンリー・ディグビーがはっとしたように大声をあげた。

「蔦を這いおりてきたと言ったな？　おい、たいへんだぞ、ロマックス。まさかあれを持ちだされたんじゃあるまいな？」

航空大臣は部屋をとびだしていった。なんらかの奇妙な理由から、彼が席をはずしているあいだ、だれも一言も発しなかった。数分して、サー・スタンリーがもどってきた。まんまるな、ぽっちゃりした顔が、死人のように青ざめている。

「たいへんだぞ、バトル」と、サー・スタンリーは言った。「あいつを盗まれた。オルークは死んだように眠りこけてる——薬を盛られたのにちがいない。起こそうとしたが起きないのだ。そして書類は影も形もない」

21　書類もどる

「ああやんぬるかな《デア・リーベ・ゴット》！」と、ヘル・エーベルハルトがかすれた声で言った。

その面は灰白色に変わっていた。

ジョージがいかめしい非難のまなざしをバトルに向けた。

「これはどうした始末なんだ、バトル。わたしはきみを信頼して、いっさいの手配をまかせたのだぞ」

ものに動じぬ警視の資質、それがこのときほど如実に発揮されたことはなかった。彼は顔の筋ひとつ動かさなかった。

「上手の手から水が漏れるということもありますからな」と、落ち着きはらって答える。

「すると、なにかね、きみは――本気できみは――あの文書が奪い去られたと主張するつもりか？」

けれども、だれもがびっくりさせられたことには、バトル警視のかぶりがゆっくりと横にふられた。

「いや、いや、ロマックスさん、あなたがお考えのほど、事態は悲観的なものではありませんよ。いっさいは無事です。ただし、その功はわたしに帰《き》せらるべきではありません。このお若いご婦人にこそ感謝なさるべきでしょう」

彼はロレーンをゆびさし、彼女は驚きに目をみはって彼を見つめた。バトルはその彼女のところへ歩み寄ると、彼女がまだ無意識に胸にかかえこんだままでいた、あの茶色の紙包みをそっととりあげた。

「ロマックスさん、これがおそらくお探しの品だと存じます」バトルは言った。

ジョージよりも動作の機敏なサー・スタンリー・ディグビーが、バトルのさしだした包みをひったくるなり、封を切って、食いつくような目で中身を検《あらた》めた。安堵の吐息がその口から漏れ、航空大臣はひたいの汗を拭った。ヘル・エーベルハルトがドイツ語で感謝の言葉を雨あられと発しながら、自らの頭脳の所産である大事な発明にとびつくなり、ひしと胸に抱きしめた。

サー・スタンリーはロレーンに向きなおると、心をこめてその手を握った。

「ほんとにありがとう、お嬢さん。幾重にもお礼を言います。みんな心から感謝していますよ」

「いやまったく、まったくです」ジョージが言った。「ただし、わたしにはどうも――あ――」

とまどいがちに言葉をとぎらせると、彼はまったく初対面のその若い女性をまじまじと見つめた。ロレーンは訴えかけるようにジミーを見やり、ここでジミーが助け船を出した。

「ええと――こちらはミス・ウェイドです。ジェリー・ウェイドの妹さんです」

「ああ、なるほど」ジョージはそう言って、心をこめてロレーンの手を握った。「ありがとう、ミス・ウェイド。あなたの勇敢な行為にたいしては、感謝の言葉もありません。ただし、白状するが、わたしにはいまもって事情がよく――」

含みを持たせて彼は言葉を切り、いあわせた一同のうち四人は、あいにくその事情を彼にもわかるように説明するのは、かなりの難事業になりそうだと感じた。バトル警視が事態の収拾にのりだした。

「さしあたりその問題には立ち入らなくてもいいのではありませんか?」と、如才なくにおわせる。

有能なるベイトマン氏が、ここでさらに話の焦点をずらすきっかけをつくった。

「だれかオルークのようすを見にいったほうがいいんじゃないかな? どうでしょう、

医者を呼んだほうがいいとは思われませんか？」

「もちろんだ」ジョージが言った。「もちろんだとも。いままでそれに考えが及ばなかったとは、われわれとしたことが迂闊だったな」そしてビルを見やった。「いますぐカートライト先生に電話したまえ。往診をお願いするのだ。できれば、それとなく――あ――他聞をはばかることだと釘をさすのだぞ」

ビルは命令を果たしに出ていった。

「わたしもいっしょに行こう、ディグビー」ジョージは言葉を継いだ。「おそらくは、なにか手が打てるはず――手段を講じる必要が――医者の到着を待つあいだに」

彼はどことなく途方に暮れたようにルーパート・ベイトマンを見やった。いつの場合も、すぐれた能力はおのずとあらわれるものである。いまのこの事態をまかせられる人物ありとせば、ポンゴを措いてほかにはない。

「わたしもお供いたしましょうか？」

ほっとして、ジョージはこの申し出を受け入れた。安心して頼れる人材というのは、まさにこういう男だな、そう思った。ベイトマン氏と接触する人間が例外なく感じる絶対の信頼感、それを彼もいまこの有能な青年にたいして感じていた。

三人は連れだって部屋を出ていった。レイディー・クートも持ち前の深みのある声音で、「お気の毒なこと。ひょっとしてわたしもお手伝いできることがあるかも――」そうつぶやきながら、そそくさとあとを追った。

「すこぶる母性的なご婦人ですな」バトル警視が感慨ぶかげに言った。「いやまったく、じつに母性的なご婦人だ。それにしても、不思議なのは――」

三組の目がそろって物問いたげに警視を見つめた。

「いや、ずっと考えていたんですが――サー・オズワルド・クートは、いったいどこにおられるのでしょうか」

「あら！」ロレーンが息をのんだ。「まさかあのかたが殺されたとでも？」

バトルはたしなめるように首をふってみせた。

「そこまでメロドラマじみた想像をするには及びますまい。いや、待てよ――どうやらあれは――」

彼はふと言葉をとぎらせると、小首をかしげて耳をすました――大きな片手をあげ、静粛をもとめる身ぶりをしながら。

まもなく、ほかの三人にも、彼の鋭い耳が真っ先にとらえた音が聞こえてきた。外のテラスを近づいてくる足音だ。足音は高らかに響きわたり、いささかも音を忍ばせようという意図は感じられない。いくばくもなく、大柄な人影がぬっとフランス窓の向こうにあらわれると、そこに立ちはだかって、ある種の奇妙な威圧感を発散しつつ一同をねめつけた。

サー・オズワルド――というのも、それは彼にほかならなかったから――は、順ぐりにゆっくりと一同の顔を見まわした。鋭い目が的確に状況を読みとっていった。腕にまにあわせの包帯を巻いたジミー。少々異例の服装をしたバンドル。まったく初対面のローレーン。最後にその視線はバトル警視に向けられた。けわしく、きびきびした問いが、その口から発せられた。

「いったいここではなにが起きているのかね、警視？」

「強盗未遂です」

「未遂――ほう？」

「さいわいこのお嬢さん、ミス・ウェイドのおかげで、賊の一味は獲物を持ちだすことに失敗しました」

「ほう！」じろじろ見まわすのはやめて、サー・オズワルドはまた言った。「ところで警視、これをどう思う？」

さしだしたのは、一梃の小型のモーゼル拳銃だった。慎重にその握りの部分をつまんで持っている。

「これをどこで見つけられました、サー・オズワルド？」

「外の芝生でだよ。賊のひとりが逃走するさいに投げ捨てていったんだろうな。指紋の検査が必要になるだろうと思ったんで、このとおり、気をつけて持ってきた」

「何事もよく気がつかれますな、サー・オズワルド」

そう言ってバトルは相手の手から拳銃を受け取り、おなじく慎重な手つきで、それをジミーのコルトと並べてテーブルに置いた。

「さてと、ではさしつかえなければ、ここでいったいなにがあったのか、詳しく聞かせてもらえるかね？」と、サー・オズワルドが言った。

バトル警視はこれまでの出来事のあらましをかいつまんで物語った。サー・オズワルドは、思案げに眉をひそめた。

「よしわかった」と、鋭く言う。「すると、セシジャー君を撃って、気を失わせたあと、賊は逃走した。そして逃げる途中で拳銃を捨てたというわけだ。合点がいかんのは、なぜだれひとり賊を追おうとしなかったのかということだよ」

「逃走したものがいるということは、セシジャーさんの話を聞いて、はじめてわかったことなのです」バトル警視がぶっきらぼうに言った。

「するときみは――その――逃げてゆく賊を見かけなかったのだな？　テラスを曲がっ

て駆けつけてくるときにも？」

「はあ、ほんの四十秒ほどの差で見つけそこねたようですな。このとおり月はありませんし、テラスから一歩でも離れれば、すぐに見えなくなる。発砲するやいなや、テラスからとびだしていったのに相違ありません」

「ふむ」サー・オズワルドは鼻を鳴らした。「それでも、いちおうひとを出して探させるべきじゃなかったのか？　ほかにもだれかを配置しておく必要が――」

「屋敷うちには、わたしの部下が三人、配置についております」

「ほう！」サー・オズワルドは、いくらか虚を衝かれたようすだ。

「構内から出ようとするものがあれば、何人《なんびと》によらず、とりおさえて、つかまえておくよう指示してあります」

「で、まだ――つかまえていない？」

「まだつかまえておりません」バトル警視は重々しく答えた。

ふとその口調のなにかが気になったように、サー・オズワルドがじろりと警視を見た。それから、ずばりと言った――

「きみは知っていることをすべて話しているのかね、バトル警視？」

「知っているいることはすべてお話ししていますよ――ええ、サー・オズワルド。なにを考えているか、それはまた別問題ですがね。ことによると、いささか妙なことを考えているかもしれない――しかし、考えがある程度かたまってくるまでは、それについてお話ししても無駄でしょう」

「それでもやはり」と、サー・オズワルドはゆっくりと言った。「きみがなにを考えているのか、それを聞いてみたいものだね、バトル警視」

「ひとつには、この建物には蔦が多すぎるということ――失礼、サー・オズワルド、あなたの上着にも葉っぱが一枚ついています――そうです、あまりに蔦が多すぎますよ。それが事を面倒にしています」

サー・オズワルドは目を据えてじっと警視を見た。けれども、彼がどんな返事をしようとしていたにもせよ、それを口に出すことは、ルーパート・ベイトマンの出現によって妨げられた。

「ああ、ここにおいででしたか、サー・オズワルド。いましがたレイディー・クートが、お姿の見えないのにお気づきになって――きっと賊に殺されたのだと、そう言い張っておいでなのです。悪いことは申しません、すぐに行ってさしあげたほうがよろしいですよ、サー・オズワルド。たいへん取り乱しておいでですので」

「マライアめが、まったくどうしようもないばか女だ」と、サー・オズワルドは言った。

「このわしが殺されたりするはずがなかろうが。まあいい、いっしょに行くよ、ベイトマン」

彼は秘書をしたがえて部屋を出ていった。

二人のあとを見送って、バトルが言った。「いやあ、じつに有能ですな、あの若いのは。なんという名でしたっけ――ベイトマン？」

ジミーがうなずいた。

「ベイトマン――名はルーパート。通称ポンゴ。学校でぼくといっしょだったんですよ」

「ほう、そうですか。それはおもしろい偶然ですな、セシジャーさん。そのころはあのひとのことをどう思っておられました？」

「ああ、あいつはいまもむかしもおなじです。ある種のとんまですよ」

「ほう、とてもそうとは思えませんな――あのひとがとんまとは」バトルがやんわりと言った。

「いや、ぼくの言う意味はわかるでしょう。もちろん、本物のとんまじゃない。頭はとびきり切れるし、努力家ですしね。ただ、おそろしくくそまじめなんです。ユーモアのセンスなど薬にしたくもない」

「なるほど！　そいつは困りましたな」バトル警視は言った。「ユーモアを解さない紳士というのは、えてして考えかたが硬直します——そしてこれが不幸につながる」

「あのポンゴが不幸な目にあうなんて、とても考えられませんがね」と、ジミー。「これまでだって、りっぱにやってきてるし——クート老のもとでがっちり地歩をかためて、あのあんばいじゃ、一生でも務まりそうだ」

「バトル警視さん？」いきなりバンドルが言った。

「なんでしょう、レイディー・アイリーン」

「サー・オズワルドが夜の夜中に庭を歩きまわってなにをしてらしたのか、一言もおっしゃろうとなさらなかったの、へんだとはお思いになりません？」

「ああ、そのことですか！」バトルは答えた。「サー・オズワルドはね、大物なのですよ——そして大物というのは、強要されないかぎり、釈明はいっさいしないのがいいという、この点をつねに心得ているものでしてね。あわてて釈明したり、言い訳したりするのは、人物の小さい証拠です。サー・オズワルドは、このことをようくご承知なのですよ。はいってくるなり、すぐさま説明したり、弁解したり、そんなことをするものですか——あのかたにかぎって。悠々と歩み入ってこられると、逆にわたしを叱責されるというわけ。要するに大物なのです、サー・オズワルドは」

警視の口調に意外なほど温かい尊崇の念が感じられたので、ついバンドルも、それ以上その問題を追及する気をなくした。

「ところでと」と、バトル警視はかすかに目を悪戯っぽくきらめかせて、「せっかくこうしてお近づきになったのですから——ここらでひとつミス・ウェイドが、どうしてこうも都合よく犯罪現場にきあわせられたのか、ぜひとも、それをうかがいたいものですな」

「ロレーンは反省すべきだよ」と、ジミーが言った。「いままでなにくわぬ顔でぼくらをだましてたんだから」

「どうしてあたくしだけがのけものにされるんですか？」ロレーンが激越な調子で言った。「最初からあたくし、身をひく気なんてぜんぜんなかった——ええ、そう。あの日はじめてお宅にうかがって、お二人から口をそろえて、あたくしはおとなしくうちにひっこんで、危険を避けてるのがいちばんいい、そう言われたあのときから。その場ではなにも言わずにすませたけど、もうそのときには決心がついてたのよ」

「なんとなくそんな気がしてたわ」バンドルが言った。「あなたの態度があんまりすなおすぎたから。なにかたくらんでるんじゃないかって、それぐらいぴんときててもよかったのに」

「ぼくはまた、きみもずいぶんものわかりがよくなったって、すっかりそう思いこんでいた」ジミー・セシジャーが言った。

「あなたならきっとそうでしょうね、ジミー」と、ロレーン。「あなたをだますのくらい、わけないことってないわ」

「おやおや、お褒めにあずかって恐縮至極」ジミーは言いかえした。「さて、そんなら話をつづけてもらおうか——ぼくにはかまわずに」

「あなたから電話があって、危険も考えられるって伝えてくれたとき、あたくし、いよいよ決心をかためたんです」ロレーンはつづけた。「それでさっそくハロッズへ出かけて、ピストルを買いました。ここにあります」

彼女は華奢なピストルをとりだしてみせ、バトル警視がそれを彼女の手からとりあげて、検分した。

「きわめて危険なおもちゃですな、ミス・ウェイド」警視は言った。「これで——ええと——ずいぶん練習を積んだのですか？」

「いいえ、ぜんぜん」と、ロレーン。「ただ、持ち歩いていれば——なんていうか、心強いと思いましたので」

「たしかにそうですな」と、バトルはしかつめらしく言った。

「あたくしの目論見というのは、とにかくここへきて、なにが起こるか見届けようということでした。車は道路に乗り捨てて、垣根の隙間をくぐってテラスまで近づき、あたりのようすをうかがっていると——いきなりどさっ——足もとになにかが落ちてきました。それを拾いあげて、いったいどこから落ちてきたのか確かめようとしてるうちに、男のひとが蔦を伝って降りてくるのが見えたんで、急いで逃げだしたんです」

「なるほど」バトルが言った。「そこでです、ミス・ウェイド、その男の人相風体ですが、なんでもいい、なにかわかりますか？」

　ロレーンはかぶりをふった。

「暗くてよく見えませんでした。大柄だったとは思いますけど——それ以上のことはなにも」

「それではあなた、セシジャーさん」バトルはジミーに向きなおった。「あなたはその賊と格闘しておられる——そいつについてなにかお話しいただけることは？」

「相当に頑丈なやつでした——それだけですね、ぼくに言えるのは。二言三言しゃがれ声でわめきたてましたが——ぼくが喉を締めつけてやったときです。『はなせ、この野郎』とかなんとか、そんなことを」

「すると、教育のない人間ですな？」

「まあそうでしょう。そんな口のききかたでした」

「あたくしがいまだによくのみこめずにいるのは、あの包みのことなんです」ロレーンが言った。「なぜあんなふうに投げ落としたりしたんでしょう？　降りるのに邪魔になったとか？」

「ちがいますね」バトルは言った。「わたしはまったく異なる推理をしています。あの包みはね、ミス・ウェイド、わざとあなたをめがけて投げたんですよ——すくなくとも、わたしはそう見ています」

「投げた——あたくしに？」

「と言うか——賊があなたをその人物だと思った、その相手に、です」

「えらくこんぐらかってきましたね」ジミーが言った。

「セシジャーさん、はじめにこの部屋にはいってきたとき、一度でも明かりをつけられましたか？」

「ええ」

「で、室内にはだれもいなかった？」

「だれもいませんでした」

「しかし、それ以前に、何者かがこの部屋のあたりを歩きまわっている気配を聞かれたのでしょう？」

「ええ」

「そのあとは、窓を調べてみたうえで、あらためて明かりを消し、ドアに錠をおろした？」

ジミーはうなずいた。

バトル警視はゆっくりと周囲を見まわした。その視線が止まったのは、書棚のそばに立ててある大きなコードバン革の衝立のうえだった。

つかつかと部屋を横切ってゆくなり、バトルはその衝立の後ろをのぞいた。

その口から鋭い叫びが漏れるのを聞いて、若い三人は急いでそばに駆けつけた。

そこの床の上に、完全に意識をなくして横たわっているのは、ラッキー伯爵夫人だった。

22　ラッキー伯爵夫人の陳述

　伯爵夫人が意識をとりもどすまでの過程というのは、ジミー・セシジャーの場合とは大ちがいだった。それよりはるかに時間がかかり、しぐさもはるかに芸術的だった。〝芸術的〟とは、バンドルの頭に浮かんだ表現である。彼女はかいがいしく介抱にあっていた――といっても、もっぱら冷たい水を顔にふりかけてやるぐらいのことしかできなかった――が、それでも伯爵夫人は即座に反応を示し、真っ白な手を途方に暮れたようにひたいに走らせながら、弱々しいつぶやきを漏らした。

　それまで電話と医師の呼び出しに忙殺されていたビルが、ここでようやくそれらから解放されて、部屋にとびこんできたかと思うと、たちまち、彼のもっとも嘆かわしい阿呆ぶり（というのは、これまたバンドルの意見だが）を発揮しはじめた。

　気づかわしげに顔を曇らせて伯爵夫人をのぞきこんだ彼は、あきれるほどに阿呆らしい台詞をやたら並べたてはじめた――

「さあさあ、伯爵夫人。だいじょうぶですよ。ほんとにだいじょうぶです。口をきいちゃいけません。体にさわりますから。そのままじっとしてらっしゃい。じきによくなります。すぐに回復しますからね。すっかりよくなるまで、口をきいちゃいけません。落ち着いて、じっと横になって、目をつむっていらっしゃい。そのうちなにもかも思いだしますからね。さあ、もう一口、水をお飲みなさい。そうだ、ブランデーもいいな。ブランデーならちょうどいい。ねえ、どうだろう、バンドル、ブランデーをすこしあげたら……」

「後生だからビル、ほっといておあげなさいよ。じきによくなるから」

バンドルはぷりぷりしながらそう言うと、物慣れた手つきで、念入りに化粧した伯爵夫人の顔に、またもやたっぷりと冷水をふりかけた。

伯爵夫人は、顔をしかめて半身を起こした。それまでにくらべると、かなり意識もはっきりしてきたようだ。

「あら、わたくしならもうだいじょうぶ」と、弱々しくつぶやく。「ええ、もうなんともありませんわ」

ビルがまたそばから声をかける。「ゆっくり休んでおいでなさい。すっかり気分がよくなるまで、口をきいちゃいけません」

伯爵夫人は、とびきり薄く透き通ったネグリジェの襟もとをかきあわせた。

「すこし思いだしてきましたわ」つぶやくように言う。「ええ、だんだん記憶がもどってきました」

周囲をとりまいた小人数の一団を彼女は見まわした。じっと見まもっている顔のなかのいくつかが、彼女の目には同情のないものと映ったのかもしれない。いずれにせよ、はっきりそれとは正反対の感情をあらわしているただひとつの顔にむかって、彼女はわざとらしくほほえみかけた。

「あらまあ、お若いイギリスのかた」と、気味の悪いくらいの猫なで声で、「そんなに心配なさらないでくださいましな。もうなんともありませんから」

「それはよかった！　ですが、ほんとにもうだいじょうぶなんですか？」ビルはまだ心配そうだった。

「だいじょうぶですとも」彼女は安心させるようにビルにほほえみかけた。「わたくしどもハンガリー人って、鉄の神経を持っておりますのよ」

強い安堵の色がビルの面上をよぎった。かわってそこに腰を据えたのは、魂を吸いとられたような恍惚の表情――バンドルが思わず力いっぱい蹴とばしてやりたくなったほどの腑抜けづら。

「さあ、お水をどうぞ」と、バンドルは冷ややかに言った。

伯爵夫人は水を断わった。バンドルよりはいくらか薄幸の美女に親切なジミーが、ではカクテルでもどうかとすすめた。この提案には、伯爵夫人も喜んで応じた。やがてそれを飲んでしまうと、彼女はあらためて一同を、前よりは生気のよみがえった目で見まわした。

「話してくださいな。いったいなにがありましたの？」と、きびきびした口調で言う。

「それをあなたからお聞かせいただけるかと考えていたのですがね」と、バトル警視が言った。

伯爵夫人は鋭い目で警視を見た。はじめてその物静かな、大柄な男の存在に気づいたようだった。

「わたし、あなたのお部屋へまいりましたのよ」と、バンドルは言った。「ベッドにはおやすみになった形跡もなかったし、お部屋にお姿も見あたりませんでしたわ」

そこまで言って、彼女は口をつぐんだ——とがめるような目つきで伯爵夫人を見据えながら。伯爵夫人は目をつむると、のろのろとうなずいた。

「ええ、ええ、すっかり思いだしました。ああ、ほんとにぞっとする！」身ぶるいしてみせる。「話せとおっしゃるのは、そのことですの？」

バトル警視が、「どうぞお願いできれば」と言うのと、そばからビルが、「気が進まなければ、いいんですよ」と言うのとが重なった。それでも、バトル警視の穏やかならちにも厳然たるまなざしが勝ちを制した。伯爵夫人は二人の男を見くらべたが、

「わたくし、眠れませんでしたの」と、伯爵夫人は語りはじめた。「この家が――なんていうか、圧迫感があるみたいで。全体がぴりぴりしている感じで、こちらのお国のたとえで言う〝焼けた煉瓦の上の猫〟みたいに落ち着きませんでした。こういうときには、無理に眠ろうとしても眠れないことがわかっておりますので、しばらく部屋のなかを歩きまわったり、本を読んだりしました。でも、お部屋に置いてあるご本は、あまりおもしろくないものばかりで。それで、ここへ降りてきて、もうすこし熱中できるものを見つけようと思ったんです」

「きわめて当然です」と、ビル。

「よくあることですな、たしかに」と、バトルも相槌を打つ。

「そんなわけで、そう思いたちますと、すぐに部屋を出て、ここへ降りてまいりました。家のなかはたいそうひっそりしておりまして――」

「失礼」バトル警視が口をはさんだ。「それは何時ごろのことだったか、おわかりにな

りますか?」

「わかりませんわ、ぜんぜん」伯爵夫人はこともなげにそう言ってのけると、さっさと話をつづけた。「家のなかはたいそうひっそりしていて、小さな鼠が走っても聞こえるくらい――このお屋敷に鼠がいれば、ですけど。ともあれわたくし、そうっと――できるかぎりそうっと階段を降りて――」

「できるかぎりそうっと?」

「当然じゃありませんか――みなさんの眠りを妨げまいとして、ですわ」非難がましい口ぶりで、伯爵夫人は答えた。「――この部屋にはいりました。それから、ここの隅のところへきて、適当な本はないかと書棚を探しにかかりました」

「もちろんその前に明かりはつけられたんでしょうな?」

「いいえ、つけませんでしたの。ほら、このとおり、懐中電灯を用意してきておりますので、これで書棚を端から照らしてゆきました」

「なるほど!」と、警視。

「そのときでした、とつぜん――」と、伯爵夫人は芝居がかった調子で話をつづけて、

「――わたくしの耳がなにかを聞きつけました。あたりをはばかるような物音。くぐもった足音。そこで、すぐに懐中電灯を消して、耳をすましました。足音は近づいてきま

す――忍び足の、ぞっとするような足音。わたくし、この衝立のかげに身をひそめました。と思うと、ドアがあいて、明かりのスイッチがはいりました。男が――泥棒が部屋にはいってきました」

「ええ、ですけどね――」セシジャー氏が口をはさもうとした。

大きな足がジミーの足を踏んづけた。バトル警視が警告を発しているのだとさとって、ジミーは口をつぐんだ。

「わたくし、恐ろしくて、もう死にそうでした。息もつけない心地でした」伯爵夫人が先をつづけた。「男はしばらく聞き耳をたてながらそこにつったっていましたけど、そのうち、依然としておなじ薄気味の悪い忍び足で――」

ここでまたしてもジミーが口をはさもうとしかけたが、結局、そのまま黙りこんだ。

「――忍び足で窓ぎわへ行くと、外をのぞきました。一分か二分、そこにじっとしていたでしょうか。やがてまた部屋を横切ってくると、明かりを消して、ドアに錠をおろしました。わたくし、ぞっとしました。男がおなじ部屋にいて、闇のなかでそっと動きまわっています。じっさい、生きた心地がしないとはこのことですわ。ひょっとして、暗がりで襲ってこられでもしたら！　また一分ほどたつと、男がもう一度フランス窓のほうへ行くのが聞こえました。それから静かになりました。外へ出ていってくれたのならいいんだけど、そう思いました。しばらくたってもなんの気配もしないので、やっぱり出ていってしまったらしい、そう判断して、すんでのところでまた懐中電灯をつけて、ようすを見ようとしかけた、まさにその矢先に――いきなり！《プレスティッシモ》――始まったんです、あの騒ぎが」

「それで？」

「ああ！　ほんとにぞっとしました――一生――一生――忘れられませんわ！　ふたりの男が殺しあっているんです！　ああ、なんて恐ろしかったことか！　取っ組みあったままで部屋じゅうころげまわり、あちこちで家具がこわれました。たしか、女性の叫び声も聞こえたような気がします――もっとも、室内からではなく、外のどこかからでしたけど。賊はしゃがれ声でした。しゃべるというより、鳥が鳴いてるような。その声でくりかえしくりかえし、『はなせ――はなしやがれ』ってわめいてるんです。それにひきかえ、もうひとりのほうは紳士でした。教養のあるイギリス人の声です」

ジミーは満足げな顔をした。

「悪態をついていましたわ――まあほとんどは悪態でした」と、伯爵夫人はつけくわえた。

「明らかに紳士ですな」と、バトル警視が言った。

「それから」と、伯爵夫人はつづけて、「ふいに閃光が走って、銃声がしました。弾はわたくしのすぐそばの書棚に命中しました。きっと――きっとそのときに気を失ったんだと思います」

彼女はビルを見あげた。ビルはその手をとり、やさしくなでさすった。

「お気の毒に。さぞこわい思いをなさったことでしょう」

やれやれ、おばかさんもいいところだわ、とバンドルは思った。

バトル警視がすばやく、ほとんど音もたてずに衝立のやや右手にある書棚に歩み寄った。そして腰をかがめて、あたりをさぐっていたが、やがてしゃがみこむと、なにかを拾いあげた。

「弾ではありませんよ、伯爵夫人。これは薬莢です。セシジャーさん、あなたは発砲されたとき、どこにおいででした？」

ジミーは窓ぎわの位置に立った。

「だいたいこのへんだったはずです」

バトル警視もおなじ場所に立った。

「そう、ぴったりですな」と、うなずく。「空薬莢は、まっすぐ後方へ飛びます。これは・四五五口径のもので、暗がりで伯爵夫人が弾丸だと思われたのも無理はありません。

夫人からわずかに離れた書棚にあたっていますから。弾そのものは、窓枠をかすめて飛んだようですが、あす、外を探せば見つかるでしょう——あなたを襲ったやつが、たまたま体のなかに入れて持ち去ったのでないかぎりは」

ジミーは残念そうに首をふった。

「あいにくレオポルドのやつ、期待どおりの手柄をたててくれなかったようで」憮然としてそう言う。

伯爵夫人がそんな彼のようすを、見られたほうがつい有頂天になりそうな目つきで注視していた。

それから、ふいに叫んだ。「まあ、あなたの腕！　包帯してらっしゃる！　すると、あなたが——？」

ジミーは仰々しく会釈してみせた。

「教養のあるイギリス人の声だったそうで、恐縮です。ついでに、念のために申し添えておきますが、ご婦人の前だと知っていたら、ぼくもああいう悪態をつくなんてこと、夢にも考えなかったでしょう」

「でもわたくし、意味はまるきりわかりませんでしたのよ」と、伯爵夫人はあわてて弁解した。「これでも子供のころには、イギリス人の女家庭教師について英語を習ってたはずなんですけど──」

「家庭教師が教えるたぐいの言葉じゃありませんからね、ああいうのは」ジミーも相槌を打った。「やれ、伯父さんのペンがどうしたの、庭師の姪のこうもり傘がどうしたのって、そんなことばかり教えこんでたんでしょう？　ぼくにも覚えがあります」

「それにしても、いったいなにがありましたの？」伯爵夫人があらためてたずねた。

「知りたいのはそのことなんですのよ。ぜひ教えていただきたいと存じますわ」

ちょっと沈黙があって、そのあいだ一同がいっせいにバトル警視を見やった。

やがてバトルが穏やかに切りだした。「ごく単純なことです。強盗未遂でしてね。サー・スタンリー・ディグビーの手もとから、さる重要な政治的意味合いを持つ書類が盗まれたのです。賊はすんでのところでそれを持ったまま逃走するところでしたが、このお嬢さんのおかげで──」と、ロレーンをさして、「──未遂に終わったという次第です」

伯爵夫人はちらりとロレーンを一瞥した──どちらかというと、妙な目つきだ。

「おやまあ」と、冷ややかに言う。

「ちょうどその場にこのお嬢さんがいあわせてくださったのは、じつに幸運な偶然でした」と、バトル警視がほほえみながら言葉を添えた。

伯爵夫人は軽い吐息を漏らすと、ふたたび目をうっすらととじた。「ばかげてますけど、なんだかわたし、また気が遠くなりそう」と、消え入るように言う。

「でしょうとも、当然ですよ」ビルが叫んだ。「さあ、お部屋までお送りしましょう。バンドルもいっしょにきてくれるはずです」

「それはまあ、ご親切に、レイディー・アイリーン」と、伯爵夫人。「でもわたくし、できることならひとりになりたいんですの。ほんとにもうだいじょうぶですから。なんなら、階段をあがるときだけ、ちょっと手を貸していただければ」

伯爵夫人は立ちあがり、ビルのさしだした腕につかまると、ぐったりそれにもたれながら部屋を出た。バンドルはホールまでは付き添っていったが、伯爵夫人が何度もだいじょうぶだと——こころもち強い口調で——くりかえすので、二階へまでは同行しないことにした。

ところが、ビルに支えられた伯爵夫人の艶冶な後ろ姿が、ゆっくりと階段をあがってゆくのを見まもっているうちに、ふいにバンドルの体がぎくっとこわばり、目に強い力が加わった。前述したように、伯爵夫人のネグリジェはごく薄いもの——いってみれば、一枚のオレンジ色のシフォンのベールのようなものにすぎなかったが、その透き通った布地を通して、右の肩甲骨の下にはっきり見てとれたもの、それは小さな黒いほくろだった。

はっと息をのんで、衝動的にそちらへ背を向けたところへ、ちょうどバトル警視が図書室から出てきた。ジミーとロレーンがその先に立っていた。

「さて」と、バトルが言った。「窓には掛け金をかけましたし、外には部下をひとり見張りに立てます。ついでに、この部屋のドアにも錠をおろし、キーはわたしがお預かりすると。朝になったら、フランスふうに言うところの、犯罪の再現というやつを行なって――おや、レイディー・アイリーン、どうしました？」

「バトル警視さん、お話ししたいことがあります――いますぐに」

「はあ、いいですよ。じつはわたしも――」

そこへ突如として姿をあらわしたのは、ジョージ・ロマックスだった。カートライト医師をそばにしたがえている。

「ああ、ここだったか、バトル。安心してくれ――オルークの容態は憂慮するほどのものではなかった」

「わたしは最初から、オルーク氏の容態が憂慮すべきものだとは思っていませんでしたよ」と、バトル。

「強い睡眠薬を飲まされたのです」と、医師が言った。「朝までには、すっかり回復するでしょう。ちょっと頭痛は残るかもしれませんが、たいしたことはありますまい。さて、ではそこのお若いかた、あなたの弾傷を診せていただきましょうか」

「きてくれ、看護婦さん」と、ジミーがロレーンに言った。「いっしょにきて、洗面器を持つとか、ぼくの腕をおさえるとかしてくれ。勇士の苦しみをとくと見てやってほしいのさ。見ものだぜ」

ジミーとロレーン、それに医師の三人は、連れだって立ち去った。バンドルはなおもじれったげな視線をバトル警視のほうへ送りつづけていたが、肝心のバトルはジョージにつかまったきりだった。

ジョージの長広舌が一瞬とぎれるまで辛抱づよく待ってから、警視はすかさずその隙につけいった。

「じつは、サー・スタンリーとちょっと内密のお話がしたいのですが、かまいませんか？　このホールの奥の、小さいほうの書斎で」

「ああいいとも。かまわんよ。なんならわたしがいますぐ連れてきてやろう」

そう言ってジョージは、ふたたびせかせかと二階へあがっていった。バトルはすばやくバンドルをそばの客間にひっぱりこむと、扉をとざした。

「さて、うかがいましょう、レイディー・アイリーン。お話とはなんです？」

「なるべく手みじかにお話しするつもりですけど——ちょっと長い話ですし、込み入ってもいるんです」

そしてバンドルはせいいっぱい簡潔に、セブン・ダイヤルズ・クラブへ忍びこんだいきつや、そこで見聞きしたことについてバトルに物語った。語りおえると、警視は深く息を吸いこんだ。このときばかりは、持ち前の木彫りの面のような表情も、どこかへ置き忘れられたようだった。

「驚きましたな。いやまったく驚き入りました。よもやそんなことが可能だとは——いくらあなたでも、ですよ、レイディー・アイリーン。それに思いいたらなかったとは、わたしもだいぶ迂闊だった」

「でも、ヒントをくださったのは警視さん、あなたでしたのよ。ビル・エヴァズレーにあたってみろって、そうおっしゃいましたでしょう？」

「たとえヒントでも、相手があなたのようなかたとなると、うっかりさしあげるのは危険ですな、レイディー・アイリーン。まさかそこまで深入りされるとは思ってもみなかった」

「でも、ご心配なく、バトル警視さん。たとえわたしが死んでも、あなたの責任にはな

「これまでのところは、たしかに」と、バトルはいかめしく言った。

　そのあとしばらく、あれこれ思案しているように、彼は無言でそこに立ちつくしていた。

　それからおもむろに言った。「それにしても、あなたをそんな危険におとしいれるとは、セシジャー氏はいったいどういうつもりなのか。さっぱりわかりませんな」

「あら、あのひとが知ったのはあとになってからですのよ」バンドルは言った。「わたしだって、そこまでばかじゃありませんもの。それにね、バトル警視さん、どっちみちあのひとは、ロレーンに気を遣うだけでせいいっぱいなんですから」

「ほう、そうなんですか？　それはそれは！」

　バトル警視の目がわずかにきらめいた。

「そうなると、レイディー・アイリーン、今後はエヴァズレー氏にでもとくと頼んでおかなくては——あなたから目を離すな、と」

「ビルに？」バンドルは鼻で笑った。「ところでね、バトル警視さん、お話ししたいことって、まだ終わってはいませんのよ。そのセブン・ダイヤルズ・クラブで見た〈ナンバー1〉の女——アンナですけど。ええ、その〈ナンバー1〉の女って、だれあろう、あのラッキー伯爵夫人なんです」

そして、ほくろを見つけたいきさつについて、てっとりばやく話して聞かせた。

ところが、意外にも警視は、しきりに咳払いしたり、口ごもったりで、いっこう話にのってこようとしない。

「ほくろなどというものは、あまりあてになるものではありませんよ、レイディー・アイリーン。二人の女性に似たようなほくろがあるというのは、けっして珍しいことじゃありません。お忘れいただいては困りますが、あのラッキー伯爵夫人という女性は、ハンガリーではすこぶる高名な人物なのです」

「でしたら、いまここにいるあのひとは、本物のラッキー伯爵夫人とは別人なんです。はっきり申しあげますけど、あのひとと、わたしがクラブで見た女性と、二人が同一人であることはまちがいありません。だいいち、今夜のあのひとのようすを考えてごらんなさいな——発見されたときの状況を。気絶したなんて、わたしはこれっぽっちも信じられませんけど」

「いや、いちがいにそうとも言えませんよ、レイディー・アイリーン。すぐそばの書棚にぶつかったあの空薬莢、あれにはどんな女性でもたいてい胆《きも》をつぶすでしょうな」

「でも、そもそもあのひとは図書室でなにをしてたんですの？　本を探すのに懐中電灯を持ってくるなんてひと、普通はいませんわよ」

バトルはぽりぽりと頬を掻いた。話をつづけるのは、どうも気が進まぬといったふぜいだ。それから、心を決しようとするように、そこらを行きつもどりつしはじめたが、やがてようやくバンドルのほうに向きなおった。

「よく聞いてください、レイディー・アイリーン。あなたを信頼してお話ししましょう。あの伯爵夫人の行動は、たしかに怪しい。そのことは、あなたに劣らずよく承知しています。きわめて疑わしい――ですが、われわれとしては慎重に行動しなくてはならない。大使館筋とのあいだに、いささかも摩擦があってはなりませんから。絶対の確信がなくてはならないのです」

「わかります。でも、もし確証があれば――」

「いや、それだけではありません。これは戦時ちゅうのことですがね、レイディー・アイリーン、ドイツのスパイを野放しにしていると、世間が騒ぎたてたことがあります。お節介な連中など、さかんに新聞に投書したものです。しかしわれわれは問題にしなかった。言葉でいくらたたかれようと、われわれには痛くも痒くもない。要するに、雑魚《ざこ》は泳がせておいたのですよ。なぜかって？　なぜなら、その雑魚を通じて、いずれは大物に――首魁に行きつくことができるからです」

「とおっしゃると?」

「いまはわたしがどういうつもりで言っているか、それを忖度なさることはありません。しかし、レイディー・アイリーン、これだけは覚えておいていただきたい。あの伯爵夫人のことなら、わたしはすべて承知しています、と。そしてさしあたり彼女のことは、そっとしておきたいのだ、と」

それからバトル警視は困惑顔でつけくわえた――

「さてと、なにかひねりださなきゃなりませんな――サー・スタンリー・ディグビーにお聞かせするもっともらしい話を」

23 バトル警視動きだす

あくる朝十時。図書室のフランス窓からはさんさんと朝日がさしこんでいたが、そこではバトル警視が午前六時から活動を開始していた。彼の要請によって、いましがたジョージ・ロマックス、サー・オズワルド・クート、それにジミー・セシジャーの三人が、それぞれたっぷりした朝食によって前夜の疲れをいやしたうえで、この部屋に集まってきたところだった。ジミーは包帯で腕をつっていたが、それを除けば、昨夜の闘争の痕跡はほとんどとどめていなかった。

警視は温和な目で三人を見まわした。どことなく、小学生に館内の説明をしている親切な博物館館長、といったおもむきである。かたわらのテーブルには、きちんとラベルをつけたさまざまな品物が置いてある。そのなかに、自分のレオポルドもまじっているのをジミーは見てとった。

「ああ、警視」と、ジョージが口火を切った。「捜査の進捗状況をぜひ知りたいのだがね。賊はもうとらえたのか？」

「あいつをとらえるのには、まだだいぶかかりそうです」と、警視はこともなげに答えた。

その点で自分に落ち度があったと苦にしているようすなど、いささかも見られない。ジョージ・ロマックスのほうは、とくに上機嫌というわけでもなかった。いかなる種類のものであれ、手落ちというものを忌み嫌う性分なのだ。

「いちおうすべての点について、かなり明確なところまでつかんでいるつもりですが」

そうつけくわえてから、警視はテーブルの上から二つの品をとりあげた。

「ここに二発の弾丸があります。大きいほうは・四四五口径のもの、セシジャー氏のコルト・オートマティックから発射されたものです。窓枠をかすめて、外のあのヒマラヤ杉の幹に食いこんでいるのを発見しました。こちらの小さいほうは、モーゼルの・二五口径から発射されたものです。セシジャー氏の腕を貫通したあと、この肘かけ椅子にめりこんでいました。拳銃そのものについて言うと――」

「どうなんだね？」サー・オズワルドが膝をのりだしてたずねた。「指紋は見つかったのか？」

バトルはかぶりをふった。

「これを使った男は手袋をはめていたようです」と、のろのろした口調で言う。

「残念だな」と、サー・オズワルド。

「仕事を心得ている男なら、手袋ぐらいは当然はめるでしょう。ところでサー・オズワルド、あなたがこの拳銃を発見されたのは、テラスに通じる段の下から、ほぼ二十ヤードのところ、そう考えてまちがいありませんか？」

サー・オズワルドはフランス窓に歩み寄った。

「ああ、だいたいそんなものだな」

「咎めだてするつもりはありませんが、サー・オズワルド、なろうことなら、発見されたその場所に、そのまま置いてきていただいたほうが賢明だったと、そう申しあげたいですな」

「すまん」サー・オズワルドはかたくるしく言った。

「いや、べつにかまいません。そのときの状況を再現してみることが可能でしたから。まず、庭の下手からつづいているあなたの足跡。そして明らかに立ち止まって、かがみこまれたであろう箇所。さらに、芝生の表面に見られる一種のくぼみ――これもまたきわめて暗示的です。ついでですが、拳銃がそこに落ちていたことについて、あなたはどういうふうにお考えでしたか？」

「賊が逃走するさいに落としていったのだろう、そう考えたが」

バトルはかぶりをふった。

「落としていったのではありませんよ、サー・オズワルド。それを否定する証拠が二つあります。まず第一に、芝生のちょうどそのあたりを横切っている足跡というと、これは一組だけ――あなたご自身のものです」

「ほほう」サー・オズワルドが思案げに言った。

「それは確かなのかね、バトル?」ジョージが口をはさんだ。

「まずまちがいありません。じつはもう一組、芝生を横切ってきている足跡があります。ミス・ウェイドのものですが、しかしこれは、その現場よりはずっと左寄りにあるのです」

一呼吸してから、バトルはつづけた――

「さらに、地面にできたくぼみのこともあります。拳銃はかなりの勢いで地面にたたきつけられている。要するに、あらゆる点が拳銃は故意に投げ捨てられたことを示しているのです」

「なるほど。しかし、それはそれでいいんじゃないのか?」サー・オズワルドが言った。

「たとえば、賊が左のほうのあの小道づたいに逃げたとしたらどうだろう。小道の上なら足跡は残らんし、そこから芝生のまんなかへむけて、拳銃をほうることもできる。どうだね、ロマックス？」

ジョージはうなずいて、賛意を表明した。

「小道の上なら足跡は残らない、それは事実です」と、バトルが言った。「しかし、くぼみの形や、そこの芝草の切れぐあいからから判断して、拳銃が小道の方角から投げられたとは思えません。このテラスから投げられた、そうわたしは思うのです」

「そうかもしれん」サー・オズワルドはうなずいた。「しかし、それが重要なことなのかね、警視？」

「そうだとも、バトル」またジョージが口をはさんだ。「それが――あー――捜査に密接な関連でもあるのか？」

「ないかもしれません、ロマックスさん。しかしわれわれとしては、何事も起こったとおりにつかんでおきたいと思うのです。そこでお願いするのですが、お三方のうち、どなたかこの拳銃を手にとって、投げてみていただけませんか。いかがです、サー・オズワルド？　いや、まことにありがとうございます。どうかこの窓ぎわにお立ちください。では、それを芝生のまんなかへむけてほうってくださいますか？」

サー・オズワルドは、言われるままに大きく腕をふりあげ、力をこめて拳銃を投げた。

ジミー・セシジャーは固唾をのんで、ひきよせられるように窓ぎわに近づいた。バトル警視は、よく仕込まれたレトリーバーよろしく、体を揺らして拳銃のあとを追ったが、やがて満面に笑みをたたえてもどってきた。

「思ったとおりです。ぴったりおなじ跡ができましたよ。もっとも、あなたのほうが優に十ヤードも遠くへ飛ばされましたがね。まあそれを言うなら、あなたは非常に体格のいいかたですから、当然でもあるわけですが。あ、ちょっと失礼。だれかが入り口にいるようです」

バトル警視の耳は、常人よりもとびきり鋭敏なようだった。ほかのものにはなにひとつ聞こえなかったのに、はたせるかなドアの外には、レイディー・クートが薬のグラスを手にして立っていた。

「お薬よ、オズワルド。朝ご飯のときに飲むのをお忘れになったから、持ってきてさしあげましたわ」そう言ってレイディー・クートは、つかつかと部屋にはいってきた。

「わしは非常に多忙なのだ、マライア。薬なんかいらん」サー・オズワルドは言った。

「わたしがついていなければ、あなたはけっしてお飲みにならない」彼の妻は落ち着きはらってそう言いながら、夫に近づいた。「ほんと、やんちゃ坊主みたいなものなんだから。さあ、すぐにお飲みなさい」

するど、驚くなかれこの鉄鋼界の大御所は、いとも従順に、おとなしくそれを飲んだものだ！

レイディー・クートは一同にむかって、悲しげに、だが晴れやかにほほえみかけた。「お邪魔をしてしまいまして？　みなさん、とてもお忙しい？　おや、そこにあるのは拳銃。ほんと、忌まわしい、騒々しい殺人道具。まあ考えてごらんなさいな、オズワルド、ひょっとしてあなたがゆうべ泥棒に撃たれでもしていたら、いったいどうなっていたことか」

「さぞご心配でしたろうな、レイディー・クート――サー・オズワルドのお姿が見えないとわかったときには」バトルが言った。

「はじめは気がつきませんでしたの」と、レイディー・クートは白状した。「このお気の毒なかたが――」と、ジミーをさして、「――怪我をなさったり、あれやこれやと恐ろしい、どきどきするようなことばかりつづきましたので。ところがそのうちベイトマンさんが、サー・オズワルドはどこにおいでかと訊くもんですから、それではじめて、主人が三十分も前に散歩に出かけたきりなのを思いだした次第なんです」

「お休みになれなかったのですか、サー・オズワルド？」バトルが訊いた。

「普段はとびきり寝つきがいいほうなんだが」サー・オズワルドは言った。「それがゆうべにかぎって、どうにも気分が落ち着かなくてな。それで、夜気にあたればすこしはさっぱりするんじゃないかと、そう考えたわけだ」

「外へ出るさいには、さだめしこのフランス窓をお通りになったのでしょうな？」

はたしてそれはバトルの気のせいだったろうか——答える前にサー・オズワルドが、ほんの一瞬ためらったように見えたのは？

「そうだ」

「あらあら、それも薄いエナメル靴のままで？——頑丈な靴にはきかえもせずに？」レイディー・クートが言った。「このわたしが面倒を見てさしあげなかったら、いったいあなたってひとはなにをしでかすことやら」

度しがたいと言わんばかりに、彼女は二、三度首を横にふった。

「マライア、さしつかえなければ、席をはずしてくれんか——まだいろいろと検討せにゃならんことが残っているんだ」

「ええ、ええ、わかってますわよ。すぐ退散します」

レイディー・クートはからになった薬のグラスを持ってひきさがったが、その手つきたるや、まるでたったいま毒薬を飲ませた杯を捧持しているかのようだった。

「さてと、バトル」ジョージ・ロマックスが口をひらいた。「どうやらすべてがはっきりしてきたようじゃないか。そうだよ、きわめて明白だ。賊は拳銃を発射し、セシジャー君が動かなくなると、凶器を投げ捨て、テラスから砂利道づたいに逃げ去ったのだ」

「その道を行けば、当然わたしの部下につかまっていたはずなんですが」バトルが口をはさんだ。

「それだよ、バトル。言いたくはないが、きみの部下はすこぶる怠慢だったようだな。げんに、ミス・ウェイドがはいってきたのにも気づいておらん。彼女がはいりこむのを見落とすくらいだから、賊が出てゆくのも見落としたということはじゅうぶん考えられる」

バトル警視はなにか言おうとして口をひらきかけたが、結局は思いとどまったように見えた。ジミー・セシジャーは好奇の目でそのようすを見まもっていた。バトル警視の心のうちを知ることができるのなら、千金をなげうっても惜しくはない、そんな気がした。

「さだめし賊は超一流のランナーだったんでしょうな」というのが、ロンドン警視庁にそのひとありと知られたこの捜査官の、唯一口にした台詞だった。

「おい、それはどういう意味だ、バトル?」

「申しあげたとおりの意味ですよ、ロマックスさん。わたし自身、銃声がしてから五十秒たらずで、あのテラスの角を曲がってきたのです。ですから、わたしのいるほうへむかってこれだけの距離を駆け抜けたうえ、さらに、わたしが家の横手をまわってあらわれるのよりも早く、あの小道の角を曲がって逃げ去るとなると――さよう、まさしくいま申しあげたとおり、超一流のランナーだったに相違ないのです」

「いったいなにを言いたいのか、さっぱりわからんな、バトル。なにか考えがあるらしいが、わたしにはいまだにそれが――あー――のみこめん。賊は芝生を横切らなかったと言っておきながら、今度はまたそれらしきことをほのめかす――はっきり言って、なにが言いたいのかね？　賊が砂利道を通らなかったとでも言うのか？　それならいったいきみの見解では、そもそもそいつは――あー――どこへ消えたんだ？」

答えるかわりに、バトル警視は思い入れたっぷりに親指で上をさしてみせた。

「なんだと？」ジョージが問いかえした。

警視はいよいよ勢いよく親指を突きたてた。ジョージはその指を追って目をあげ、天井を見た。

「上ですよ」バトルは言った。「もう一度、蔦をよじのぼったのです」

「ばかを言いたまえ、警視。そんなことができるものか」

「できないとかぎったものでもありませんよ。一度やっていることです。もう一度やってやれないことはない」

「そういう意味で〝できない〟と言ってるんじゃない。逃げようとする男が、また家のなかにもどったりするはずはないということだ」

「その男にとっては、もっとも安全な場所のはずですがね、ロマックスさん」

「しかし、オルーク君の部屋のドアには、われわれが行ってみたとき、まだ内側から錠がおりたままだったんだぞ」

「では、あなたがたはどうやってオルーク氏のそばへ行かれたのです？　サー・スタンリーの部屋を通り抜けて、でしょう？　問題の男もそこを通ったのです。レイディー・アイリーンのお話によると、たまたまオルーク氏の部屋のドアのノブ、それが回転するところを目撃されたとか。そのときですよ、問題の男が最初にその部屋にいたのは。おそらくキーはオルーク氏の枕の下にでもあったのでしょう。とはいえ、二度めのときの逃走径路ははっきりしています――境のドアを抜けて、サー・スタンリーの部屋から出ていったのです。言うまでもなく、その部屋は無人でした。われわれ一同と同様に、サー・スタンリーも図書室へ駆けつけてきておられましたからね。男は悠々と通り抜けられたわけです」

「では、そこを抜けて、それからどこへ行ったのかね？」

バトル警視はがっしりした肩を揺すって、歯切れの悪い口調になった。

「行けるところならいくらでもありましたよ。向こうの翼棟の空き部屋にでもはいりこんで、そこから蔦を伝って這いおりてもいいし——横手の入り口から抜けだしてもいい——もしくは、これは万にひとつの可能性ですが、もしこれが内部のものの犯行であるとすれば、そのまま——さよう、そのまま邸内にとどまっていてもいいわけです」

ジョージは愕然として警視を見つめた。

「おい、バトル、万一それが——それが、わが家の使用人のだれかであるとしたら、わたしとしてはすこぶる心外だな。召使いたちには——あー——全幅の信頼を置いているんで——疑わねばならんとすると、まことに忸怩《じくじ》たるものが——」

「だれかを疑ってほしい、などと申してはおりませんよ、ロマックスさん。たんにあらゆる可能性を考慮しているだけです。たぶんこちらの使用人たちには、問題はありますまい——まずおそらくは」

「なんだ、おどかさんでおいてもらいたいね。すっかりおどかされてしまったじゃないか」

そう言うコダーズの目は、いつにもまして大きくとびだしているように見えた。

彼の注意をそらそうとしてか、ジミーが横からそっと手を出し、テーブルの上の奇妙な黒ずんだ物体をつついた。

「なんです、これは？」と、たずねる。

「証拠物件Zですよ」と、バトル。「われわれのささやかな証拠品ひとそろいの、その最後のひとつです。手袋ですよ――というか、かつて手袋だったもの」

その焦げた燃え残りをつまみあげると、バトルは得意そうにひろげてみせた。

「どこで見つけたのかね？」と、サー・オズワルドがたずねた。

バトルは肩ごしにぐいとあごをしゃくってみせた。

「暖炉のなかです――ほとんど燃えてしまっていますが、完全に灰になってはいません。妙なしろものですよ――まるで犬がさんざん嚙んだ跡のような」

「ひょっとすると、ミス・ウェイドのものかも」ジミーがにおわせた。「彼女、犬を何匹か飼っていますから」

「これは女物の手袋じゃありませんよ――近ごろの女性は、大きめのゆるい手袋を使われるようですが、これはそれともちがいます。そら、ちょっとあててごらんなさい」

その黒焦げのしろものをバトルはジミーの手に重ねた。

「ごらんのとおりです――あなたでも大きすぎるくらいでしょう？」

「きみはそれになんらかの重要性を付与しているのか？」サー・オズワルドが冷ややか

にたずねた。

「だれにも予想はできませんからね、サー・オズワルド――なにが重要になり、なにがそうでないか」

ドアを勢いよくたたく音がして、バンドルがはいってきた。

「お邪魔して申し訳ありませんけど、たったいま父から電話がありまして、みんなにいろいろ煩わされて困っているから、すぐに帰ってこいと言ってまいりましたの」

そこまで言って、彼女は一呼吸した。

まだ話のつづきがあるらしいと見てとって、ジョージがうながした。「で、なんだね、アイリーン?」

「お話の邪魔をするつもりはないんですけど――ただ、このことが今度の事件にいくらか関係があるんじゃないかと思ったものですから。じつは、父をあわてさせたのは、うちの従僕のひとりが姿を消したということなんです。ゆうべ出ていったきり、帰ってこないんだそうですの」

「その従僕の名は?」反対尋問を買って出たのはサー・オズワルドだった。

「ジョン・バウアーです」

「イギリス人かな?」

「自分ではスイス人と称していたそうですけど――でもわたしはドイツ人だと思っています。ただし、言葉は完璧な英語を話しますけど」

「なるほど！」サー・オズワルドは歯をひゅうと鳴らしながら、満足げに深く息を吸いこんだ。「で、いままでチムニーズ館に勤めていた、と――どのくらい？」

「一カ月たらずです」

サー・オズワルドはほかの二人のほうを向いた。

「それだよ、われわれのとらえそこねた男は。目下、数カ国の政府が例のものを狙っているということ、これはあんたもわしに劣らずよく知っているはずだ。いま、はっきり思いだしたよ、問題のその男を。背の高い、よくしつけられたやつだ。わしらがあの屋敷を出る二週間ばかり前にきた。抜け目のない手口だな。この屋敷なら、だれであれ新規の使用人は綿密な身元調査を受けるだろうが、五マイル離れたチムニーズ館となれば

――」彼は語尾を濁した。

「そんなに前から策謀がめぐらされていた、そう考えるわけだな？」

「考えて悪いわけはあるまい？　あの公式には、何百万ポンドもの値打ちがあるんだぞ、ロマックス。明らかにバウアーのやつは、チムニーズ館にいるうちにわしの個人的な書類に近づいて、今後の布石のために必要な事柄をさぐりだそうとしたんだ。どうやら、

この屋敷にも共犯がいるのは確からしいな――バウアーに構内の地理について教え、オルークを眠らせる手はずをととのえたやつが。もっとも、蔦を伝って降りるところをミス・ウェイドに目撃された男――大柄で、力の強い男というのは、バウアーのほうにちがいないが」

サー・オズワルドはバトル警視に向きなおった。

「バウアーこそ、追うべき人物だよ、警視。ところがなんとしたことか、きみはまんまとそいつが指のあいだをすりぬけて、逃亡するのを許してしまったというわけだ」

24　バンドル思案する

バトル警視が虚を衝かれたのはまちがいなかった。彼は憮然としてあごをなでた。

ジョージが言った。「サー・オズワルドの言われるとおりだよ、バトル。そいつが犯人だ。つかまえる見込みはすこしもないのかね？」

「いや、あるかもしれません。言われてみると、たしかに——さよう、くさいですな。むろん、そいつがまた舞いもどってくる見込みもないではないですし——チムニーズ館に、ということですが」

「そういう見込みがあると本気で思うのか？」

「いや、まずないでしょうが」バトルは正直に認めた。「ともあれ、そのバウアーが犯人らしく見えるのは事実です。もっとも、そいつがどうやって見とがめられずにこの邸内に忍びこみ、また立ち去ることができたのか、その点はいまだに釈然としませんが」

「それならば、もう言っただろうが。きみの配置した部下は、お話にならんほど無能だと——いや、きみを責めるつもりで言っているのではないんだ、警視。しかし——」ジョージは思わせぶりに語尾をとぎらせた。

「いや、なに、わたしはなんと言われようと平気ですが」

バトルは軽くそう言ってのけ、それから首をふって、溜め息をついた。

「すぐに電話をしなくてはなりませんので、失礼します、みなさん。申し訳ありませんでした、ロマックスさん——どうもこの件では、いささかへまをやったようです。ですがこれは、思いのほか厄介な問題でして——そちらでお考えになっているのより、ずっと複雑な問題なのですよ」

彼はそそくさと部屋を出ていった。

「ちょっと庭に出ましょう」バンドルがジミーに声をかけた。「お話ししたいことがあるの」

二人は肩を並べてフランス窓から外へ出た。ジミーが眉間に皺を寄せて、じっと足もとの芝生を見おろした。

「どうかしたの？」バンドルがたずねた。

拳銃投げの一件について、ジミーはバンドルにそのときの状況を説明した。

そして最後にその話をしめくくって、「わからないのはね、バトルのやつがどういう魂胆でクート老にピストルを投げさせたのか、ってことなのさ。なにか狙いがあったのは確かなんだ。いずれにしろ、そいつは本来落ちるはずの地点より、十ヤードも先に落ちたんだけどね。それにしても、知ってのとおりバンドル、バトルはあのとおり底の知れない人物だから」

「非凡なひとであることは確かよ」バンドルは言った。「それはそうと、ゆうべのことであなたにお話ししたいことがあるの」

警視とかわした会話の内容を、彼女は詳しく話して聞かせた。ジミーはじっと聞き入っていた。

聞きおわると、思案げに言った。「すると、伯爵夫人が〈ナンバー1〉というわけか。それですっかり辻褄が合うな。〈ナンバー2〉――バウアー――がチムニーズ館からやってくる。蔦をよじのぼり、オルークの部屋に忍びこむ。オルークは眠り薬で眠らされている――伯爵夫人がどうにかして一服盛ったわけだが、このことはあらかじめ承知のうえだ。二人のあいだには打ち合わせができていて、バウアーは下で待っている伯爵夫人に、書類を投げてやることになっている。それを拾った伯爵夫人は、すばやく図書室を通って自分の部屋へひきかえす。かりにバウアーが逃げだす途中でつかまっても、本人からはなにも出てこないわけだ。そう、なかなかうまく考えたよ。だがあいにく手ちがいが起きた。伯爵夫人は図書室に降りてくるとまもなく、ぼくがやってくるのを聞きつけて、衝立のかげに隠れなきゃならなかった。いや、弱っただろうな——ぼくのことを、共犯者に知らせようにも知らせられないんだから。いっぽう、〈ナンバー2〉は首尾よく書類を盗みだすと、窓からのぞいてみて、伯爵夫人が待っているものと思いこみ、書類を投げ落としたうえで、自分も蔦を伝って降りだした。ところが、そこでぼくが待ち構えているのを知って、びっくり仰天。衝立のかげの伯爵夫人も、たいがいやきもきしただろうけど、まあそういう事情をあれこれ考えあわせてみると、なかなかうまい作り話をしたものさ。然《しか》り而《しこう》して、いっさいがぴったり符合するというわけ」

「しすぎるわ」バンドルがきっぱり言いきった。

「えっ？」と、ジミーが驚く。

「〈ナンバー7〉のことはどうなるの？　黒幕として、けっして表面にあらわれることのない〈ナンバー7〉。伯爵夫人とバウアーの共謀？　とんでもない、事はそんなに単純じゃなくてよ。たしかにバウアーはゆうべここにきた。でも、彼がきたのは、計画が失敗した場合——事実、失敗したわけだけど——そういう場合にそなえてのことにすぎない。彼の役目は身代わりの山羊《スケープゴート》。周囲の注意を〈ナンバー7〉、つまり首領からそらすための身代わりなのよ」

「ねえバンドル」と、ジミーは心配そうに言った。「言いたかないけどさ、きみはいささか煽情的なスリラーかなにかの読みすぎじゃないの？」

バンドルは厳とした非難の一瞥をジミーに向けた。

「失礼」と、ジミーはつづけて、「なにしろぼくはまだ修業が足りないからね。『鏡の国』の〈赤の女王〉みたいに、朝食前に六つもありえないことを信じるなんて、不可能なのさ」

「もう朝食後よ」と、バンドル。

「朝食後にしてもさ。とにかく、すべての事実にぴったり符合する完全無欠な仮説を手に入れたっていうのに——なのにきみは、てんからそれを買おうとしない。なぜかといえば、昔話に出てくる難問奇問じゃないけど、わざわざそれをややこしくしたいからなんだ」

「悪かったわね」バンドルは言いかえした。「でも、やっぱりわたし、謎の〈ナンバー7〉がこのハウスパーティーの参加メンバーのひとりである、そういう推理を熱烈に支持するわね」

「ビルはどう考えてるの？」

「ビルなんて——ぜんぜんだめ」バンドルはそっけなく言った。

「ははあ！」と、ジミー。「さだめしあいつにも伯爵夫人のことを打ち明けたようだね。あいつにはくれぐれも注意するように言い聞かせなきゃ。でないと、なにを口走るかわかったもんじゃない」

「伯爵夫人に不利な警告なんて、どうせ頭から聞こうとしないわよ。あのひとは——そうね、単純なおばかさん。そのほくろの話も、あなたからあの石頭にとっくりとたたきこんでやっていただけないかしら」

「このぼくがその戸棚に隠れてたわけじゃないんだ。そのことを忘れてもらっちゃ困るな」と、ジミーは言った。「それにどっちみち、ビルのあがめたてまつってる女性のほくろの話なんか、話題にするのはごめんこうむりたいね。もっともあいつだって、すべての事実が符合するってことがわからないほど、根っからのとんまとは言えないんじゃないか？」

「いいえ、どこから見ても完全なとんまだわ」バンドルは辛辣に言った。「だいたいね、ジミー、ビルなんかにこのことをちょっとでも漏らしたのが、あなたの最大の失敗だったのよ」

「悪かったね。あのときはそうとは知らなかったものだから——だけど、いまははっきりわかった。たしかにぼくはへまをやったさ。しかしね——いまいましい——あのビルだって――」

「ああいうヨーロッパ生まれの女山師というのがどういうものか、あなただってご存じでしょうに」と、バンドル。「色仕掛けで男をたぶらかして、それで世間を渡ってるのよ」

「じつをいうとね、ご存じないいんだ。ぼくを色仕掛けでたぶらかそうとする女なんて、いままでひとりだっていなかったからね」そう言って、ジミーは溜め息をついた。

ちょっと話がとぎれた。ジミーはこれまでに聞かされた諸事実を、頭のなかでさまざまに吟味してみた。考えれば考えるほど、いまひとつ腑に落ちない点があるような気がしてきた。

ややあって、彼は言った。「バトルが伯爵夫人は泳がせておきたいと、そう言ったんだって？」

「ええ」

「それはつまり、彼女を通じて、ほかの大物をつかまえるのが狙いなんだね？」

バンドルはうなずいた。

これがどこにつながるのか見きわめようと、ジミーは眉間に深く縦皺を寄せて考えこんだ。明らかにバトルは、なんらかのきわめて明確な意図をもって行動しているのだ。

「サー・スタンリー・ディグビーは、けさ早くロンドンに帰ったんだろう?」

「ええ」

「オルークもいっしょに?」

「ええ。だと思うわ」

「ひょっとしてきみは——いや、そんなことはありえないな」

「なんなの?」

「オルークがなんらかの意味でこれにかかわっている、そうは思えないかってことさ」

「ありうるわね、それなら」バンドルは思案しながら言った。「あのひとって、よく言う〝非常にきわだった個性〟の主だし。ええ、もしそうだとしても、わたしは驚かないわね——いえ、正直なところ、もはやなにがあっても驚かない、そんな気持ちよ! じっさい、わたしがぜったいに〈ナンバー7〉じゃないと信じられるのは、ひとりだけなの」

「で、それはだれ?」

「バトル警視」

「ああ、なるほど! ぼくはまた、ジョージ・ロマックスだと言うんじゃないかと思った」

「しーっ、うわさをすれば影だわ」

はたせるかな、ジョージがどう見てもこちらをめざしているとわかる足どりで、二人のほうへやってくるところだった。ジミーは口実をもうけて逃げだした。ジョージはバンドルのそばに腰をおろした。

「かわいいアイリーン、どうしても帰らなければいけないのかね？」

「ええ。父がだいぶやきもきしているようですので。早く帰って、手を握ってなだめてやるのがいいと思います」

「この小さな手で慰めてもらえば、さぞかし心も安らぐことだろう」そう言ってジョージは、バンドルの手をとると、冗談めかして握りしめた。「なあアイリーン、わたしはあんたの思慮ぶかさを理解しておるつもりだし、その点、尊敬もしている。今日《こんにち》のような変転きわまりない世のなかにあっては――」

そら始まったわ、そう思って、バンドルは内心うんざりした。

「――家庭生活がなにより尊重されねばならん――旧来の規範はすべて地に落ちつつある！――このさい、規範を世に示してやるのは――すくなくともわれわれだけは現代の風潮に毒されてはいない、このことを示してやるのは、まさしくわれわれの階層のものにこそふさわしい。世間では、われわれを〝頑固な守旧派《ダイ・ハード》〟と呼ぶ――この呼び名をわたしは誇りに思っておる——さよう、何度でも言おう、わたしはこの呼び名を誇りに思っておる！　世のなかには、〝ダイ・ハード〟であるべきもの——つまり、容易に滅びない、滅びてはならないものがある——尊厳、美、謙譲、家庭生活の神聖さ、親子の情愛——これらのものがあるかぎり、ひとはそう簡単には死ぬものか。ところで、前にも言ったことだがな、アイリーン、わたしにはあんたの若さという特権がうらやましい。若さ！　なんとすばらしいものだろう！　なんとすばらしい言葉だろう！　だというのに、われわれが真にそのすばらしさを理解するのは、年をとって——あー——円熟の年齢に達してからなのだ。じつをいうとな、かわいいアイリーン、これまでわたしはあんたの軽はずみな行ないに失望しておった。いまようやくそれが、子供っぽい無邪気さ、愛すべき軽率さであったとさとったところだ。まじめで、かつ誠実な、あんたの心の美しさに気づいたところだ。そこで、どうだね、ひとつわたしに、今後あんたが読めばためになるはずの書物について、助言させてもらえんだろうか」

「まあ、ありがとうございます」バンドルは消え入りそうに言った。

「それからな、もうひとつ、今後はわたしをこわがってはならんぞ。レイディー・ケイタラムから、あんたがわたしを敬遠しておると聞いたときには、おおいに驚かされたものだ。こう見えてもわたしは、いたって平々凡々たる人間なのだからな」

ジョージのいつにない謙虚そのものの態度に、さすがのバンドルもあっけにとられて口がきけなかった。ジョージはさらにつづけて――

「わたしにたいして恥ずかしがることはなにもないのだよ、アイリーン。わたしを退屈させはしまいかと気づかうことも不要。わたしにとっては大きな喜びなのだから――あんたのその、まあこう言ってよければ、その芽生えかけた志だな、それを大事に守り育てるという仕事が。いいかね、今後はわたしがあんたの政治の師になろう。今日ほどわが党が、才能と魅力とを兼ね備えた若き女性を必要としておるときはないのだ。あんたならきっと、伯母上レイディー・ケイタラムの、またとない跡継ぎとなれるだろう」

このおそるべき将来の展望、それは完全にバンドルを驚倒させた。彼女はただ呆然とジョージを見つめるばかりだった。このことは、ジョージの熱意に水をさしはしなかった――むしろ、その逆だった。そもそもジョージが女性を嫌うのは、主として、口数が多すぎるという理由からなのだ。彼がほんとうに聞き上手だと考える女性には、めったにお目にかかれることがないからなのだ。というわけで、いま彼は寛大な微笑をバンドルに向けた。

「さなぎから孵《かえ》りつつある蝶か。さしずめ一幅の絵のようだな。たまたまいまわたしの手もとに、政治経済学のきわめて興味ぶかい本がある。いま探してあげるから、チムニーズ館に持って帰るといい。読みおわったら、それについて論じあうとしよう。なにか疑問の点でもあったら、遠慮なく手紙ででも問いあわせてきたまえ。わたしはまあいろいろと公務多忙の身だが、友人のためとあらば、骨身を惜しまず、いつでも時間の都合をつけよう。さて、では本を探してきてあげようかね」

彼は大股に歩み去った。バンドルはまばたきも忘れてその後ろ姿を見送った。そこへ思いがけずビルがあらわれて、はっと彼女を現実に立ちかえらせた。

「ねえバンドル」ビルはいきなり言った。「いったいコダーズのやつ、あんなふうにきみの手を握ったりして、なにを口説いてたんだい？」

「手じゃないのよ、握ってたのは」と、バンドルは投げつけるように言った。「それはわたしの芽生えかけた志なんですって」

「なにをばかなことを言ってるんだ、バンドル」

「ごめんなさい、ビル。ただちょっと心配になってきたところなの。あなた、覚えている？――ジミーがここへ乗りこむについては、重大な危険が伴うとか、そんなことを言ってたのを？」

「そのとおりだよ。コダーズに見込まれたら最後、逃げるのはとてつもなく困難になる。ジミーだって、なにがなにやらわけもわからずにいるうちに、手も足も出なくなってるのがおちさ」

「それがね、ジミーじゃないの、手も足も出なくなったのは——わたしなのよ」バンドルは腹だたしげに言ってのけた。「やれやれ、どうしましょう——今後、数えきれないほどのマカッタ夫人たちと会ったり、政治経済の本を読んで、その内容についてジョージと議論したりしなきゃならないのよ。しかもそれが、いつまでつづくかわからないんだから！」

ビルはひゅうと口笛を鳴らした。

「お気の毒さま、バンドル。きみね、ちょっとお愛想を言いすぎたんじゃないのか？」

「言わないわけにはいかなかったのよ。ねえビル、わたし、とんでもない災難に巻きこまれちゃった」

「心配いらないよ」ビルは慰め顔で言った。「本心を言えば、ジョージは女性が議会に出るのなんか、ちっともいいとは思っちゃいないんだ。だからきみだって、演壇に立ってその場かぎりのことをしゃべらされたり、バーモンジー（ロンドン市内、テムズ南岸のサザック自治区の一地区）へ連れてかれて、薄汚い赤ん坊にキスさせられたり、そんなはめにはならないですむさ。さあ行こう、カクテルでももらおうや。そろそろ昼飯の時間だし」

バンドルはおとなしく腰をあげ、ビルと肩を並べて歩きだした。

「とにかくわたし、政治なんか大っ嫌い」と、情けなさそうにつぶやく。

「もちろんそうだろうさ。分別のある人間なら、だれだってそうだよ。まじめに政治なんてものと取り組んだり、政治漬けの毎日を楽しんだりするのは、コダーズやポンゴのような手合いだけさ。しかしね、それはそれとして――」と、ビルはとつぜん最初の話題にもどって、「きみ、コダーズなんかにめったに手を握らせたりしちゃ、だめだよ」

「あら、なぜいけないの？」バンドルは言った。「あのひと、わたしを生まれたときから知ってるのよ」

「それでもさ、ぼくは気に入らないな」

「道徳堅固なウィリアムってわけ――あら、見て、バトル警視よ」

二人は横手の入り口から家にはいろうとしたところだった。そこのちょっとした廊下に面して、納戸のような小さな部屋があり、テニスのラケットだの、ゴルフのクラブだの、ボウリングの球だの、その他、田舎の屋敷《カントリーハウス》の生活にはつきものの、さまざまな道具がしまってある。バトル警視は、そこで各種のゴルフクラブを丹念に調べているところだった。バンドルの声を聞いて、彼はいささか間が悪そうに顔をあげた。

「バトル警視さん、ゴルフをお始めになるおつもり？」

「それも悪くはないと思いましてね、レイディー・アイリーン。ゴルフはいくつになって始めても遅くはないそうですし。それにわたしには、どんなゲームにも応用できる長所がひとつあるんです」

「というと?」ビルがたずねた。

「敗北を知らないということです。形勢が悪くなれば、方向を変えて、もう一度最初からやりなおす」

そして決然とした表情を面《おもて》に浮かべて、バトル警視はその小部屋から出ると、後ろ手にドアをしめながら二人に合流した。

25 ジミー計画を練る

ジミー・セシジャーは、気分が晴れないのを感じていた。ジョージは隙あらば彼をつかまえて、おかたい政治問題を論じようと手ぐすねひいていたから、ジミーはジョージの目を避けて、昼食後にそっと外へ抜けだした。いまでは〈サンタフェ境界紛争〉のことなら細部まで知りつくしていたとはいえ、当面はそれについて試験を受けたいような気分ではなかった。

まもなく、彼の期待していたことが実現するにいたった。ロレーン・ウェイドが、これまた連れなしで、木陰にのびる庭の小道を歩いてきたのだ。じきにジミーは彼女のかたわらに立った。二人はしばらく黙ったまま歩きつづけたが、やおらして、ジミーが探りを入れるように言った——

「ロレーン？」

「なあに？」

「あのねえ、ぼくは口下手でうまく言えないんだけど——どんなもんだろう。特別結婚許可証をもらって、いっしょになって、以後ずっと幸福に暮らしましたとさ、なんていうの。悪くはないと思うんだけど」

この意外な提案を聞かされても、ロレーンはすこしも当惑したようすを示さなかった。それどころか、頭を後ろにのけぞらせて、あけっぴろげに笑った。

「哀れな男をそんなに笑うもんじゃないぜ」ジミーは恨みがましく言った。

「だってしかたがないわ。あなたがあんまりおかしいんですもの」

「ロレーン——きみはかわいい悪魔だ」

「ちがうわ。世間で言うところの、いたって善良な娘よ」

「それはきみという人間を知らない連中の言うことさ——きみのおとなしそうな、しとやかそうな外見、そいつに幻惑されてる連中だよ」

「ずいぶんむずかしい言葉を知ってるのね」

「みんなクロスワードパズルで仕入れた知識さ」

「ずいぶん勉強になるわ」

「ロレーン、頼むから、そう焦らしてばかりいないで。承知なのかい？　不承知なのかい？」

ロレーンは真顔になった。独特の決然とした表情がその面にあらわれた。小さな口はきりりと引き結ばれ、ちんまりしたあごは挑戦的に突きだされた。

「だめよ、ジミー。問題がまだいまのままになってるうちは——なにもかも中途半端じゃない」

「そりゃね、ぼくらははじめにもくろんだことをやりとげてはいない。これは事実さ」ジミーは譲歩した。「しかし、そうは言っても——そう、ひとまずあの件は落着したんだ。書類は無事に航空省の金庫におさまった。正義は勝利した。というわけで——さしあたり——することはなにもない」

「だから——結婚しようってわけ？」ロレーンはかすかな笑みを浮かべて言った。「図星だ。まさにそれが着想の原点さ」

けれどもロレーンはやはり首を横にふった。

「だめよ、ジミー。この問題がすっかりかたづくまでは——あたくしたちの身に危険がないとわかるまでは——」

「きみはぼくらの身に危険があると思うんだね？」

「あなたは思わないの？」

ジミーの血色のよい童顔が曇った。

やおらして、彼は言った。「きみの言うとおりだ。バンドルのあの突拍子もない冒険談、あれが事実であれば——そしてぼくとしては、まるで嘘みたいな話ではあるけれども、あれは事実にちがいないという気がするんだが——もしそうなら、ぼくらはあいつと——問題の〈ナンバー7〉と決着をつけるまでは、けっして安心できない！」

「で、それ以外のメンバーは？」

「いや——ほかの連中は問題じゃない。ぼくが恐れるのは、独自のやりかたを持っているという〈ナンバー7〉だけだ。それというのも、彼が何者なのか、どこを探せば見つかるのか、こっちにはぜんぜん手がかりがないんだからね」

　ロレーンがおののいた。

「こわくてしかたがなかったわ」と、低い声で言う。「ジェリーが死んでから、いままでずっと……」

「なにもこわがることはない。きみが恐れなきゃならないことなんか、なんにもないんだ。すべてはぼくにまかせておきたまえ。いいかい、ロレーン——ぼくはきっと〈ナンバー7〉をつかまえてみせる。そいつさえつかまえてしまえば——そう、一味の残りのメンバーについては、たいして面倒はない。たとえそいつらがだれであれ」

「もしも彼をつかまえられれば、でしょう？　でも、もしかして、向こうがあなたをつかまえたら？」

「ありえないよ、そんなこと」ジミーは朗らかに言ってのけた。「これでもぼくはけっこう抜け目がないからね。つねにおのれを高く評価せよ——これがぼくのモットーさ」

「それでも、万が一ゆうべ起きていたかもしれないことを考えると——」ローレンは身ぶるいした。

「とはいえそれは起こらなかったんだ。げんにぼくらは二人とも、こうして元気でぴんぴんしている——もっともぼく自身は、腕がだいぶ痛むことを認めなきゃならないけどね」

「お気の毒に」

「なに、大義のためには、多少の苦痛は甘受する覚悟がなくちゃ。それに、この傷と、ぼく一流の陽気なおしゃべりとのおかげで、レイディー・クートの全面的な好意をかちとることもできたし」

「まあ！　それがたいせつなことなの？」

「いずれ役に立つかもしれないと考えてるのさ」

「あなたったら、ひとりでなにかもくろんでるのね、ジミー。どんなこと？」

「若きヒーローは、けっして自分の目論見をひとには漏らさない」と、ジミーはきっぱり言った。「そういうたくらみは、秘密裏に熟するものと相場が決まってるんだ」

「あなたって、おばかさんだわ、ジミー」

「わかってる、わかってるって。みんなそう言うから。でも、はっきり言っておくとね、ロレーン、これでも水面下ではずいぶん頭を働かせてるのさ。ところで、きみのほうはどうなんだ？　なにか目論見はあるのか？」

「バンドルがね、しばらくチムニーズ館にこないかってすすめてくれてるんだけど」

「そりゃいい」ジミーはわが意を得たとばかりに言った。「願ったりかなったりじゃないか。どっちみちぼくとしては、あのバンドルからは目を離したくない。またどんなとっぴなことをやらかすか、知れたもんじゃないからね。まったく予測がつかないから恐ろしい。しかもそれがまた、ぴたりと図に当たるから困るんだ。いいかい、バンドルに困った真似をさせないようにするには、片時も目を離しちゃいけない」

「バンドルのお守りなら、ビルこそ適任のはずだわ」ロレーンはそれとなく言った。

「ビルはほかのことで手いっぱいだからね」

「まさか、本気でそう思ってるわけじゃないでしょう？」

「なにを？　伯爵夫人のこと？　しかしあいつは伯爵夫人に首ったけなんだぜ」

ロレーンは首を横にふりつづけていた。

「なにかもうひとつぴんとこない点があるのよ。といっても、ビルと伯爵夫人のことじゃなく——バンドルとのことなんだけど。じつはね、けさ、ロマックスさんが出てきて、バンドルのそばにすわったとき、ビルはあたくしと話をしていたの。ロマックスさん、バンドルの手を握るかどうかしたわ。するとビルったら、すごい勢いでそっちへすっとんでいっちゃったのよ——まるでロケットみたいに」

「妙な趣味を持ったやつもいるもんだ」と、セシジャー氏はのたもうた。「よりにもよってきみと話してるさいちゅうに、ほかに気をとられるなんてやつ、気が知れないね。それにしてもロレーン、きみの話には驚かされたな。われらが単純なるビル氏は、てっきりあのヨーロッパ生まれの、美貌の女山師のとりこになっているとばかり思ってた。ぼくだけじゃない、バンドルもそう思ってる」

「バンドルはそうかもしれない」と、ロレーン。「でもね、ジミー、それはちがうのよ」

「なるほど。するといったいどういうことになるのかな？」

「ひょっとすると、ビルはビルで、ちょっとした探偵仕事をやっているのかも——そうは思わない？」

「ビルがか？　あいつにそんな頭があるものか」

「いちがいにそうとは言えないんじゃないかしら。ビルのように単純で力が強いのだけが取り柄のひと――そういうひとが、隠密になにかをたくらむ気になったとしたら、だれもそれを彼の手柄だなんて考えないでしょう?」

「そして、結果としてそいつにしてやられることになる? うん、道理ではあるな。とはいうものの、ビルにかぎってそういうことが起きるとは、ぼくなら考えもしなかったろうね。なにしろあのとおり、伯爵夫人のかわいい仔羊役を完璧に務めてるんだから。やっぱりきみの考えすぎだと思うよ、ロレーン。伯爵夫人はまれに見る美女だし――といっても、もちろん、ぼくの好みのタイプじゃないけど――」と、セシジャー氏はあわてて言葉をはさんで、「――いっぽう、ビルはビルでまた、いつの場合もホテル並みに広い心の持ち主だからね」

まだ納得しかねる面持ちで、ロレーンは首を横にふった。

「ま、きみの好きなように考えるさ」ジミーは言った。「というところで、だいたい路線はかたまったようだね。きみはバンドルとチムニーズ館に行くと。行ったら、くれぐれもバンドルの行動をよく見張って、二度と例のセブン・ダイヤルズ・クラブに首をつっこむような真似はさせないこと。またぞろそんな真似をされたら、今度こそなにが起こるかわかりゃしないんだから」

ローレンはうなずいた。

「さてと、じゃあこっちはレイディー・クートと二、三おしゃべりをしてこよう。それも悪くないみたいだから」と、ジミーは言った。

レイディー・クートは庭園のベンチにすわって、なにやら毛糸で刺繡をしていた。刺繡の図柄は、壺を前にして泣いている悲しげな、そしてちょっと不恰好な若い娘だった。レイディー・クートは、ジミーのためにかたわらに場所をあけてくれた。ジミーは気配りの利く青年だったから、さっそくその刺繡の出来栄えを褒めた。

「あら、お気に召しまして？」と、レイディー・クートはうれしそうに言った。「これに最初にとりかかったのは、わたしの伯母のセリーナですの。亡くなる前の週でしたわ。肝臓癌でしたのよ」

「それはご愁傷さまです」ジミーは言った。

「それで、あなたの腕のほうはいかが？」

「ええ、もうすっかりいいようです。ただちょっと動きにくいのが難ですが」

「くれぐれもお気をつけなさいませよ」レイディー・クートは諭すように言った。「そういう傷から敗血症になった例を知っていますの——そうなったら、腕一本なくすことにもなりかねませんからね」

「いやあ、それは困る！　そんなことになったらたいへんだ」

「一言ご注意申しあげただけですわ」と、レイディー・クート。

「ところで、いまはどちらにお住まいなんですか？」セシジャー氏はたずねた。「ロンドン市内？――それとも？」

　この問いにたいする答えなら、聞かなくても知っていたのだから、その点を考えると、彼の質問の無邪気さたるや、賞賛に足るものだったと言えるだろう。

　レイディー・クートは重い溜め息をついた。

「サー・オズワルドは、オールトン公爵のお屋敷をお借りしましたの。レザベリー館ですわ。ご存じでいらっしゃいましょう？」

「ええ、まあ。とびきりすばらしい城館だとか」

「さあ、どうでしょうかしら」と、レイディー・クート。「広すぎるくらい広くて、しかも陰気ですの。いたるところにギャラリーがあって、見るからに恐ろしい顔つきの肖像画が並んでいますわ。いわゆる〈オールド・マスターズ〉（十五世紀から十八世紀の絵画の巨匠、ミケランジェロ、ラファエロ、ルーベンス、レンブラントなどの作品）って、ずいぶん暗い感じですのね。以前わたしどもがヨークシャーで住んでいた家、ぜひお目にかけとうございましたわ、セシジャーさん。まだサー・オズワルドがただのクート氏だったころの。とてもすてきな居間と、暖炉の脇にベンチを置いた明るい客間があって――壁紙は白いストライプに、藤の花の縁飾りがあるのを、わたしが自分で選びましたの。サテンのストライプですわ――モアレじゃなく。そのほうがずっと趣味がいい、ってつねづね思っておりますので。食堂は北東向きで、日当たりはあまりよくありませんでしたけど、とびきり明るい緋色の壁に、おどけた狩猟のようすを描いた版画のセットを飾っておりましたから――ええ、まるでクリスマスみたいに陽気な感じでしたわ」

こうした思い出話に夢中になって、レイディー・クートは何度か小さな毛糸の玉を落としてしまったが、そのつどジミーがせっせとそれらを拾い集めた。

「まあまあ、お世話さま」レイディー・クートは言った。「ところで、なんのお話でしたっけ？　そうそう――家のことでございましたわね――そうなんですの、わたしの好きなのは明るい家。それに、そういう家に合う家具やなにかを選ぶのも、これまたたいそう楽しゅうございます」

「いずれサー・オズワルドも、ご自分のお屋敷をお買いもとめになるでしょう。そうすればあなたも、お好きなように腕がふるえますよ」ジミーはおだてるように言った。

レイディー・クートは悲しそうに首をふった。

「それがサー・オズワルドは、専門の会社にやらせると申しておりますの――そうなったら、いったいどうなりますことか」

「おやおや！　それでも当然あなたにご相談はあるでしょうに」

「だめですわ、どうせ夫の買いたがるのは、ああいった壮大な城館のたぐいでしょうから――全館これアンティークといった感じの。そういう館では、わたしの言う気楽で居心地のいい雰囲気なんて、頭から見くだされるに決まってますわ。といって、サー・オズワルドがいままでの住まいに不満だったとか、あまり居心地よく感じていなかったとか、そういうんじゃありませんのよ。じつのところ、生まれ持ったほんとうの好みは、わたしのとおなじじゃないかと思いますの。ただね、いまの夫には、最高のものでなけりゃふさわしくないというわけ！　まあ途方もない出世をいたしましたから、当然のように、それを見せびらかせるようなもの、それをほしがるんでしょうけど、わたしなんか、ときどき空恐ろしくなりますのよ――いったいどこまで行ったら満足するんだろう、って」

ジミーは同情の色を浮かべてみせた。

「まるで放れ馬ですわ」レイディー・クートはつづけた。「おさえが利かなくなって、やみくもに走りだした暴走馬。サー・オズワルドがそれです。走りだしたらどこまでもどこまでも突っ走って、しまいには自分でも止められなくなってしまう。いまではイギリスでも一、二と言われるお金持ちですけど——はたしてそれで満足しているでしょうか。とんでもない、もっともっと多くをもとめているんです。夫の望みは——ああ、わたしにはわかりません、いったいなににになりたいと望んでいるのか。正直なところ、それから先を思うと、ほんとにわたし、恐ろしくなりますのよ！」

「いってみれば、かつての獰猛なペルシア人みたいなものですか」と、ジミー。「つねに新たな征服地をもとめて、飽くことを知らない」

ジミーの言うのがどういうことなのかよくつかめぬまま、レイディー・クートは黙ってうなずいた。

やがて彼女は涙ぐみながらつづけた。「わたしが心配するのは、夫の健康がそれに堪えられるかどうか、ってことですの。あのひとが寝たきりにでもなったら——頭はいろんな思いつきではちきれそうなのに——ああ、考えるだけでもたまりませんわ、そんなこと」

「いたってご壮健そうに見えるじゃありませんか」ジミーは慰め顔で言った。

「なにか考えていることがあるんです」と、レイディー・クート。「悩んでいる、とでも申しましょうか。わたしにはわかりますの」

「なにを悩んでおられるのです？」

「さあ。たぶん仕事のことでしょう。それにしても、ベイトマンさんがいてくださるので、夫もずいぶん助かっていますのよ。お若いのに、ほんとにまじめなかたで——それにとても誠実で」

「まれに見る誠実さですね」ジミーも相槌を打つ。

「オズワルドもベイトマンさんの判断をとても尊重していますわ。ベイトマンさんのお考えは、どんな場合も正しいって、いつもそう言っています」

「それがむかしからのあの男の、なにより困った点でしてね」と、ジミーは思い入れたっぷりに言った。

レイディー・クートは、いくぶんとまどった顔をした。

「ところで先日はチムニーズ館で、たいへん楽しい週末を過ごさせていただきました」と、ジミーはつづけた。「いや、ジェリーのやつが死ぬなんてことがなかったら、さぞ楽しかったことだろうと、そういう意味ですよ。お嬢さんがたも愉快なひとたちでしたし」

「わたしなんて、このごろのお嬢さんがたにはとまどうことばかりですわ」と、レイディー・クートは言った。「なんていうか、ぜんぜんロマンティックなところがなくて。じっさいわたしなんか、サー・オズワルドと婚約いたしましたときには、自分の髪の毛でハンカチに縫い取りをして贈ったものですのよ」

「ほんとですか？　そいつはすごいな。もっとも、残念ながらいまどきの娘さんたちは、そんなことができるほど長い髪をしちゃいませんけどね」

「たしかにそうですわね」レイディー・クートも同意した。「ですけど、ほかにもいろいろありますのよ、そういう例なら。いまでも覚えておりますけど、わたしの娘時代に、わたしの――その、取り巻きの青年のひとりが――いきなり足もとの砂利をひとつかみすくいあげたことがありましてね。するとね、いっしょにいた娘さんが、すぐさま言うんですの――彼はその砂利を宝物にするつもりだ、なぜならあなたの足が踏んだ砂利だから、って。なんてすてきな考えかただろうって、そのときは思ったものですわ。もっとも、あとでわかったんですけど、その若い殿方は工業学校で、鉱物学――それとも地質学だったかしら――を専攻なさってたんですって。それでも、そういう考えかたは気に入りましたわ――でなければ、女の子のハンカチをこっそり盗んで、大事にとっておくとか――まあそういったことですけど」

「ただしその娘さんが、洟《はな》をかみたくなったときには困るでしょうね」と、実際家のジミーは言った。

レイディー・クートは毛糸刺繍を脇に置くと、さぐるように、だが温かいまなざしでジミーを見た。

「それはそうと、あなたにはどなたか好意を寄せてらっしゃる娘さんはおいでじゃありませんの？　その娘さんのために働いて、ささやかな家庭を築きたい、などとお思いになるかたが？」

ジミーは赤くなって、口のなかでなにかつぶやいた。

「このあいだチムニーズ館にご滞在だったとき、お嬢さんがたのひとりと、とても親しくしてらしたようですけど――ええと、ヴェーラ・ダヴェントリーさんだったかしら」

「ソックスですか？」

「たしかにみなさん、そう呼んでらっしゃいますわね」レイディー・クートは言った。

「なぜだかわかりませんけど。渾名にしてもあまりきれいな名じゃないのに」

「しかし、ご本人はめっぽういい娘さんですよ。できればもう一度会いたいものです」

「あら、今度の週末には、わが家へ泊まりにいらっしゃいますわよ」

「ほんとですか？」せいぜいその一語に万感の思いをこめようと努めながら、ジミーはそう言った。

「ええ。あの――よかったらあなたもおいでになります？」

「喜んで」ジミーはいかにもうれしそうに言った。「いやあ、楽しみだ。どうもありがとうございます、レイディー・クート」

なおも熱烈な感謝の言葉をくりかえしつつ、ジミーは立ち去った。

まもなくサー・オズワルドが夫人のそばにあらわれた。

「いったいあの小生意気な若造は、おまえになにを口説いていたのかね？」と、不機嫌に言う。「どうもわしは虫が好かん、あの若造めが」

「あら、かわいいかたじゃありませんか」と、レイディー・クート。「それに、とても勇敢だし。ゆうべだって、ああして怪我までなさってるんですのよ」

「そのとおりだ、用もないところに鼻をつっこみおってな」

「あなた、それはあんまりですわ、オズワルド」

「あいつはな、生まれてからいままで、一度だってまともに働いたことなんかないんだ。あれこそほんとのごくつぶしというやつさ。かりに世のなかに出たところで、とうてい見込みなんかありゃせんね」

「あなた、ゆうべ庭で足を濡らされましたでしょう。肺炎にならなきゃいいんですけどね。こないだフレディー・リチャーズが亡くなったのだって、原因は肺炎なんですから。だいたいね、オズワルド、人殺しだってしかねない凶悪な泥棒が屋敷うちをうろついてるっていうのに、あなたが庭を散歩なさってたなんて、考えただけでもぞっとしますわ。

運が悪けりゃ、あなたが撃たれてたかもしれないんですから。ついでですけど、あのセシジャーさんを今度の週末にお招きしておきましたからね」

「ば、ばかな」サー・オズワルドは言った。「わしはごめんだぞ。あんな若造をわしの屋敷へ招くなんて、まっぴらごめんだ。わかったか、マライア？」

「なぜいけませんの？」

「それはわしの勝手だ」

「あら、悪うございましたわね、あなた」と、レイディー・クートは落ち着きはらって言った。「でも、もうお招きしてしまったんですもの、いまさらどうにもなりませんわ。ちょいと、オズワルド、そのピンクの毛糸玉を拾ってくださいません？」

サー・オズワルドは、いまにも嚙みつきそうな顔をしながらも、おとなしくその言葉にしたがった。それから、妻を見やって、ためらった。レイディー・クートは平然と刺繡針を動かしている。

やがてサー・オズワルドは、思いきったように言った。「今度の週末には、とりわけあのセシジャーのやつにはきてもらいたくないのだ。あいつのことは、ベイトマンからさんざん聞かされておる。学校がいっしょだったそうだ」

「で、ベイトマンさんはなんとおっしゃってますの？」

「けっしてよくは言わなかった。いや、じつのところ、あいつには気をつけろと、ばかに真剣に警告しておった」

「あらそう？　あのかたがねえ」レイディー・クートは思案げに言った。

「そしてわしはベイトマンの判断をおおいに尊重しておるんだ。彼の判断が誤りだったことは、一度たりとないんだからな」

「おやまあ、だとするとわたし、とんでもないへまをしてしまったようですわね。もちろん、わたしだってそれを知ってたら、ご招待なんかしないところでしたわ。それならそうと、もっと早く言っておいてくだされば よかったのに、オズワルド。いまとなっちゃ、もう遅すぎますもの」

そう言いながらレイディー・クートは、ゆっくりと刺繍布を巻きおさめはじめた。サー・オズワルドはそんな妻のようすを見やり、なにか言いたそうにしてから、思いなおして肩をすくめると、彼女のあとを追って家のなかにはいった。先に立って歩きながら、レイディー・クートはかすかな笑みをその面に浮かべていた。彼女は夫を愛してこそいたが、しかし同時に——控えめな、けっしてそれと目につかない、まったく女らしいやりかたで——自分の思うままにふるまうことをも愛しているのだった。

26　主としてゴルフについて

「あのおまえの友達だが、なかなかいい娘だな、バンドル」と、ケイタラム卿が言った。ロレーンがチムニーズ館に滞在するようになって、かれこれ一週間近くになるが、そのかんに彼女は、屋敷のあるじから高い評価をかちとるにいたっていた――主として、すすんで五番アイアンによるショットの技術を教わろうとする、その好ましい態度によって、である。

冬のあいだに、外国暮らしにうんざりしたケイタラム卿は、ゴルフを始めていた。腕前のほうはなんともひどいもので、それがため、いっそう病みつきの度が増すという結果になっている。近ごろでは、ほとんど午前ちゅういっぱいを、あちこちの植え込みや灌木の茂みごしに、ロフト・ショットを打ちあげて過ごしていた――というより、より正確には、ロフトを試みて、ビロードのような芝生の一部をごっそり削りとり、たいがいはマクドナルドをがっくりさせ、絶望的にさせていた、と言うべきかもしれない。

「ぜひともコースをつくらにゃいかんな」と、ケイタラム卿は雛菊の花にむかってアドレスしながら言った。「狭くてもいい、おもしろくて、本格的なコースをだ。さてと、よく見ておくんだぞ、バンドル。右膝をゆるめ、ゆっくり後ろにふりあげ、頭は動かさずに、リストを利かすのだ」

強くトップスピンのかかったボールは、芝生をかすめて、大きく土手のように盛りあがった石楠花《しゃくなげ》の茂みの、その底知れぬ深みにとびこんで見えなくなった。

「へんだな」と、ケイタラム卿はのたもうた。「こんなはずではないんだが。ともあれさっきも言ったようにだ、おまえのあの友達はすこぶる気だてがいい。わしの影響で、どうやらゴルフにかなりの興味を持ちだしたらしいと見ておるんだが。けさなんか、なかなかみごとなショットを何本か打ったぞ——いやまったく、このわしも顔負けするぐらいのをさ」

ケイタラム卿は、またもや無造作にスイングして、芝生の一部をごっそり剝がしてしまった。たまたま通りかかったマクドナルドが、剝がれたのをもとにもどし、しっかり踏みつけた。彼がケイタラム卿に向けた目つきを見たなら、熱心なゴルファーでもないかぎり、だれしも穴にはいりたい気持ちになったろう。

「マクドナルドがもしクートさんご夫婦につらくあたってたとすると——きっとそうに

ちがいないとわたしはにらんでますけど――」と、バンドルは言った。「――いまになってその罰を受けてるというわけね」

「わしが自分の庭で自分の好きなことをして、なぜ咎められなきゃならんのだ？」ケイタラム卿はいどむように答えた。「マクドナルドは、わしのゴルフが上達しつつあることにこそ関心を持つべきなんだ――本来スコットランド人は、大のゴルフ愛好家ということになっておるんだから」

「しようのないおとうさま」と、バンドル。「どうせ一人前のゴルファーになんかなれっこないのに――でもとにかく、ここでゴルフをなさってるかぎりは、災難にあうこともないでしょうから」

「どういたしまして、だな」ケイタラム卿は言いかえした。「このあいだなんか、六番のロングホールを五ストロークで入れたんだぞ。その話を聞かせてやったら、本物のプロが目を丸くしておったくらいだ」

「そりゃそうでしょうね」

「ところでクートと言えば、サー・オズワルドはなかなかフェアなプレイをするぞ――じっさい、フェアそのものだ。フォームはあまりよくない――スムーズじゃないんだが、これが意外にも、きまって真っ芯にあたる。ところがおもしろいことに、そこで本性が出るんだな——たった六インチのパットでも、もういいですよとはけっして言わん！　そのつど最後まできちんとホールに入れさせるんだ。あれはわしとしてはどうも気に食わんな」

「何事も確実に決めるのがお好きなんでしょ」と、バンドル。

「そういうのはゴルフの精神に反しておると思うがね」と、ケイタラム卿。「それにあの男は、セオリーにも関心がない。運動のためにやってるだけだから、フォームなんかどうでもいいと言うんだな。その点、あの秘書の青年、ベイトマンは正反対だ。あいつの関心はもっぱらセオリーにある。たまたまわしがスプーンでひどくスライスしておると、それはすべて右腕が利きすぎることからきている、そう言ってな。興味ぶかい理論を展開してくれた。ゴルフで大事なのは左腕だ——問題になるのは左腕だけなんだと言うのさ。やっこさん、テニスでは左手を使うけれども、ゴルフでは利き腕の左こそがものをいうんだから、普通の右利き用のクラブを使っておるそうだよ」

「で、セオリーどおりにプレイして、上手だったの？」バンドルはたずねた。

「いや、あいにくとな」ケイタラム卿は認めた。「もっとも、長らくゴルフから遠ざかっていたせいかもしれんが。やっこさんのセオリーそのものは筋が通っておるし、おおいに見るべき点があるとも思うがね。おい！　いまのを見たか、バンドル？　石楠花の茂みをきれいに越したぞ。完璧なショットだ。ああ！　いつもああいうのが確実に打てれば——なんだね、トレドウェル、なにか用か？」

トレドウェルが話しかけたのはバンドルだった。

「セシジャー様からお電話で、お嬢様にお話ししたいとのことでございます」

バンドルは全速力で建物のほうへ駆けだしながら、「ロレーン、ロレーン」と呼んだ。ちょうど受話器をとりあげたところへ、ロレーンも駆けつけてきた。

「もしもし、ジミー、あなたなの？」

「ああ、ぼくだ。その後どうしてる？」

「元気よ。ただちょっと退屈してるけど」

「ロレーンはどう？」

「ロレーンも元気よ。いまここにいるわ。代わりましょうか？」

「あとでね。その前にたくさん話すことがあるんだ。まず第一に、ぼくは週末にクート家へ行くことになってる」ジミーは意味ありげにそう切りだした。「そこで、ものは相談だけどさ、バンドル。合い鍵を手に入れる方法、きみ、知らないかな？」

「あいにく、そっちのほうはまるきり不案内だけど。クートさんのお屋敷の合い鍵を手に入れるなんて、それがぜったいに必要なことなの？」

「まあね、あれば重宝するだろうという気がしたものだから。その種のものを買える店、なんてのも知らない？」

「親切な泥棒のお友達でもいればよかったのにね――そしたら、こつを教えてもらえるんだけど」

「まったくだよ、バンドル、そう言われると一言《いちごん》もない。だがあいにく、そういう便利な友達がいないものでね。きみの冴えたおつむで、なんとか問題を解決してもらえないかと思ったわけ。さてと、そうなるとやっぱりいつものように、スティーヴンズに頼るしかないってことか。そのうちあいつ、ぼくのことを誤解しだすだろうな――最初が銃身の青い自動拳銃――今度が合い鍵。きっとぼくが犯罪者の仲間入りでもしたと思うことだろう」

「ねえジミー？」

「なに？」

「いいこと――くれぐれも気をつけてね。だって合い鍵を持ってうろつきまわってるところを、サー・オズワルドに見つかってでもごらんなさい――言っとくけど、あのひと、その気になればうんと恐ろしくもなれるひとよ」

「好青年、告発さるか！　よしわかった、気をつけよう。むしろポンゴのほうなんだけどね、ほんとに恐ろしいのは。あの扁平足でもって、音もたてずに歩きまわるんだから。近づいてきても、気配さえ感じない。おまけに、どんなときにも相手がそうしてほしくないところにかぎって、鼻をつっこんでくる名人だし。しかしまあいずれにせよ、この若きヒーローを信じてほしいね」

「ええ。でも、できればロレーンやわたしもそこへ行きたい気持ちよ――あなたの面倒を見てあげに」

「そりゃありがとう、看護婦さん。じつをいうとね、それに関してひとつ計画がないこともないんだ」

「どんなこと？」

「きみとロレーンと二人でしめしあわせて、あすの朝、都合よくレザベリーの近くで車がエンコしたと、そんなふうに持っていくわけにはいかないかな？　お宅からならそう遠くはないはずだけど？」

「四十マイルよ。ひとっとびだわ」

「だろうと思った――きみにとってはね！　だけど、後生だからロレーンを事故死させたりはしないでほしい。どっちかというと、ぼくはロレーンが好きなんでね。よし、それなら――だいたい十二時十五分から三十分過ぎぐらいのあいだってことにしよう」

「それで、わたしたち二人を昼食に招待させようという魂胆なのね？」

「まさにそのとおり。ところでね、バンドル、きのうのことだけど、たまたま例のソックスっていうお嬢さんに出くわしたんだ。そしたらどうだろう——テレンス・オルークも、やっぱりレザベリーにくるんだってさ、この週末に！」

「ジミー、あなたまさかあのひとが——？」

「いや——すべてを疑え、だよ。それが定石だとも言うしね。オルークはむこうみずな男だし、度胸も据わっている。あの男なら、秘密結社を握って、荒っぽいこともやりかねないと思うんだ。ことによると、あいつと伯爵夫人とは、一つ穴のむじなかもしれない。去年、ハンガリーにも行ってるしね、あいつは」

「でも、あのひとだったら、いつだって書類を盗みだせたはずよ」

「ところがさにあらず。そのためには、自分にぜったい疑いがかからないような状況を、まずつくっておく必要がある。ところが、降りてきた蔦をもう一度よじのぼって、自分の寝室にもどるだけなら——ね？　こっちのほうがむしろすんなり運ぶ。さてと、じゃあこっちからの指示を伝えよう。レイディー・クートに二言三言お愛想を言ったら、きみとローレーンとでなんとかポンゴとオルークをつかまえて、昼食の時間になるまでひきとめておく。いいね？　きみたちのような美女が二人もそろえば、べつにむずかしいことじゃないはずだ」

「あら、お口がお上手ですこと」

「なに、ありのままの事実を言ったまでさ」

「まあいいわ。とにかく、いまのご指示はちゃんとこの胸に銘記しましたから。じゃあそろそろロレーンと代わるわね」

バンドルは受話器を渡すと、気を利かせて部屋から出た。

27　夜の冒険

秋晴れの午後、ジミー・セシジャーはレザベリー館に到着し、レイディー・クートからはねんごろに、サー・オズワルドからは冷ややかな嫌悪をもって迎えられた。レイディー・クートから自分のほうへ、いかにも仲人好きらしい熱っぽい視線がそそがれてくるのを意識して、ジミーは努めてソックス・ダヴェントリーにたいして愛想よくふるまってみせた。

オルークもきていて、しごく上機嫌だった。ワイヴァーン屋敷でのあの奇怪な事件については、はじめのうちこそ官僚ふうの、秘密めかした態度に傾きがちだったが、ソックスがあきらめずに根掘り葉掘り問いただしているうちに、彼の四角張った、寡黙な口ぶりががらりと一変し……いってみれば、事件の一部始終に途方もない尾鰭をつけて、ここを先途としゃべりまくる、といったていになったので、だれもその話のどこまでが事実で、どこからが法螺話なのか、区別がつかなくなってしまったほどだった。

「ピストルで武装した四人組の覆面の男？　それ、ほんとうなの？」ソックスが容赦なく詰問した。

「いや、いま思いだした！　向こうはたしか六人がかりでぼくをおさえつけ、無理やり喉に薬を流しこんだんだ。まちがいない。ぼくはてっきり毒薬だと思って、それですっかりまいっちまったわけ」

「で、なにが盗まれたの？　なにをその男たちは盗もうとしたの？」

「なにって、ロシアの王冠の宝石以外にはありえないじゃないか——英国銀行に預けるために、ひそかにロマックス氏のもとに持ちこまれたものだよ」

「あきれた大嘘つきね、あなたって」と、ソックスがにこりともせずに言う。

「嘘つき？　ぼくが？　だけどね、その宝石というのは、ぼくの親友が操縦する飛行機でわざわざ運ばれてきたんだぜ。これは知られざる歴史の秘話なのさ、ソックス。嘘だと言うんなら、あそこにいるジミー・セシジャーに訊いてみるといい。もっともあいつがほんとのことを言うかどうか、そこまでは保証のかぎりじゃないけどね」

「あのねえ」と、ソックス。「この話はほんとなの？——ジョージ・ロマックスがあわてて入れ歯もはめずに下へ降りてきたっていうのは？　じつはそれなのよ、わたしが知りたいのは」

「ピストルが二梃も出てきたんですのよ」と、レイディー・クートがここで口をはさんだ。「あんな恐ろしいものが二梃も。わたし、この目ではっきり見ましたわ。このお気の毒なかたが殺されずにすんだのが、むしろ不思議なくらい」

「なあに、もともとぼくは、絞首台で死ぬ運命を背負って生まれてきてるんです」と、ジミー。

「聞いた話だけど、ロシアの伯爵夫人だとか称する、おもむきのある美女がいたんですって？」と、ソックス。「そしてそのひとがビルを誘惑したんだとか」

「あのかたがお話しになっていたブダペストの惨状、それは恐ろしいものでしたわ」と、レイディー・クート。「あればかりは、生涯、忘れられないでしょうね。ねえオズワルド、わたしたちもぜひ寄付金を送ってさしあげなきゃ」

サー・オズワルドは鼻を鳴らした。

「それならぼくが然るべくとりはからいましょう、レイディー・クート」と、ルーパート・ベイトマンが言った。

「ありがとう、ベイトマンさん。ひとはそれぞれ感謝のしるしとして、なにかをなすべきだとわたし、思いますのよ。このあいだだって、よくもまあサー・オズワルドが撃たれずにすんだと思うと――肺炎で死ななくてすんだことは言うに及ばず」

「ばかを言いなさい、マライア」と、サー・オズワルド。

「わたし、むかしっから泥棒がこわくてたまりませんでしたのよ」と、レイディー・クート。

「運よくばったり出くわしたりしてたら、どうかしら。スリル満点だわ！」ソックスがそれとなくつぶやいた。

「いや、スリルなんて、とてもとても」と、ジミー。「それどころか、おっそろしく痛かった」そしてこわごわ右腕をさすってみせた。

「その後、お傷のぐあいはいかが？」と、レイディー・クートがたずねた。

「はあ、おかげさまでだいぶいいようです。ただ、なにからなにまで左手でやらなきゃならないので、それがまことに厄介ですね。なにしろぼく、左手はてんで利かないたちだから」

「子供はみんな両手利き《アンビデクストラス》に育てられるべきなんだ」と、サー・オズワルド。

「あら！」と、ソックスがいくぶん怪訝な面持ちで言う。「と言うと、あざらしのように、ですの？」

「水陸両棲《アンフイビアス》じゃありませんよ。〝アンビデクストラス〟というのは、両手がおなじように使えるという意味です」と、ベイトマン氏。

たらあなたは両手がお使いになれますの？」

「もちろん。どちらの手でも字が書ける」

「でも、両手で同時に、ではないんでしょう？」

「それは実際問題として必要ないからね」サー・オズワルドはそっけなく言う。

「そうですわね」と、ソックスは思案ありげに、「それじゃあんまりおもむきがありすぎますものね」

「いまだったら、政府省庁のどこかでおおいに役だつんじゃないかな」オルーク氏が口をはさんだ。「だって、左手のやってることを、右手には知らせないですむんだから」

「あなたは両手が使えるってこと？」

「とんでもない。ぼくほど右利き専門のやつはいないだろうね」

「しかし、カードを配るのは左手でじゃないか。いつかの晩、気がついたんだけど」と、観察力鋭いベイトマンが言った。

「なあに、あれはまたべつさ」と、オルーク氏はあっさり言ってのけた。

荘重な銅鑼の音が響きわたり、一同は晩餐のための着替えをしに、ぞろぞろと二階へあがっていった。

食後、サー・オズワルドとレイディー・クート、ベイトマン氏とオルーク氏の四人はブリッジを始め、ジミーはソックスとたわむれの恋をささやいて過ごした。寝室にひきとるために二階へあがるとき、最後に彼の耳にはいったのは、サー・オズワルドが夫人に言っている言葉だった——

「どうあがいたところで、所詮おまえは一人前のブリッジ・プレイヤーにはなれんよ、マライア」

そしてそれへの彼女の答え——

「ええ、ええ、わかってますわよ。いつだってそうおっしゃいますもの。ところであなた、オルークさんにあと一ポンド、借りがおありよ。まちがいありません」

それから二時間ほどたってからだった——ジミーが足音を忍ばせて（もしくは忍ばせたつもりで）部屋を抜けだし、そっと階段を降りていったのは。いったん食堂に立ち寄った彼は、その足でサー・オズワルドの書斎へと向かった。書斎にはいると、しばらくじっと聞き耳をたてていてから、やおら活動を開始した。デスクの引き出しはほとんど鍵がかかっていたが、ジミーの手にした、奇妙な形に曲げた針金が、じきにその難問を解決してくれた。ひとつまたひとつと、引き出しは彼の巧みな操作によってひらかれていった。

彼はそれらの引き出しを組織的に捜索してゆき、終わるとすべてを注意ぶかくもとにもどした。一度か二度、手を休めて耳をすましたのは、どこかでかすかな物音がしたような気がしたからだったが、結局、最後まで邪魔がはいることはなかった。

やがて最後の引き出しの捜索も終わった。いまではジミーも鋼鉄について、多くの興味ある事実を知っていた――もしくは、気をつけていれば知ることができたはずだった。だが、彼のもとめるもの――ヘル・エーベルハルトの発明に関する資料、あるいは、なんであれ謎の〈ナンバー7〉の正体をつきとめる手がかりになりそうなもの、そうしたものはなにひとつ見つからなかったし、彼としても、おそらく、見つかるとはほとんど期待していなかったはずだ。それは万にひとつの可能性でしかなく、彼自身、そうと知りながら、この機会を利用しただけのこと、もともとたいした結果が得られるとは思っていなかった――まったくの僥倖で手にはいるのをべつにすれば。

彼は念のためにぜんぶの引き出しをひっぱってみ、もとどおりしっかり施錠されていることを確かめた。ルーパート・ベイトマンの鋭い観察力については百も承知だったから、室内をひとわたり見まわして、自分がここにいた痕跡が残っていないかどうかの確認も怠らなかった。

「まあこんなところだな」と、彼はそっとひとりごちた。「収穫はゼロか。まああすの朝には、もうちょっと幸運に恵まれるだろうが――女の子たちがうまくやってくれさえすれば」

書斎を出た彼は、ドアをしめて、鍵をかけた。一瞬、すぐ身近で物音がしたような気がしたが、やがて、気のせいだったらしいと思いなおし、広いホールを手さぐりで音もなく進みはじめた。高いアーチ形の窓から、どうにかつまずかずに歩けるだけの光がさしこんでいた。

と、またしてもかすかな物音が聞こえた――今回ははっきり聞きとれたし、聞きまちがいという可能性はない。ホールにいるのはこの自分だけではないのだ。ほかにもだれかがいる――自分とおなじにこっそり歩きまわっている何者かが。急に胸が早鐘のように鳴りだした。

とっさに電灯のスイッチにとびつくなり、彼は明かりをつけた。とつぜんまぶしい光を浴びて、目がくらんだ――が、見るべきものはじゅうぶん見てとれた。四フィートと離れていないところに、ルーパート・ベイトマンが立っている。

「なんだ、ポンゴじゃないか」ジミーは叫んだ。「びっくりしたぜ。そんなふうに暗がりをこそこそ忍び歩くなんて」

「物音が聞こえたんでね」と、ベイトマン氏はきびしい面持ちで答えた。「てっきり夜盗が忍びこんだと思って、それでようすを見にきたんだ」

ジミーは思案げな目つきで、ベイトマン氏のはいているゴム底の靴を見やった。

「すべてを考慮してるってわけか、ポンゴ。おまけに凶器まで用意してさ」と、愛想よく言う。

彼の目がそそがれているのは、相手のポケットのふくらみだった。

「身を護るものを持ってるのに越したことはないからね。どういう相手に出くわすかしれないんだから」

「ぶっぱなさずにいてくれて、助かったよ」と、ジミー。「撃たれるのには、いささか飽きあきしてるんでね」

「いや、ことによるとそうしていたかもしれないぜ」と、ベイトマン氏。

「ばかな、そんなの違法じゃないか」ジミーは言いかえす。「むやみやたらに狙い撃つ前に、相手がほんとに家宅侵入者かどうかを確かめなきゃ。早のみこみはまちがいのもとさ。さもないと、言い訳に一汗かかなきゃならなくなる――ぼくみたいに、まったく罪のない用事で降りてきた客を、なぜ撃ったのか、その言い訳にね」

「それじゃ訊くが、いったいなんの用事できみは降りてきたんだ」

「腹がへったからさ。ビスケットがほしかったんだよ」

「ビスケットなら、ベッドのそばの缶のなかに常備してあるはずだ」

そう言いながらルーパート・ベイトマンは、角縁の眼鏡ごしにじっとジミーを見据えた。

「はっ、そこだよ！　どうやら、部屋係の従僕かなにかがうっかりしたらしくてさ。いかにも、缶ならあった――〈お客様の空腹時用〉とか銘打ってね。ところが、空腹を感じたお客様が缶をあけてみると――なかはからっぽ。そこで、食堂までのこのこ降りてきたという次第さ」

そして愛想のいい、屈託のない笑顔を見せながら、ジミーは部屋着のポケットからひとつかみのビスケットをとりだしてみせた。

一瞬、ぎこちない沈黙があった。

それからジミーが言った。「さてと、そんならそろそろベッドにもどるとするかな。おやすみ、ポンゴ」

せいいっぱい無頓着なふりをよそおって、彼は階段をのぼった。ルーパート・ベイトマンはあとからついてきた。部屋の入り口で、ジミーはもう一度おやすみを言おうとするように、ちょっと立ち止まった。

「そのビスケットのことだけど、どうもおかしい」と、ベイトマン氏が言った。「さしつかえなければ、念のために——」

「ああいいとも。どうぞ自分で見てくれたまえ」

ベイトマン氏はつかつかと部屋を横切ると、ビスケットの缶をあけてみ、からなのを認めて、目を丸くした。

「ふむ、怠慢きわまりない」と、不本意そうにつぶやく。「いや失礼。じゃあおやすみ」

彼はひきさがった。ジミーはベッドの端に腰をおろすと、しばらく聞き耳をたてた。それからそっとつぶやいた。「あぶないところだったな。それにしても疑りぶかいやつだ、ポンゴってのは。けっして眠らないと見える。拳銃を持って夜中にうろつきまわるなんて、ぞっとしない趣味だぜ」

立ちあがった彼は、化粧台の引き出しのひとつをあけた。各種とりどりのネクタイの下に、一山のビスケットが押しこんである。

「しかたがない。こいつをぜんぶたいらげなきゃ。ポンゴのことだから、朝になったら十中八九、また確かめにくるだろうからな」

溜め息まじりにそう言うと、ジミーは腰を据えて、食べたくもないビスケットをたいらげにかかった。

28 疑惑

ぴったり約束どおりの十二時、バンドルとロレーンはイスパノを近所の修理工場に預け、庭園の門をはいってきた。二人を迎えて、レイディー・クートはやや驚き顔だったが、それでもはっきり歓迎の意を表明し、さっそく、昼食までゆっくりしてゆくようにとすすめた。

　大きな肘かけ椅子にもたれていたオルークは、たちまち活気づいてロレーンに話しかけだしたが、当のロレーンはいっぽうで、イスパノの故障について語るバンドルの、すこぶる専門的な説明にも耳を傾けていた。

「で、わたしたち、言いましたの」と、バンドルは話をしめくくって、「ちょうどこのお近くでエンコするなんて、なんて運がいいんでしょう、って！　こないだあの車が立ち往生したときなんか、たまたま日曜日で、場所は〈丘のふもとのリトル・スペドリントン〉とかいうところ。まったくその名を裏切らないひなびた片田舎で、ほとほと困ったものでしたわ」

「映画にでもしたら、すばらしい地名ですね」と、オルークが言った。

「うぶな田舎娘の生まれ故郷といったところね」と、ソックスが相槌を打った。

「ところで、セシジャーさんはどこにいらしたのかしら」と、レイディー・クートが言った。

「たしかビリヤードルームにいたはずですわ」と、ソックス。「呼んできましょう」

彼女が出ていってから一分とたたないうちに、ルーパート・ベイトマンが例によって深刻な、迷惑そうな顔つきでその場にあらわれた。

「なんでしょう、レイディー・クート？　ぼくにご用だとセシジャーから聞きましたが？——やあ、これはよくおいでになりました、レイディー・アイリーン——」

彼が新来の二人に挨拶するために一呼吸した、その隙をとらえて、すかさずロレーンが戦端を切った。

「あら、ベイトマンさん！　ずっとあなたにお目にかかりたいと思っていましたのよ。あれはたしか、あなたじゃありませんでしたかしら——犬がしょっちゅう脚に炎症を起こすときには、どうするのがいいかというお話をなさっていらしたのは？」

秘書の青年はかぶりをふった。

「それならほかのだれかだと思いますね、ミス・ウェイド。もっとも、じつを言いますと、ぼくもたまたまそのことなら知っていまして——」

「なんてすばらしいかたでしょう、あなたって」と、ロレーンが口をはさむ。「ほんとになんでもよく知ってらっしゃいますのね」

「時代の新知識に遅れないようにしなきゃなりませんから」ベイトマン氏はしかつめらしく答える。「ところで、その犬の脚の件ですが——」

テレンス・オルークが〝わきぜりふ〟よろしくバンドルにささやきかけた——

「ああいう手合いなんですよね——週刊紙なんかにちょっとした投書をしたがるのは。『これは一般には知られていないことであるが、真鍮の炉格子を万遍なく光らせておくには、うんぬん』とか、『ドーパー甲虫は、昆虫界においてもっとも興味ぶかい特徴を持っている』とか、『フィンガリーズ・インディアンの婚姻の習慣について、うんぬん』とかね」

「要するに、雑学ってことでしょ」

「その雑学ってやつほどおぞましいもの、ほかにありますか？」オルーク氏は言い、それから殊勝げにつけくわえた。「ぼくは天の神様に感謝しますね——これでもいちおう教育を受けた人間だけど、そういうことはなんにも知らずにすんでますから」

「お見受けしたところ、こちらにはクロックゴルフのコースがあるようですわね」と、バンドルはレイディー・クートに話しかけた。

「プレイなさるのなら、お相手しますよ、レイディー・アイリーン」オルークが言った。

「じゃあ、あの二人に挑戦しましょうよ」バンドルは言った。「ねえロレーン、オルークさんとわたしが組むから、あなたはベイトマンさんと組んで、クロックゴルフをやってみない？」

秘書の青年が一瞬ためらうのを見てとって、レイディー・クートが言葉を添えた。

「おやりなさいな、ベイトマンさん。ここしばらくは、サー・オズワルドのご用もないと思うから」

四人は芝生に出た。

バンドルはロレーンにささやきかけた。「まんまとやってのけたでしょ？　わたしたち女性軍のかけひきも、まんざらじゃないというところね」

ゲームは一時ちょっと前に終わり、勝利はベイトマン＝ロレーン組の手に帰した。

「しかしね、ぼくらのほうが堂々と勝負に出た、この点ではあなたもぼくと同意見でしょう？」と、オルーク氏が言った。

彼はバンドルといっしょにすこし後方を歩いていた。

「ポンゴのやつは、慎重にプレイする——けっして冒険はしない。ところがぼくときたら、何事もいちかばちかですからね。こいつはすばらしい人生訓だ。そうは思いませんか、レイディー・アイリーン？」

「そのおかげで、にっちもさっちもいかないはめに陥ったこと、なくって？」バンドルは笑いながらたずねた。

「ありますね、たしかに。数えきれないくらいです。それでもいまだにこのとおり、ぴんぴんしている。そうですとも、このテレンス・オルークをやっつけようと思うなら、絞首縄くらい持ってこないと追いつきませんよ」

ちょうどこのとき、ジミー・セシジャーが建物の角を曲がってぶらぶらとあらわれた。

「バンドルじゃないか、これは奇遇だ！」と、大仰に驚いてみせる。

「きみはわずかなところで〈秋期ゴルフ大会〉に参加しそこなったよ」と、オルークが声をかけた。

「散歩に行ってたんだ」と、ジミー。「ところでこのご婦人がたは、どこから降って湧いたんだい？」

「この足でとぼとぼ歩いてきたのよ。イスパノにほうりだされたの」と、バンドル。

そして車がエンコした一部始終を物語った。

ジミーは同情顔で耳を傾けた。

「不運だったな、それは」かたじけなくもそうのたまう。「もし修理に時間がかかるようなら、食後にぼくの車で送ってあげてもいいけど」

このとき銅鑼が鳴り、一同は屋内にはいった。バンドルはこっそりジミーをうかがった。彼の声には、いつもとちがう得意そうな響きがあるように思われた。さだめし思いどおりに事が運んだのだろう。

昼食を終えると、バンドルたちは丁重にレイディー・クートにいとまを告げた。ジミーが自分の車で二人を修理工場まで送る役目を買って出た。車が動きだすやいなや、二人の女性の口から異口同音に言葉がとびだした――

「で、どうだった？」

ジミーはわざと焦らすように黙っている。

「どうなの？」

「まあね、元気だよ、おかげさまで。ぱさぱさのビスケットを食べすぎて、少々消化不良ぎみだけどね」

「でも、いったいどうなったのよ？」

「いま話すったら。大義への献身が、このぼくにぱさぱさのビスケットを自棄食いさせることになったわけなのさ。けれどもそれで、われらがヒーローがひるんだでありましょうか。いやいや、どういたしまして」

「まあ、ジミーったら」ロレーンがあきれたように言い、それでやっとジミーも軟化した。

「ほんとのところ、なにを知りたいのさ。え？」

「あら、なにもかもよ。わたしたち、うまくやったでしょう？　つまりポンゴとテレンス・オルークをひきつけておいた手管のことよ」

「ポンゴのあしらいかたは、たしかにみごとだったね。オルークのほうは、まあカモかもしれないが——あいにくポンゴは出来がちがうから。あいつを表現するのにふさわしい言葉は、ひとつしかないよ——先週、《サンデー・ニューズバッグ》のクロスワード欄《キタス》で見つけたんだ。十字から成る言葉で、あらゆるところに存在するという意味。遍在《ユビ》する。これぞポンゴというやつを余すところなく表現する言葉だね。どこへ行くにも、あいつと出くわさずには行けない——しかもなにより始末に困るのは、あいつが近づいてきても、ぜんぜん気配がしないってこと」

「あのひとが危険だと思うわけ？」

「危険？　むろん危険だなんてことはないさ。ポンゴが危険だなんて、考えるだにばかばかしいよ。あいつはとんまさ。ただね、いまも言ったように、とんまはとんまでも、遍在するとんまなんだ。並みの人間のように、睡眠を必要とすることすらないらしい。要するに、ずばり言えば、じつに目ざわりな、いまいましいやつだってこと」

そして、こころもち傷ついたという口ぶりで、ゆうべの出来事をジミーは物語った。バンドルはあまり同情しなかった。

「どっちにしろ、あなたがどういうつもりだったのか、それがわからないわ——夜中によそのお屋敷をうろつきまわるなんて」

「〈ナンバー7〉だよ」と、ジミーはきっぱり言った。「そいつをぼくは追ってるのさ。〈ナンバー7〉をね」

「で、あのお屋敷でその〈ナンバー7〉が見つかるだろうと考えたわけ?」

「手がかりでも見つからないかと思ってね」

「で、見つからなかった?」

「ああ、ゆうべはね——だめだった」

「でも、けさはちがう」と、ロレーンがふいに口をはさんだ。「ねえジミー、けさ、なにかを発見したんでしょう? あなたの顔にそう書いてあるわ」

「さあね、はたしてそれがなにかの意味を持つのかどうかはわからない。ただね、散歩ないんでしょ？」

「散歩と言っても、察するところ、あのお屋敷からさほど遠くまで出かけたわけじゃ

「そう、妙に思うかもしれないけど、まさにそうなのさ。いってみれば、内部をぐるっとひとめぐりしたってところかな。といっても、いまも言うように、これになにかの意味があるのかどうかもわからない。それでもとにかく、これを見つけることは見つけた」

奇術師然とした手ぎわのよさで、どこからともなく小瓶をとりだしたジミーは、二人のほうへそれをほうった。なかには白い粉が半分ほど詰まっている。

「これをなんだと考えるの？」バンドルが訊いた。

「白い結晶状の粉末、それだけのことさ」と、ジミー。「まあたいがいの探偵小説の読者には、これはこれで聞き慣れた、聞けばはは一んと思うような表現なんだろうけど。もちろん、結果としてこれが、新案特許の歯磨き粉だった、なんてことにでもなれば、ぼくとしては残念無念、いや、まいりました、と言うしかないけどね」

「どこでこれを見つけたの？」バンドルが鋭くつっこんだ。

「いや、それは秘密さ」と、ジミー。

そして、いくらなだめてもすかしても、それきり一歩も譲歩しようとはしなかった。「さあ着いたよ、修理工場に」やがて彼はそう言った。「あの壮健そのもののイスパノが、へたにいじくりまわされていなければいいんだけどね」

工場のあるじは五シリングの請求書をさしだして、ナットがゆるんでいたとかなんとか、はっきりしないことをつぶやいた。バンドルは愛想のいい笑顔で、請求されたとおりの金額を支払った。

そしてジミーにむかって、「ときには、なんにもしないでお金だけもらえるっていうの、悪くないわね」とささやきかけた。

三人はそのままなんとはなしに道ばたに立ち止まって、しばらく黙りこんだまま、それぞれ当面の情勢について考えめぐらした。

それからバンドルがだしぬけに、「あっ、そうだ」と声をあげた。

「どうかしたの？」

「あなたに訊こうと思ってたことがあるの——あやうく忘れるところだったわ。バトル警視が見つけた手袋のこと——半分焦げた手袋のことだけど、覚えてる？」

「ああ」

「それを警視はあなたの手に合わせてみたって、そう言ってたわね？」

「うん──ちょっと大きかった。つまり、それをはめていた曲者が、大柄な、頑丈な体躯の男だったという見かたと、ぴったり符合するわけだ」

「わたしの気にしてるのは、そういうことじゃないのよ。サイズのことはどうでもいいの。ねえ、その場にはジョージやサー・オズワルドもいあわせたんでしょう?」

「ああ」

「だったら、二人のどちらかに手袋を渡して、試着させてみることだってできたわけよね?」

「ああ、もちろん──」

「ところが警視はそうはしなかった。わざわざあなたを選んでそうさせた。ねえジミー、それがなにを意味するか、わからない?」

セシジャー氏はまじまじと彼女を見つめた。

「ごめんよ、バンドル。あるいはこのすてきな頭脳が普段ほどには働いていないのかもしれないけど、それにしても、きみがなにを言いたいのか、さっぱりぴんとこないな」

「あなたならわかる、ロレーン?」

ロレーンは怪訝そうにバンドルを見たが、それでもやはり首を横にふった。

「そのことになにか特別な意味でもあるの?」

「ありますとも、もちろん。いいこと——ジミーはそのとき右腕を包帯でつっていたのよ」

「なるほど、そういうことだったのか」ジミーはゆっくりうなずきながら言った。「いま考えてみると、たしかに妙だよな——つまりそれが左手の手袋だったってことがさ。バトルもそのことについては一言も触れなかった」

「その事実に注意をひくまいとしてたのよ。右手が使えないあなたにためさせれば、それが左の手袋だという事実がめだたずにすむかもしれない。だから、みんなの注意をそらすために、ことさらサイズのことなんかを口にした。でもね、実際にそれの意味するところはわかりきってるわ——あなたを撃った男は、左手にピストルを握ってたってことよ」

「すると、左利きの男を探さなくちゃいけないってことね」と、ロレーンが思案顔で言った。

「そうよ。ついでに、もうひとつ言っておきましょうか。バトル警視がなんのためにゴルフクラブなんか調べてたのか、ってこと。左利き用のクラブを探してたんだわ」

「あっ、そうだ！」だしぬけにジミーが言った。

「どうしたの？」

「いやね、このことに意味があるかどうかはわからないけど、いささか妙なことがあるんだ」

そしてジミーは、前日のお茶の時間にかわされた会話について詳しく物語った。

「じゃあ、サー・オズワルドは両手利きなのね？」バンドルは言った。

「そうなのさ。じつは、たったいま思いだしたんだ。チムニーズ館でのあの夜――つまり、ジェリー・ウェイドが死んだ夜のことだけど――ぼくはブリッジを見物していて、なんとなく、だれかの札の配りかたがぎこちないと感じてさ――そこではたと気がついたんだ、それは左手で配られてるからだ、って。いうまでもなく、あれはサー・オズワルドだったにちがいないよ」

三人はそろって顔を見あわせた。ロレーンが首を横にふった。

「サー・オズワルドほどのひとが？　そんなこと、ありえないわ。だいたい、どんな得があるの？」

「一見ばかばかしくは思えるけどさ」ジミーが言った。「だがそれにしても――」

「〈ナンバー7〉には独自の流儀がある」バンドルが前にも言ったことをここでそっとくりかえした。「かりにサー・オズワルドが、実際にはそういうふうにしてあれだけの財産をつくったんだとしたら？」

「だけどさ、問題の公式が最初からずっと自分の工場にあったというのに、なぜわざわざワイヴァーン屋敷で、あんな茶番を演じたりするんだ？」

「それは説明できなくもないかも」と、ロレーンが言った。「つまり、あなたがオルークさんについて言った、あれとおなじ論法よ。嫌疑の目を自分自身からそらして、ほかに向ける必要があったから」

バンドルが熱っぽくうなずいた。

「それでいっさいは符合するわ。嫌疑はバウアーと伯爵夫人にかかる。あのサー・オズワルドを疑おうなんて、いったいだれが考えるかしら」

「バトルなら考えるかもしれない」ジミーがのろのろと言った。

ふと、バンドルの心のなかで、なにかが記憶の琴線をぴぴっとふるわせた。かの億万長者の上着から、バトル警視が蔦の葉をつまみとっている光景。

してみるとバトルは、はじめからずっと疑っていたのだろうか？

29　ジョージ・ロマックスの奇妙な行動

「ロマックス様がお見えでございます、御前様」

ケイタラム卿は、ぎくっとしてとびあがった。それまでずっと、左手首をいかに使うか、または使わないかという複雑微妙な問題に集中していたので、執事がやわらかな芝生を踏んで近づいてくるのに気づかなかったのだ。腹だたしいというよりは、むしろ情けなさそうな目つきで、卿はトレドウェルを見やった。

「朝食のときに言っておいたろうが、トレドウェル——わしはけさ、特別に忙しいと」

「はい、御前様。ですが——」

「もどって、ロマックス氏に言ってやれ——わたくしのまちがいでございました、あいにくあるじは村へ出かけております、痛風で寝こんでおりますとか、それでもだめならいっそ、頓死いたしました、でもいいぞ」

「それがその、御前様、ロマックス様は、お庭先のドライブウェイをこちらへ向かっておいでになるとき、お車から御前様のお姿を見かけていらっしゃいますので」

ケイタラム卿は深々と嘆息した。

「そんなことだろうと思ったよ。よしわかった、トレドウェル、いますぐ行く」

これはケイタラム卿のきわめて特徴的な癖だったが、実際の気持ちがそれとは逆なときにかぎって、ことさら愛想がよくなるという傾向がある。いまも、これ以上はないほどのねんごろな態度でジョージを迎えた。

「これはこれは、よくきてくれた。よくきてくれた。じつに愉快だ。まあかけたまえ。一杯どうかね？　うん、うん、こいつはすばらしい！」

そう言いながら、ジョージを大きな肘かけ椅子に押しこんでしまうと、自分も向かいあって腰をおろし、そわそわとまばたきした。

「じつは、ことのほか大事な用件でやってきたのだが」ジョージが言った。

「ほう！」ますます気が重くなるのを感じながら、ケイタラム卿は消え入りそうな口調でそう言い、かたわら頭のなかでは、相手の単純な言いまわしのかげに、どんなおそるべき罠が隠されているものかと、めまぐるしく思いめぐらした。

「ことのほか大事な」と、ジョージは重々しく力をこめてくりかえした。

ケイタラム卿は、ますます気が重くなった。なにか考えも及ばぬようなおぞましいこと——想像以上に悪い運命——そんなものが身に迫ってきているという気がした。

「というと？」ケイタラム卿は、雄々しい努力で磊落《らいらく》さをよそおいながら言った。

「ええと、アイリーンはご在宅かね？」

ケイタラム卿はやや救われた心地がしたが、それでもいささか意外に思わぬでもなかった。

「うん、うん。バンドルならおるよ。例のなんとかいう友達を連れてきておってな——そう、ウェイドの妹だ。これがじつに気だてのいい娘でね——じつに気だてがいい。いずれ、ひとかどのゴルフ上手になるだろう。きれいな、無理のないスイングをしておって——」

饒舌にしゃべりつづけているうちに、いきなりジョージが、遠慮会釈なくそれをさえぎった——

「アイリーンが在宅だそうで、なによりだった。このあと、会わせてもらってもかまわんだろうね？」

「もちろんだとも、きみ、もちろんだよ」ケイタラム卿は、いまだに驚愕から覚めやらぬ心地だったが、と同時に、救われたという気持ちにひたりきってもいた。「もしきみさえ退屈しなければ、だが」

「退屈どころであるものか」と、ジョージは言った。「こう言ってはなんだが、ケイタラム、あんたはアイリーンが成長したという事実をあまり認識しておらんようだな。彼女はもはや子供ではない。りっぱな一人前の――それも、こう言ってはなんだが、きわめて魅力的で、才能ある女性だ。彼女の愛情をかちえる男こそ、まことに幸運だと言わねばならん。そう、何度でも言うが、まことに幸運だ」

「ほう、かもしれんな」ケイタラム卿は言った。「しかし言っておくがね、あれほど落ち着きのない娘もおらんぞ。二分とおなじところにいたためしがない。もっとも、近ごろの若い男どもは、そんなことには頓着せんのだろうが」

「それはつまり、停滞することに満足できないということだろう？　いいかね、ケイタラム、アイリーンには頭脳というものがある。それに覇気もある。時事問題に興味を持っていて、生まれ持った清新な、生きいきした知性を、そういう問題に向けようともしている」

ケイタラム卿は、しばし穴のあくほどジョージを凝視した。ひょっとしてこの男、しばしば〝現代生活のストレス〟とか言われているもの、それにやられかけているんじゃないか、そんな考えが頭をよぎった。どう考えてみても、バンドルにたいするジョージの評言は、とてつもなく的はずれだとしか思えなかった。

「きみ、どこかぐあいでも悪いんじゃないか？」と、卿は気づかわしげにたずねた。

ジョージはいらだたしげに手をふって、その質問を一笑に付した。

「なあケイタラム、おそらくあんたにもわたしがこうして訪ねてきた目的は、うすうす察しがついているだろう。わたしは軽々しく新たな責任を背負いこむような男じゃない。自分の地位にふさわしい良識はそなえているつもりだ。そのわたしが、この問題については、真剣かつ深遠なる考慮を重ねてきた。結婚というものは、とくにわたしほどの年配になれば、じゅうぶんな——あー——考慮なくして企てらるべきものではない。出自や家柄が対等であること、趣味をおなじくすること、あらゆる意味でつりあっていること、信仰をおなじくすること——これらはすべて欠くべからざる要素であって、慎重に秤にかけ、比較考量せねばならん。これでもわたしは妻となる女性にたいし、けっして恥ずかしくない社会的地位を与えられると思っている。アイリーンなら、その地位にさらにいっそうの光彩を添えてくれるだろう。生まれも育ちもそれにふさわしいし、彼女の聡明さ、鋭い政治感覚は、わたしの業績を一段と高め、相互の利益をもたらさずにはおくまい。なあケイタラム、たしかにわたしが年齢的に、いくらか——あー——不釣り合いであることはわかっている。しかし、保証するが、これでもわたしはまだ壮健そのもの——若いものにひけをとらんだけの自信はある。年齢的な問題は、夫の側で釣り合いをとればすむこと。それにアイリーンは、しごくまじめな考えかたを持っているから、その——いくらか——年配の男のほうが、経験に欠け、世知《サヴオワ・フエール》にも欠けるそこらの若造よりも、よほどふさわしいだろう。何度でも言うがね、ケイタラム、わたしは彼女の——あー——あー——こよなき若さというもの、それをあくまでも尊重するつもりだ。それを尊重し——あー——いつくしむつもりだ。彼女の心というこのうえなく美しい花、それが開花するのをそばにいて見まもる——ああ、なんという特権だろう！　しかも、いままでまったくそういう可能性に気づかなかったと思うと——」

ジョージは恐縮するように首をふり、ここでようやく声が出せるようになったケイタラム卿は、唖然としながら言った——

「すると、要するにきみの言いたいのは——ええと、まさかその、バンドルと結婚したいというんじゃあるまいな？」

「驚いたようだな。あんたには藪から棒に聞こえるのも無理はない。そこでと、わたしからアイリーンに話をする、その許可はもらえるんだろうね？」

「ああ、それはかまわんさ」ケイタラム卿は言った。「きみのもとめるのが許可だけなら——むろん否応はない。しかしだ、念のために言っておくがね、ロマックス。わしがきみの立場であれば、まあやめておくだろうな。このまま家へ帰って、とくと考えてみることだ。ゆっくり二十まで数えるのもいい。まあそういったことをぜんぶためしてみろ。なにしろ、迂闊に求婚なんかして、あげく、泣きを見るのは、ほかでもない当人なんだから」

「それは善意の忠告のつもりなんだろうが、ケイタラム、忌憚なく言えば、いささか妙に受け取れるぞ。ともあれわたしは、すでに運だめしをしてみることを決心しているんだ。さあ、アイリーンに会わせてもらえるかね？」

「まあな、それはこのわしがどうこう言うことじゃないが」と、ケイタラムはあわてぎみに言った。「なんせアイリーンは、なんでも自分のことは自分で決める娘だ。もしあれがあしたわしのもとへきて、運転手と結婚したいと言いだしたとしても、わしは反対はせん。それが当節のやりかたなんだから。近ごろの子供ってのは、あらゆる点で親のほうが折れてやらないと、たちまち牙をむきだして、こっちの生活を地獄のどん底にたたきこみかねん。わしなんか、つねづねバンドルに言っておるんだ――『好きなようにするがいい。だがわしに心配だけはかけんでくれ』とな。まあじつのところ、あれは概してその点では驚くほどうまくやっているがね」

ジョージは武者ぶるいせんばかりの勢いで立ちあがった。

「どこに行けば会えるかね、アイリーンに？」

「それがじつはよくわからんのだ」ケイタラム卿はあいまいに言った。「どこかそこらにおるだろうがね。いまも言ったとおり、二分とひとつところにじっとしておれん娘だから。まったく落ち着きがない」

「それに、おそらくミス・ウェイドもいっしょなんだろうな？　してみると、ケイタラム、いちばんいいのは、あんたがそのベルで執事を呼んで、わたしからちょっと話があると、そう伝えてもらうことじゃないかと思うんだが」

ケイタラム卿は言われるままにベルを押した。

そして、ベルにこたえてやってきた執事に言った。「ああ、トレドウェル、娘を探してきてくれんか。ロマックス氏が客間で話したがっておられる、そう言ってな」

「かしこまりました、御前様」

トレドウェルがひきさがると、ジョージはケイタラム卿の手をがっきとつかんで、卿が辟易しているのにもかまわず、強く握りしめた。

「かたじけない、幾重にも礼を言わせてもらうよ。じきに吉報をお聞かせできると思う」

そしてそそくさと部屋を出ていった。

「やれやれ」ケイタラム卿はつぶやいた。「なんとしたことだ！」

そのあと、またしばらく間をおいて——

「それにしてもバンドルのやつ、今度はまたなにをしでかしたことやら」

そのときふたたびドアがあいた。

「エヴァズレー様がお越しでございます、御前様」

ビルがせかせかとはいってくるなり、ケイタラム卿は彼の手をとり、熱っぽく話しかけた。

「やあ、ビル。ロマックスを探しにきたんだろう？　ならば聞きなさい——善根をほどこしたければ、いますぐ客間へ行って、内閣が緊急閣議を召集したとでもなんとでも、口実はなんでもいいから、とにかくあの男をひっぱりだしてきてもらいたい。ばかな娘の悪ふざけのために、あの男が泣きを見るのは、いくらなんでも見るに忍びないからな」

「コダーズを探しにきたんじゃありませんよ」ビルは答えた。「彼がきていることすら知りませんでした。用があるのは、バンドルになんです。どこかそこらへんにいますか？」

「それならだめだ、あれには会えんよ」ケイタラム卿は言った。「とにかく、いまはだめだ。ジョージがいっしょにおる」

「へえ――べつにかまわないでしょう?」

「かまうんじゃないかな」と、ケイタラム卿。「いまごろはあの男、せいいっぱい熱弁をふるっておるだろうから。これ以上、間の悪い思いをさせちゃ気の毒だ」

「しかし――いったいなにを話しているんです?」

「知るものか。どうせ愚にもつかんたわごとを百万だら並べたてておるんだろう。わしなんか、多くを語らないことをつねにモットーにしてきたものだがね。ただ黙って女の子の手を握り、あとは成り行きにまかせる、それでいいんだ」

ビルはケイタラム卿を凝視した。

「ですがね、その――ぼくは急いでいるんです。ぜひともバンドルに話さなくちゃならないことが――」

「まあそれほど長く待たされることもないだろう。じつをいうとな、きみがここでいっしょにいてくれると助かるのだ――どうせロマックスのことだから、用が終わればここへもどってきて、わしと話すと言い張るだろうからな」

「用が終われば? いったいロマックスの用とはなんなのですか?」

「しいっ」ケイタラム卿は声をひそめた。「申しこんでおるんだよ」

「申しこんでいる? なにを申しこんでいるんですか?」

「結婚をさ。バンドルにだ。理由なんか訊かれても困る。どうやらあの男も、いわゆる〝危険な年齢〟ってやつに達したらしい。そうとしか説明できんね」

「バンドルに結婚を？　よくもまあ、あの薄汚い豚めが。年甲斐もなく」

みるみるビルの面に血がのぼった。

「若いものにはひけをとらんとか、そんなことを言っておったがね」ケイタラム卿は用心ぶかく言った。

「彼がですか？　とんでもない、よぼよぼですよ――耄碌《もうろく》してますよ！　ぼくは――」

言いかけたきり、ビルは明らかに息が詰まってしまったようだ。

「それほどでもないさ」ケイタラム卿はいくぶん冷ややかに言ってのけた。「わしより五つも若いんだからな」

「それにしたって、あつかましいにも程がある！　コダーズがバンドルを！　バンドルのような女性を！　あなたがぴしゃりと断わるべきだったんだ」

「わしは干渉しない主義でね」と、ケイタラム卿。

「コダーズをどう思っているか、はっきり言っておやりになればよかったのに」

「不幸にしてわが近代文明社会では、その種のことは許されんことになっておるのだ」ケイタラム卿は残念そうに言った。「これが石器時代ででもあれば――いや、やっぱり

無理だな。たとえ石器時代でも、わしにはそういうことはできん——大人物ではないか
らな」

「ああバンドル！　バンドル！　くそっ、いままで彼女に笑いとばされるだけだと思っ
て、どうしても結婚してほしいと言えなかったんだ。それなのに、なんでコダーズなん
かが——あのいまいましいはったり屋の、恥知らずの、善人づらした老いぼれ法螺吹き
めが——あの鼻持ちならない、自己宣伝屋の下種野郎が——」

「つづけなさい。なかなかおもしろい」と、ケイタラム卿。

「よしてください！」ビルは簡潔に、だがあふれる思いをこめて言った。「失礼します、
ぼくはもう帰らなくちゃ」

「いや、いや、頼む、ここにいてくれ。ぜひともゆっくりしてってもらいたいんだよ。
それに、きみだってバンドルに用があるんじゃなかったのか？」

「いまはそれどころじゃありません。ほかのことはぜんぶ頭からけしとんでしまいまし
たよ。ひとつだけうかがいますが、ひょっとしてジミー・セシジャーがどこにいるか、
ご存じじゃありませんか？　たしかクート家に滞在しているとか聞きましたが、まだそ
こにいるんでしょうか」

「きのうロンドンにもどったらしいな。バンドルとロレーンが土曜日に向こうで会って

おる。なあきみ、もうすこし待ってさえいれば――」

だがビルは強くかぶりをふるなり、部屋からとびだしていってしまった。ケイタラム卿も忍び足でホールへ出ると、帽子をつかんで、横手の入り口からそそくさと外へ抜けだした。遠くに車をとばしてゆくビルの姿が見えた。門までのドライブウェイを、弾丸さながらに突っ走ってゆくところだ。

「あの若いのは、いまにきっと事故を起こすぞ」と、卿は胸のうちでのたもうた。

だがビルはさいわい災難にあうこともなく、無事にロンドンに到着すると、そのまま車をセント・ジェームズ・スクエアまで走らせて、そこでパークした。それから、ジミー・セシジャーの住まいを探しあてた。ジミーは在宅していた。

「いよう、ビルじゃないか。どうしたんだ、いつもの元気がないぞ」

「心配なんだよ」ビルは言った。「もともと気がかりなことがあったところへもってきて、またぞろべつの心配事が持ちあがった。それでがっくりきてるってわけさ」

「ほほう！　なかなか理路整然としてるじゃないか！　いったいなにが心配なんだ？　このぼくにできるようなことでもあるか？」

ビルは答えなかった。ただじっとすわって、足もとの絨毯に目を落としているそのようすが、ことのほか途方に暮れて、心細げに見えたので、ジミーは好奇心がかきたてられるのを感じた。

そこで静かにたずねた。「なにかとくべつ容易ならぬことでも起きたのか、ビル？」

「ああ、おそろしく奇妙なことがね。もうなにがなんだかさっぱりわからなくなってきた」

「例のセブン・ダイヤルズのことで？」

「そう――例のセブン・ダイヤルズのことでだ。けさ、手紙を受け取ったんだよ」

「手紙を？　どんな手紙だ」

「ロニー・デヴァルーの遺言執行人からの手紙だ」

「それはまた！　なんでまたいまごろになって！」

「どうやらロニーが指示を遺していたらしい。もしも自分が急死することがあったら、死後きっかり二週間後に、一通の封書をぼくに送るようにと」

「で、それが送られてきたんだな？」

「そうだ」

「きみはそれを開封した？」

「ああ」

「それで――なんと書いてあったんだ？」

ビルはちらりと彼に目を向けた。あまりにも奇妙な、おどおどした目つきだったので、ジミーは驚いて息をのんだ。

「おい、きみ、しっかりしろよ」と、声をかける。「どういうことだか知らないが、すっかり気が転倒してるみたいじゃないか。さあ、一杯やって元気を出せよ」

彼は強いウイスキーソーダをつくってビルのところへ持ってゆき、ビルはすすめられるままにそれを受け取った。その顔には、依然として途方に暮れたような表情がただよっていた。

「手紙の内容なんだけどね」と、ビルは言った。「どうしても信じられないんだ。たったそれだけのことなんだが」

「ふん、ばかだな」ジミーは言った。「きみもぜひ、朝食前に六つのありえないことを信じる習慣をつけるべきだよ。ぼくなんか、いつだってそうしてる。さあ、洗いざらい話してもらおうじゃないか。いや、ちょっと待った」

彼は部屋を出た。

「スティーヴンズ!」

「はい、旦那様」

「ご苦労だが、ちょっと煙草を買ってきてくれないか。切らしちまったんでね」

「かしこまりました、旦那様」

玄関の扉がしまる音がするまで待ってから、ジミーは居間にひきかえした。ちょうどビルがからになったグラスを置こうとしているところだった。前よりは顔色もよく、態度もきっぱりして、落ち着きをとりもどしたようだった。

「これでよし、と」ジミーは言った。「盗み聞きされないように、スティーヴンズを外に出したからね。その手紙の内容ってのを、すっかり話してくれるんだろうな？」

「それがなあ、まるきり信じられないことなんだ」

「ならばきっと、それは真実にちがいない。さあ、思いきってしゃべってしまえよ」

「そうしよう。なにもかもすっかり話すことにするよ」

30 緊急召集

二十分ほど中座していたバンドルが、息をはずませ、なんとも形容のしようのない表情でもどってきたのを見て、かわいい子犬とたわむれていたロレーンは、ちょっぴり驚いた。

「ふうっ、やれやれ」そう言いながらバンドルは、庭のベンチにどすんと腰をおろした。

そんなバンドルをいぶかしげに見やって、「どうかしたの？」と、ロレーンはたずねた。

「どうかしたのはジョージのほうよ――ジョージ・ロマックス」

「あのひとがなにをしたの？」

「わたしに結婚を申しこんだのよ。ひどい目にあったわ。ぺらぺら、ぺらぺら、立て板に水としゃべりまくって、しかも、言うだけのことを言うまでやめようとしないの――きっと小説で読んで覚えた台詞だわ。止めるにも止めようがないんですもの。いやあね、じっさい、ぺらぺらしゃべる男って！　おまけに困ったことには、返事のしようがないんだから」

「あなたのことだから、自分の気持ちぐらいわかってるはずだと思ってたけど」

「もちろん、ジョージみたいな言い訳がましい、ぐずなおばかさんとなんて、結婚する気はないわよ。わたしの言うのはね、エチケットの本に載ってるような、適切な返事というのが見つからなかったってこと。たった一言、にべもなく、『いえ、お断わりします』って、それだけ言うのがせいぜいで。本来なら、ご好意はうれしいんですけど、とか、身に余る光栄ですけど、とか、そんなようなことを言わなきゃいけないんでしょうけど。なのにわたしときたら、すっかりどぎまぎしちゃって、とうとう一目散にフランス窓からとびだして、逃げてきちゃったの」

「あらまあ、バンドル、あなたらしくもないわね」

「しかたがないわ、夢にも思わなかったんですもの――こんなことが起きるなんて。よりにもよってあのジョージが――いつだって嫌われてるとばかり思ってたのに――いいえ、事実、嫌われてたのよ。こうしてみると、男性が得意にしている問題になまじ関心があるようなふりをするのって、やっぱり危険だわね。ジョージの並べたてるお題目、あなたにも聞かせてあげたかった――わたしの子供っぽい心がどうとか、それをはぐくみ育てる喜びがどうとか、って。わたしの心ですってよ！　わたしの心にあることが、たとえ四分の一でもジョージにわかったら、あのひと、ぎょっとして卒倒するにちがいないわ！」

ロレーンは笑った。笑わずにはいられなかった。

「ええ、わかってるわよ、わたしがいけなかったんだってことは。身から出た錆よ。あら、おとうさまじゃない、あそこの石楠花のそばをうろうろしてるの。おとうさま、おとうさまったら！」

ケイタラム卿はうしろめたそうな表情で近づいてきた。

「ロマックスは帰ったんだろ、ええ？」と、いくぶんとってつけたような愛想のよさで言う。

「わたしをとんでもないはめに追いこんでくださったものね」バンドルは言った。「おとうさまの全面的な理解と承認を得ている、とかなんとか言ってたわよ、ジョージったら」

「ふむ、だったらなんと言えばよかったのかね？」と、ケイタラム卿。「実際問題として、そんなことは一言も言いはしなかったし、それに近いことを言った覚えもないんだが」

「わたしだって、ほんとはそうは思っていなかったわ。きっとジョージにまくしたてられて、弱々しく首を縦にふらざるを得ないはめに陥ったんだろう、そうにらんでたわよ」

「いや、まさしくそんなところさ。で、やっこさん、どう受け取った？　ひどくしょげていたかね？」

「そこまでは見届けなかったの」と、バンドル。「ちょっと無愛想すぎたかな、って気もするけど」

「まあいいさ。おそらくそれが最善の道だったろう。ありがたいことだ――これでもうロマックスのやつも、いままでみたいにしょっちゅうやってきては、なにかとわしを悩ますこともなくなるだろうから。言うところの、〝万事がもっとも望ましいかたちでおさまった〟というやつだ。ときに、そのへんでわしのジガーを見かけなかったかね？」

「そうだわ、わたしも二つ三つマシーショットを飛ばしたら、気分がさっぱりするかも」と、バンドルは言った。「ねえロレーン、六ペンスでお相手するけど、いかが？」

すこぶるなごやかな一時間が過ぎた。三人は和気藹々《あいあい》と家にもどってきた。ホールのテーブルに、一通の手紙が置いてあった。

「ロマックス様から御前様へのお手紙でございます」と、トレドウェルが言った。「御前様がお出かけになったと聞かれて、たいへん落胆しておられました」

ケイタラム卿は封を引き裂いた。それから、腹だたしげな声をあげて、娘をふりかえった。トレドウェルはすでにひきさがっていた。

「おい、バンドル、おまえ、もうすこし言うべきことをはっきり言ってやればよかったのに」

「なんのこと？」

「まあこれを読んでみなさい」

バンドルは手紙を受け取り、目を通した――

親愛なるケイタラム――貴兄と言葉をかわすことができず、残念至極。ご息女との面談が終わりしだい、あらためて拝顔の栄を得たい旨、はっきり意思表示をしておいたつもりだが。愛すべきアイリーンは、明らかに、小生が彼女にたいしてはぐくんできた感情に、まったく気づいてはおられぬようだ。そのため、ひどく驚かせてしまったのではないかと懸念している。いずれにせよ、性急に返答をもとめる所存は毛頭ない。ご息女の無邪気な困惑ぶりは、すこぶる魅力的なものであり、そのいかにも乙女らしい恥じらいを小生は好ましく思うと同時に、いよいよ彼女への尊敬の念が増したのを覚える。ご息女に時間を与えて、小生を夫とするという考えに慣れてもらわねばなるまい。ご息女の困惑ぶりそのものが、必ずしも小生に無関心ではないことを示すものであり、最後には彼女の心をかちえられることを小生は信じて疑わない。

期して待たれよ、親愛なるケイタラム。

貴君の忠実なる友

ジョージ・ロマックスより

「まああきれた！」

バンドルは二の句が継げなかった。

「あの男は狂っておるのにちがいない」と、ケイタラム卿が言った。「ちくといかれておるのでなければ、おまえのことをこんなふうに書けるはずはないからな、バンドル。やれやれ、かわいそうに。それにしても、なんというしつこさだ！　あいつが内閣入りしたのも不思議はない。こうなると、おまえがほんとうにあの男と結婚してやったら、それこそいい気味なんだがね」

ここで電話が鳴り、バンドルが進みでて受話器をとった。一分とたたないうちに、ジョージのことも、彼の求婚のことも、きれいに忘れ去られ、彼女は躍起になってロレーンを手招きしていた。ケイタラム卿はその場を立ち去り、おのれひとりの聖域にひきこもった。

「ジミーよ」と、バンドルは言った。「なんだかひどく興奮してるみたい」

「やあ、きみがつかまってよかった」と、ジミーの声が言った。「じつは、一刻たりとも時間を無駄にはしていられないんだ。ロレーンもそこにいる？」

「ええ、いるわ」

「よし、じゃあ聞いてくれ。詳しく説明してるひまがないんでね——とにかく、電話じゃとても言えないことだ。じつはね、さっきビルがぼくのところへ驚くべき話を持ちこんできた。もし事実なら——そう、もしこれが事実であれば、世紀の大特ダネというところさ。そこでだ、いいかい、きみたちに頼みたいことがある。いますぐロンドンにきてもらいたい。二人ともだ。どこか適当なガレージに車を預けたら、まっすぐセブン・ダイヤルズ・クラブへ行く。あそこにいる例の元従僕だけど、あいつをなんとか追っぱらえるだろうか」

「アルフレッドのこと？　まあね。まかせておいてちょうだい」

「よし。やつを追っぱらったら、ぼくとビルが行くのを見張っていてくれ。窓に姿を見せないように。だけどぼくらが到着したら、すぐになかに入れてほしい。わかったね？」

「ええ」

「じゃあそれで話は決まった。ああ、それからバンドル、ロンドンへ行くこと、ほかには漏らさないようにね。なにかべつの口実をつくるんだ。ロレーンを家まで送っていくとかなんとか。どうだろう」

「すてきだわ。ねえジミー、なんだか骨の髄までぞくぞくするような気持ちよ」

「ついでに、出かける前に遺言状をつくっておいたほうがいいかもしれない」

「ますますもってすてきだわ。でもね、いったいどういうことなのか、すこしでもわかるともっといいんだけど」

「会えばすぐにわかることさ。まあこれだけは言っておこう。〈ナンバー7〉に不意打ちを食わせて、罠にかけてやろうとしてるんだ、って！」

バンドルは受話器を置くと、ロレーンをかえりみて、いまの話のあらましを手みじかに伝えた。ロレーンはすぐさま二階へ駆けあがり、荷物をまとめにかかった。バンドルは父の部屋へ行き、戸口から顔だけのぞかせた。

「おとうさま、これからロレーンを家まで送っていってきます」

「なに？　きょう引き揚げるなんて、ぜんぜん聞いていなかったぞ」

「おうちのほうで、帰ってきてほしいんですって」バンドルはあいまいに言った。「いましがた電話があったのよ。じゃあね」

「おい、バンドル、待ちなさい。帰りはいつごろになる？」

「さあ。帰ってくるときには帰ってくる、そう思っていてくださいな」

このいたって粗略な挨拶とともに、バンドルは急いで二階へ行くと、帽子をかぶり、毛皮のコートをはおって、出発の準備をととのえた。イスパノはすでに玄関にまわすように言いつけてあった。

ロンドンまでのドライブは、バンドルの運転に必然的に伴う二、三の出来事をべつにすれば、まずまず冒険らしきこともなく終わった。車をとあるガレージに預けて、二人はその足でセブン・ダイヤルズ・クラブへ向かった。

ドアをあけたのはアルフレッドだった。バンドルは挨拶抜きでさっさとなかにはいり、ローレーンもあとにつづいた。

「ドアをしめてちょうだい、アルフレッド」バンドルは言った。「きょうはね、とくにおまえのためを思って、きてあげたの。警察がおまえを追っているわ」

「なんですって、お嬢様！」

アルフレッドはみるみる青ざめた。

「こうしてそれをおまえに知らせにきてあげたのは、このあいだの晩、ずいぶんおまえに厄介をかけたからよ」バンドルはせきこんでつづけた。「じつはね、モスゴロフスキーさんに逮捕状が出たの。だからおまえとしては、なるべく早くここを立ち退くのが上策なんじゃないかしら。ここで見つかりさえしなければ、警察だってそれ以上は追おうとしないでしょうから。さあ、ここに十ポンドあるわ。これを持って、どこへなりとお逃げ」

三分とたたぬうちに、すっかりふるえあがり、混乱しきったアルフレッドは、たったひとつの考え――二度とここにはもどらぬという決意だけを胸に、あたふたとハンスタントン街一四番地をあとにしていた。

「どう？　うまくやったでしょう？」バンドルは得意そうだった。

「あんなにまでする必要があったの？――つまり、あんな非常手段をとる必要が？」ローレーンが異議を唱えた。

「そうしたほうが安全だからよ」バンドルは言った。「ジミーとビルがなにをするつもりか知らないけど、そのさいちゅうにアルフレッドにもどってこられて、計画を台なしにされたら困るじゃない。あら、ちょうど二人がきたわ。あんまり待たせなかったわね。

たぶん、角を曲がったところにでも陣どって、アルフレッドがいなくなるのを見張ってたのよ。ロレーン、あなた、降りていって、入り口をあけてあげて」

ロレーンはそれにしたがった。ジミー・セシジャーが車の運転席から降りたった。

「ビル、きみはしばらくここにいてくれ。だれであれこの家を見張ってるものの存在を感じたら、ホーンを鳴らすんだ」

そう言って、ジミーは玄関前の石段を駆けあがってくると、後ろ手にドアをとざした。顔は上気して、生気潑剌としている。

「やあ、バンドル、きてくれたね。さっそく仕事にとりかからなきゃ。この前きみが隠れた部屋の鍵、どこにある？」

「下で管理している鍵のどれかだったわ。ぜんぶ持ってきたほうがいいわね」

「それがいい。だけど急いでね。時間がないんだ」

鍵は難なく見つかり、ベーズ張りの扉がひらいて、三人はなかにはいった。室内のようすは、バンドルが先日見たときそのままで、テーブルのまわりには七脚の椅子が並べてある。ジミーはしばらく黙ってそのようすを見まわしていたが、やがてその視線は二つの戸棚へと移った。

「バンドル、きみの隠れた戸棚はどっち？」

「こっちよ」

ジミーは戸棚に近づき、勢いよく扉をあけた。内部の棚には、この前とおなじように、雑多なガラス器がぎっしり並んでいた。

「こいつをそっくり移さなけりゃならないな」ジミーはつぶやいた。「ロレーン、下へ行ってビルを呼んできてくれ。もう外のようすを見張ってる必要もなさそうだから」

ロレーンは駆けだしていった。

「いったいなにをするつもりなの？」バンドルはじりじりしながらそうたずねた。

ジミーは床に膝をついて、もうひとつの戸棚の戸の隙間から、なかをのぞこうとしていた。

「まあビルがくるまで待ちたまえ。そしたらすっかり話してもらえるから。これは彼が考えだした計画なんだ——しかも、じつに賞賛にあたいする計画でさ。あれ？ なんでロレーンはあんなにあわてふためいて階段を駆けあがってくるんだろう——まさか怒り狂った猛牛に追っかけられてるわけでもあるまいし」

まさしく、ロレーンはせいいっぱいの速さで駆けあがってくるところだった。部屋にとびこんできたときには、その顔は死人のように青ざめ、目には恐怖の色がみなぎっていた。

「ビルが――ビルが――ああ、バンドル――ビルが！」

「ビルがどうかしたの？」

ジミーがロレーンの肩をつかんだ。

「おい、しっかりしろ、ロレーン。なにがあったんだ？」

ロレーンはいまだに息をはずませていた。

「ビルが――死んでるみたい――まだ車のなかにすわったきりなんだけど――身動きもしないし、口もきかないの。きっと死んでるんだと思うわ」

悪態をつくなり、ジミーは階段のほうへ駆けだした。バンドルもあとを追った。心臓が激しく動悸し、おぞましい虚無感、虚脱感が全身にひろがっていった。

ビルが――死んだって？　いいえ、嘘だわ！　嘘だわ！　そんなことあるはずがない。どうか神様――どうかそれだけは――

バンドルとジミーは同時に車に駆け寄った。ロレーンもすぐあとにつづいた。

ジミーが幌の下をのぞいた。さいぜん彼が降りたときのまま、ビルはシートにもたれていた。けれどもその目はとじられ、ジミーが腕をひっぱっても、なんの反応もない。

「さっぱり腑に落ちないな」と、ジミーはつぶやいた。「だけど、死んじゃいないことは確かだ。元気を出したまえ、バンドル。さあてと、なんとかして家に運びこまなきゃいけないな。警官が通りかかったりしないよう祈るとしよう。万一だれかになにかたずねられたら、友達が急病になったんで、家のなかに運ぶところだとでも言うんだ」

三人で力を合わせると、さいわい、たいした苦労も、さして注意をひくこともなく、ビルを家に運びこむことができた。ただひとり、無精ひげを生やした紳士が足を止め、同情のていで言っただけだった――

「飲みすぎけえ、なあるほどね」そして訳知り顔にうなずいてみせた。

「一階の奥の小部屋に運ぼう。あそこならソファがある」と、ジミーが言った。

三人はどうにかビルをソファに寝かせた。バンドルはそばにひざまずいて、ビルのぐんにゃりした手首を握った。

「脈はあるわ。いったいどうしたっていうのかしら」

「ついさっき車に残してきたときは、ぴんぴんしてたんだけどなあ」と、ジミーが言った。「ひょっとすると、何者かに薬を注射されるかどうかしたのかもしれない。簡単な仕事さ――ほんのちくっと針でつつけばいいんだから。たぶん時間を訊くふりでもして近づいたんだろう。とにかく、いまできることはひとつしかない。ぼくがすぐに医者を呼んでくるから、君たちはここに残って、彼を見ていてやってくれ」

彼は急ぎ足に戸口へ行きかけたが、そこでふと立ち止まった。

「いいかい——二人ともこわがることはないからね。といっても、やっぱりこの拳銃は置いていったほうがよさそうだ。つまり——万一の用心にさ。じゃあね、なるべく早く帰ってくるから」

ソファのそばの小テーブルに拳銃を置くと、彼はそそくさと出ていった。玄関のドアがばたんとしまる音がした。

そのあと、家のなかは急にひっそり静まりかえってしまったようだった。二人の女性はビルのそばにすわったきり、身じろぎもしなかった。バンドルはいまだに彼の手首を握り、脈を見ていた。脈はばかに急調子に、不規則に打っている感じだった。

「なにかできることがあればいいんだけど。じっとしてるのはたまらない気持ちだわ」と、彼女はロレーンにささやきかけた。

ロレーンもうなずいた。

「そうよね。ジミーが出てってから、もう何時間もたったみたいな気がするのに、まだたった一分半にしかならないんですもの」

「なんだかやたらに物音も聞こえるようだし」と、バンドル。「二階で足音やら床板のきしむ音やらがしてるのよ——でもいっぽうでは、それがただの気のせいだってこともわかってるの」

「それにしても、なぜジミーはピストルを置いていってくれたのかしら」ロレーンが言った。「べつにさしせまった危険があるはずもないのに」

「でも、もしビルが襲われたんだったら――」言いさして、バンドルは口をつぐんだ。

ロレーンは身ぶるいした。

「そうよね――でも、あたくしたちのいるところは家のなかですもの。だれかが侵入してくれば、聞こえないはずはないでしょ。でもどっちみち、ピストルがあるのは心強いわね」

バンドルはふたたびビルに注意を向けていた。

「なにかすることがあればいいのに。熱いコーヒーとか。ほら、こういうときによく飲ませるでしょ」

「そういえば、バッグに気付け薬を持ってたんだったわ」ロレーンが言った。「それとブランデーも。ええと――あら、バッグをどこに置いたんだったかしら。あっ、そうだ、二階の部屋に置いてきたみたい」

「わたしがとってきてあげるわ。それでいくらか気がまぎれるかもしれないから」

バンドルはそう言って急いで階段をのぼると、賭博室を通り抜けて、あけっぱなしのドアから会議室にはいった。ロレーンのバッグはテーブルの上にのっていた。

それをとろうとして手をのばしかけたとき、背後でかすかな物音が聞こえた。扉のかげにひとりの男が身をひそめ、砂袋を手にして身構えていた。バンドルがふりむくのより早く、男はそれをふりおろした。

かすかなうめきとともに、気を失ったバンドルの体はどさりと床にくずれおちた。

31　セブン・ダイヤルズ

ごく緩慢にだったが、バンドルの失われた意識はすこしずつ回復していった。最初に感じたのは、黒くうずまく暗黒と、その中心にある強烈な、うずくような痛みだった。その疼痛のあいまに、さまざまな音が聞こえた。ひとつの声――彼女のよく知っている声が、しきりにおなじことをくどくどくりかえしている。

黒い渦巻きの回転がいくらかゆるくなった。いまでは、その中心にある疼痛が、自分の頭のなかに存在していることもはっきりしてきた。それとともに、気力も回復してきて、声の言っていることに関心が持てるまでになった。

「ああバンドル、バンドル。ぼくの大事な、いとしいバンドル。死んじまった。死んじまった。ああ、ダーリン。バンドル、いとしい、いとしいバンドル。こんなに愛してるのに。バンドル――ダーリン――ダーリン――」

バンドルはじっと横になったまま、目をとじていた。けれども意識はもう完全にもどっていた。ビルの腕が彼女をかたく抱きしめている。

「バンドル、ダーリン——ああ、ぼくの最愛の、いとしいバンドル。ぼくの最愛のバンドル。おお、バンドル——バンドル。いったいどうしたらいいんだ！　おお、いとしいひと——ぼくのバンドル——だれよりも愛する、大事な大事なバンドル。おお神様、いったいどうしたらいいんでしょう！　ぼくはバンドルを殺しちまった。ぼくが殺したんだ」

不本意ながら——まことに不本意ながら——バンドルは口をひらいた。

「ばかね、そんなことあるはずがないでしょ。あなたって、ほんとにおばかさん」

ビルは驚いてはっと息をのんだ。

「バンドル——生きてるのか」

「もちろん生きてるわよ」

「いったいいつから——いや、どのくらい前から気がついてたんだい？」

「五分くらい前かしら」

「だったらどうして目をあけるとか——口をきくとかしなかったんだ？」

「そうしたくなかったからよ。楽しんでたんですもの」

「楽しんでいた？」

「そうよ。あなたの言ってること、すっかり聞かせてもらったわ。あなたのことだもの、二度とああはうまく言えないでしょうから。なにしろすごい照れ屋さんですものね」

ビルの顔が赤黒い煉瓦色に染まった。

「バンドル――それで、気にしちゃいないんだね？　ほんとに？　つまりさ、ほんとにぼく、きみを愛してるんだ。もうずっと前からさ。けど、打ち明ける勇気がなかった」

「だからおばかさんだって言うのよ」と、バンドル。「なぜなの？」

「笑いとばされるだけだと思ったからさ。だって――きみは頭だってなんだっていいんだし――もっと大物と結婚するんだろう？」

「たとえば、ジョージ・ロマックスのような？」バンドルはにおわせた。

「いや、コダーズなんて、あんな中身のないはったり屋のことを言ってるんじゃない。もっとほんとうにりっぱな、きみにふさわしい男さ――といって、目下のところ、だれという心あたりがあって、言ってるわけじゃないんだけど」

「ねえビル、あなたって、かわいいとこあるわね」

「でもさ、バンドル、まじめな話、どんなものだろう。つまりさ、考えてみてくれるかい？」

「なにを考えてみるの？」

「ぼくと結婚することをさ。いかにもぼくは、とんでもない鈍物だけどね——それでも、きみを愛することではだれにも負けない。もしもきみが承知してくれたら、きみの犬にだって、奴隷にだって、なんにだってなってみせるよ、バンドル」

「いまのままでも、あなたはじゅうぶん犬みたいよ」と、バンドル。「でもわたし、犬は好きだから。ひとなつっこくて、忠実で、心が温かい、そこがいいわ。そうね、ひょっとしたらあなたと結婚する気になれるかもしれない——まあ、うんと努力すれば、ということだけど」

この言葉にたいするビルの反応たるや、見ものだった——彼女を抱きしめていた手をはなし、あっとばかりにのけぞったのだ。彼女を見つめる目には、いまにもあふれだしそうな驚愕の色。

「バンドル——まさか本気じゃないんだろう？」

「どうしようもないわね」バンドルは言った。「この分じゃわたし、またぞろ気を失わなくちゃならないみたい」

「バンドル——ダーリン」ビルは彼女を抱き寄せた。全身で激しくふるえている。「ああバンドル——ほんとに本気なんだね？——確かなんだね？——たぶんわかっちゃもらえないだろうな、ぼくがどれだけきみを愛してるか」

「おお、ビル」バンドルは言った。

そのあと十分間の会話については、ここで仔細に書き連ねるには及ぶまい。ほとんどがおなじ言葉のくりかえしにすぎないからだ。

「じゃあほんとにぼくを愛してくれてるんだね？」ビルはようやくかたい抱擁を解きながら、まだ信じられないというように、これで二十回めぐらいにおなじ質問をした。

「ええ——ええ——ええ、確かよ。わかったら、さあ、もう正気にもどりましょう。まだ頭がずきずきするし、あなたの力が強くて、いまにも息が止まりそうだわ。とにかくわたしは事情が知りたいのよ。ここはいったいどこなの？　そしてまた、なにがあったの？」

ここではじめてバンドルにも、周囲の状況に目を向けるゆとりが出てきた。気がついてみると、ここは以前の秘密の部屋だとわかった。ベーズ張りのドアはしまっていて、どうやら鍵もかかっているらしい。してみると、とじこめられたのだ！

バンドルの目はビルのうえにもどった。いまたずねたことなどまったく耳にもはいらなかったように、ビルはうっとりとこちらを見つめているきりだ。

「ねえ、ビルったら」バンドルは言った。「しっかりしてよ。わたしたち、なんとかしてここから抜けださなくちゃ」

「え？　なに？」と、ビル。「ああそうか、そうだね。いや、だいじょうぶだ。なんでもないことさ、それぐらい」

「恋に目がくらんでるのね。だからそんなふうに思うんだわ」バンドルは言った。「わたしもどっちかっていえばおなじ気持ちだけど。なんだって簡単にやってのけられるみたいな、そんな気持ち」

「そのとおりさ」と、ビル。「いまとなれば、きみが愛してくれていることがわかったんだから――」

「やめて」バンドルはさえぎった。「またぞろそれを始めたら最後、まじめな話なんかできなくなるから。もうちょっとしゃんとして、分別をとりもどしてくれないと、そのうちわたし、気が変わるかもしれないわよ」

「そんなことさせるものか。せっかくきみを手に入れたのに、またまた取り逃がすほどぼくだってばかじゃない。そうだろ？」

「まさか、わたしの意志に逆らってまで、無理にもそうさせようっていうんじゃないでしょうね？」バンドルはいささか大時代な台詞まわしで言った。

「しないだろうって思うのか？」と、ビル。「いまげんにそうしているぼくを見てるんだぜ、きみは」

「あなたって、ほんとにちょっとかわいいとこあるわね、ビル。すこし覇気がなさすぎるんじゃないかと思ってたけど、その心配はなさそう。きっとあと三十分もしたら、あれこれわたしに指図しはじめるんじゃないかしら。おやおや、またまたわたしたち、ばかなことを言いだしたわ。さあ、しっかりして、ビル。ここから脱出しなきゃいけないのよ」

「それなら心配しなくていいって、さっきから言ってるじゃないか。このぼくが——」

ふと彼が口をつぐんだのは、バンドルの手が強く押しつけられてくるのを感じて、その合図にしたがったからだ。彼女は体をのりだして、聞き耳をたてていた。そうだ、まちがいない。足音が隣りの部屋を横切ってくる。キーが鍵穴にさしこまれ、まわった。バンドルは息をのんだ。ジミーが助けにきてくれたのだろうか——それともあれは、ほかのだれかだろうか？

扉がひらき、黒いあごひげのモスゴロフスキー氏が戸口に立った。

間髪を入れず、ビルが一歩進みでて、バンドルの前に立ちふさがった。

「ねえちょっと、あなたと内々で話をしたいんですがね」と、ビルは言った。

ロシア人はしばし答えなかった。黒く長い、絹のようなあごひげをしごきながら、静かな笑みをたたえて立っているきりだ。

やおらして、ようやく言った。「なるほど、そういうことですか。よくわかりました。ではお嬢さんだけいっしょにおいでいただきましょうか」

「心配しなくていいんだ、バンドル」ビルが言った。「万事ぼくにまかせておけばいい。そのひととといっしょに行きなさい。だれも危害を加えるものはいないから。ぼくがなにもかものみこんでいる」

バンドルはすなおに立ちあがった。ビルの声音にある毅然とした調子、それは彼女もはじめて聞くものだった。彼はどこから見ても絶対の自信を持ち、自分の手で事態を処理しうることを確信しきっているかのようだ。いったい彼はどんな切り札を隠し持っているのか――あるいは、持っていると思っているのか――漠然とそんな考えがバンドルの頭をよぎった。

ロシア人の先に立って、彼女は部屋を出た。ロシア人はそのあとにつづき、ドアをしめてから、錠をおろした。

「こちらへどうぞ」

彼は階段をさし、バンドルは言われるままにそれをのぼって、三階へ向かった。そこでさらに案内されたのは、小さなむさくるしい部屋で、どうやらアルフレッドの居室だったとおぼしい。

モスゴロフスキーが言った――「どうかここでお静かにお待ちください。音をたててはなりません」

そうして部屋を出ると、ドアをとざし、錠をおろして彼女をとじこめた。

バンドルは手近の椅子に腰をおろした。いまだに頭がずきずき痛み、考えをまとめようとしても、うまくいかないのを感じた。それにしても、ビルは事情をよくのみこんでいるらしい。まあいずれはだれかがやってきて、ここから出してくれるだろう。

時が刻々と過ぎていった。バンドルの腕時計は停まってしまっていたが、ロシア人にここへ連れてこられてから、優に一時間はたったにちがいないという気がする。いったいどうなっているのだろう。いや、それだけではない、これまでにいったいなにがあったのだろう？

やがて、ようやくまた階段に足音が聞こえた。今度もモスゴロフスキーだった。ばかに形式ばった、かたくるしい調子で、バンドルにむかって言う――

「レイディー・アイリーン・ブレント、わがセブン・ダイヤルズ協会においては、これより緊急会議にあなたの出頭をもとめます。どうぞついてきてください」

彼は先に立って階段を降り、バンドルはあとにしたがった。彼が秘密の部屋のドアをあけたので、バンドルはそのままなかに通ったが、とたんに、ぎくっとして息をのんだ。

いま彼女の見ているのは、以前はのぞき穴から垣間見ただけの、あれとおなじ光景だった。仮面をつけた面々が、テーブルをかこんですわっている。突然のことに呆然として、その場に立ちすくんでいるバンドルをよそに、モスゴロフスキーは自席へまわると、時計の仮面をつけながら腰をおろした。

けれども今回は前回とは異なり、テーブル首座の〈ナンバー7〉の席はふさがっていた。〈ナンバー7〉がそこに着席しているのだ。

バンドルの胸が激しく動悸しはじめた。彼女の立つ位置は、〈ナンバー7〉の真正面の、テーブルの下座にあたり、そこから彼女は、相手の顔をおおっている見せかけの垂れ布——時計の文字盤のついたその布を、穴のあくほど凝視し、また凝視した。

〈ナンバー7〉は微動だにせずすわったままだったが、バンドルはその全身から放射されてくる不思議な力の感覚を感じとっていた。彼が静止しているのは、弱きがゆえの消極性からではなかった。そうとさとったバンドルは、彼がなにか一言でも口をきいてくれたら——巣のまんなかで獲物がかかるのを待っている巨大な蜘蛛よろしく、ただそこに陣どっているだけでなく、なにかの身ぶり、なにかの合図でも送ってくれたら——と、せつに願った。

彼女はおののいた。ヒステリックなほどに強く願った。

と同時に、モスゴロフスキーが立ちあがった。彼の声——なめらかで、ものやわらかで、説得力のあるその声は、妙に遠くから聞こえてくるようだった。

「レイディー・アイリーン、あなたは招かれざる客として、いまこの組織の秘密会議に出席されています。であるからには、当然あなたにも、われわれと目的ないし抱負を一にする同志となっていただかねばなりません。お気づきでもありましょうが、〈二時〉の席は空席となっております。その席があなたに提供されます」

バンドルは息が止まった。すべてが現実離れした悪夢のようだった。この自分、このバンドル・ブレントが、血なまぐさい秘密結社への加盟をすすめられる、こんなことがあっていいものだろうか？　おなじ提案がビルにたいしてもなされたのだろうか？　そして彼は憤然としてそれを拒絶した？

「そんなこと、お受けできません」彼女はぶっきらぼうに言った。

「答えを急いではなりませんよ」

バンドルの気のせいだろうか、モスゴロフスキーが時計の仮面の下で、意味ありげににんまり笑っているように思えた。

「あなたにはまだおわかりになっていないのですよ、レイディー・アイリーン――いま拒絶なさっているのが、はたしてどういうことなのかが」

「それでもだいたい想像はつきますわ」バンドルは言いかえした。

「そうですかな?」

それは〈ナンバー7〉の声だった。その声がバンドルの頭の奥で、ある漠然たる記憶の琴線をかきならした。たしか、この声には聞き覚えがあるのでは?

ゆっくり、ゆっくりと、〈ナンバー7〉は手を顔にあげると、仮面を結んでいる紐をまさぐった。

バンドルは息を詰めた。いまこそ――いまこそ、ついに知ることができるのだ。

仮面が落ちた。

そしてわれにかえったとき、バンドルはバトル警視の無表情な、木彫りの面のような顔を見つめている自分に気づいたのだった。

32　バンドル仰天する

モスゴロフスキーがはじかれたように立ちあがって、バンドルのそばに駆けつけるのと同時に、バトルが口をひらいた。「よし、お嬢さんに椅子をさしあげてくれ。ちょっとショックが強すぎたようだ」

バンドルはぺたりと椅子にすわりこんだ。あまりの驚きに、全身の力が抜け、いまにも気が遠くなりそうだった。バトルはなおも穏やかな、淡々とした調子で言葉をつづけたが、その口ぶりは、普段の警視とまったく変わらなかった。

「ここでわたしに出くわそうとは、思いもよらなかったでしょうな、レイディー・アイリーン。いや、ごもっともです――このテーブルをかこんでいるほかのメンバーの何人かも、その点ではご同様なのですから。モスゴロフスキー氏は、いわばわたしの副官として、これまでずっと務めてこられた。氏は最初からすべての事情に通じておられます。ですが、その他のかたはほとんどが、だれから指令を受けるのかも知らされぬままに、氏を通じて指令にしたがってこられたのです」

依然として、バンドルは無言だった。要するに――彼女としてはまことに珍しいことだが――言うべきことが思いつけなかったのである。

バトルは彼女のそうした心理状態をのみこんでいると見え、心得顔にうなずいてみせた。

「まずは二、三の先入観を捨てていただく必要がありそうですな、レイディー・アイリーン。たとえば、この組織についてです――小説などに、ざらに出てくるのは知っていますよ――だれもその正体を知らない謎の犯罪の帝王。その帝王を首領にいただく、秘密の犯罪組織。現実にもそのたぐいのものが存在しないことはないかもしれませんが、あいにくこのわたしも、実際にお目にかかったことはまだない。そして、これでもわたし、なにかと経験は豊富なほうなんです。

ところが、世のなかにはまた、小説みたいなこともけっこうあるものでしてね、レイディー・アイリーン。ひとは――とくに若いひとたちは――そういう話を読むのが好きですし、実際にやってみるのはなおのこと好きです。というわけで、これからあなたに、ある非常にすばらしい素人探偵団のみなさんをご紹介しようと思うのです――素人とはいえ、わが捜査課のためにじつにみごとな働きを――かつて何人《なんぴと》もなしえなかっためざましい働きをされたかたがたです。このかたがたがいくぶん大時代な扮装を好んでおられるとしても、咎むべきではありますまい。なんといっても、これまですすんで実際の危険に——もっとも忌むべきたぐいの危険に——身をさらしてこられたかたがたですし、それも二つの理由からそうしてこられた。ひとつは、危険そのもののために危険を愛するということ——これは、わたしの思うに、現代のごとき安全第一の時代にあっては、きわめて健全なしるしでしょうな。そしてもうひとつは、祖国を救いたいという心からなる願望です。

さて、それではレイディー・アイリーン、ご紹介しましょう。最初はモスゴロフスキー氏——まあこのかたとは、すでにお知り合いと言ってもよろしいでしょうな。ご存じのとおり、このクラブの経営者であり、ほかの多くの仕事も兼務しておられます。氏はまたわがイギリスにおける、もっとも優秀な防共秘密諜報員でもあります。〈ナンバー5〉は、ハンガリー大使館のアンドラーシュ伯爵——故ジェラルド・ウェイド氏の非常に親しい友人であられます。〈ナンバー4〉は、アメリカのジャーナリストで、ヘイウォード・フェルプス氏。氏のわがイギリスにたいする共感はきわめて強いものがあり、また、いわゆる〝ニュース種〟を嗅ぎつける才能には、端倪《たんげい》すべからざるものがあります。〈ナンバー3〉は——」

バトルはほほえみながら口をつぐみ、バンドルはビル・エヴァズレーの気恥ずかしげなにやにや笑いを、呆然として見つめた。

「〈ナンバー2〉は」と、バトルはこころもち厳粛な声音でつづけて、「ごらんのとおり、現在は空席になっています。その席を占めておられたのは、故ロニー・デヴァルー氏で、氏こそはまさしく故国のために命をささげた勇敢なる戦士でした。〈ナンバー1〉は――さよう、〈ナンバー1〉もまた、同様に勇敢なる死を遂げたジェラルド・ウェイド氏でしたが、氏の死によってできた空席は――わたしとしてはすくなからぬ懸念なしとしなかったのですが――ひとりの気高い女性によって補充されました。これまでの働きで、じゅうぶんその席を占めるにふさわしいことを証明され、かつまた、われわれのためにおおいに貢献してくださっている女性です」

一同のしんがりとして、ここで〈ナンバー1〉が仮面をとり、バンドルはさして驚きもせず、ラッキー伯爵夫人の美しい、肌の浅黒い面を見つめた。

「わたしもずいぶんうっかりしてましたわ」と、バンドルは悔しそうに言った。「あなたが本物にしてはあまりにも完璧すぎる――ヨーロッパ生まれの美貌の女山師という役柄が身につきすぎてて、かえって演技くさいってことぐらい、気がついていてもよさそうなものでしたのに」

「だけどね、きみ、きみはまだほんとうの舞台裏を知っちゃいないんだ」と、ビルが言った。「いいかい、バンドル、このひとはね、あのベーブ・シーモアさんなんだ――このひとのことを話してあげたの、覚えてるだろう？　すばらしい女優さんだって――そしてまさしくその名女優ぶりが証明されたってわけだよ」

「そういうこと」と、ミス・シーモアは純然たるアメリカ流の、鼻にかかった発音で言った。「もっともそれ、百パーセントあたしのお手柄ってわけでもないのよ。だって、パパもママもユーラップのあの地方の出身なんですもの――言葉の訛りを真似するくらい、造作もなかったわ。ただね、あたしもたった一度だけ、あやうく尻尾を出しそうになったことがあったっけ――ワイヴァーン屋敷で、お庭のことをしゃべってたときだけど」

　そこで彼女はちょっと口をつぐみ、それから唐突につづけた――

「といっても――ただおもしろ半分にやってたというだけじゃないのよ。あたし、ロニーとまあ婚約してるみたいな仲だったし、だから彼があんな目にあったとき――彼を手にかけた卑劣な犯人をつきとめるためには、自分もなにかしないではいられない気持ちになったの。まあそういうわけ」

「なにがなんだか、すっかりこんぐらかっちゃった」バンドルは言った。「なにもかも、表向きとはあまりにちがいすぎるんですもの」

「なに、ごく単純なことなんですよ、レイディー・アイリーン」と、バトル警視が言った。「始まりは、何人かの若いひとたちが、ちょっとした刺激をもとめたことでした。最初に話を持ちかけてきたのは、亡きウェイド氏でしたな。氏が言うには、いわゆる素人探偵団みたいなものを組織して、秘密の情報活動をやってみてはどうかというのです。それは危険だと、わたしはいさめましたよ――しかしあいにくウェイド氏は、身の危険などというものを重視するひとではなかった。それなら、入会を希望するひとたちは、だれしもそのことを了解のうえだという点を条件にしなくてはいけない、そうわたしははっきり指摘しておきました。ところが、驚くなかれ、そんなことで思いとどまるようなひとは、ウェイド氏の友人にはひとりもいなかったのです。というわけで、すべてが始まったという次第です」

「それにしても、その活動の目的というのは、いったいなんでしたの？」バンドルはたずねた。

「われわれはある人物を追っていました――なんとかしてつかまえようと、躍起になっていたのです。その男はありきたりの犯罪者ではありませんでした。もともとウェイド氏とおなじ階層の人間で、いわばラッフルズ、つまり紳士怪盗のたぐいなのですが、ラッフルズなんかより、はるかに危険な存在。そいつの狙うのは、大仕事――国際的な大仕事に決まっていました。これまでに二度、貴重な発明の秘密が盗まれたことがありますが、盗んだのは明らかに、内部の事情に詳しい人間でした。本職の捜査官が、その男を罠にかけようとしたこともあります――が、うまくいかなかった。そこでこの素人探偵たちがのりだして――みごとに成功したというわけです」

「成功した？」

「ええ――ただし、無傷で切り抜けられたわけではありません。相手は危険な男なのです。二つの命がその男の餌食になり、しかもそいつはそれを巧みにやってのけた。しかし、セブン・ダイヤルズはひきさがりはしませんでした。そしていまも申しあげたとおり、そいつをつかまえることに成功したわけです。エヴァズレー氏の働きのおかげですよ――ついにその男を現行犯でつかまえることができたのは」

「だれですの、その男って？」バンドルはたずねた。「わたしの知っているひとですか？」

「よくご存じの人物ですよ、レイディー・アイリーン。その名はミスター・ジミー・セシジャー――きょうの午後、逮捕されました」

33　バトル絵解きをする

バトル警視はすわりなおし、説明にとりかかった。くつろいだ、気持ちのよさそうな口調だった。

「わたしとしても、それほど前から彼を疑っていたわけではありません。最初に怪しいと気づいたのは、亡きデヴァルー氏のいまわのきわの伝言、あれについて聞いたときなのです。あの伝言を聞けば、だれしも当然デヴァルー氏が、セブン・ダイヤルズに殺《や》られた旨をセシジャー氏にことづけようとした、そういう意味にとります。額面どおりに受け取れば、たしかにそう聞こえることでしょう。ですが、むろんのことわたしは、そんなはずはないということを知っていました。デヴァルー氏が伝言を伝えてもらいたかった相手、それがセブン・ダイヤルズなのであって——伝えてもらいたかった内容が、ジミー・セシジャー氏に関することだったのです。

それはとうてい信じがたいことのように思えました——デヴァルー氏とセシジャー氏

は、仲のよい友人でしたからね。ですが、そこでわたしが思いだしたのが、もうひとつべつのこと――これまでの盗難のすべてが、内部事情に詳しいもののしわざだという事実です。本人が外務省の人間ではないものの、その周辺でいろいろなうわさを聞きだせる立場にある何者か。そう考えてみると、セシジャー氏がどうやって生計の資を得ているのか、すこぶるつきとめにくいということもわかりました。父親から遺贈された収入の途はごくわずかなものなのに、不相応に贅沢な暮らしをしている。それだけの金をいったいどこから得ているのか。

ウェイド氏が生前、なにかを発見して、そのことでおおいに勇みたっていたのをわたしは知っています。自分が正しい手がかりをつかんでいること、それに氏は確信があったのです。それがどういう手がかりなのかはだれにも打ち明けませんでしたが、それでもデヴァルー氏にたいしてだけは、いよいよそれを確かめる段階にきている、というようなことを漏らしています。これは二人がともにチムニーズ館へ行く、あの週末の直前でした。ところがご存じのように、ウェイド氏はそこで亡くなった――うわべはいちおう睡眠薬の飲みすぎということでかたがつきました。一見それで筋は通るようなのですが、デヴァルー氏は一瞬たりとそんな説明で満足しはしなかった。ウェイド氏がたいそう巧妙に殺害されたこと、そしてそのとき邸内にいあわせただれかこそ、われわれのずっと追っている犯罪者にちがいないこと、それを確信していたのです。わたしの思うに、デヴァルー氏はもうすこしですべてをセシジャー氏に打ち明けようとしたようです。というのも、その時点ではまだいささかもセシジャー氏を疑ってはいなかったからですが、そこで、なにかが氏を思いとどまらせた。

　そのあと、氏はいささか妙なことをしました。七つの時計をマントルピースに並べ、残るひとつを投げ捨てたのです。それは一種の記号のつもりでした——セブン・ダイヤルズがメンバーのひとりの死にたいし、きっと復讐するぞという意味の——そしてそのうえでデヴァルー氏は、だれかがうっかり正体をあらわしはしないか、動揺したようすを見せはしまいかと、じっと監視していたのです」

「じゃあ、ジェリー・ウェイドに毒を盛ったのは、ジミー・セシジャーだったんですのね？」

「そうです。ウェイド氏が寝室にひきとる前に、階下で飲んだウイスキーソーダ、それに薬を混入したのです。だからこそウェイド氏は、妹さんへの手紙を書いている時点で、すでに眠気をもよおしていたわけです」

「でしたらあの従僕のバウアーは、なんの関係もなかったんですの？」バンドルはたずねた。

「バウアーはわれわれの一員だったのですよ、レイディー・アイリーン。われわれの追う問題の怪盗が、ヘル・エーベルハルトの発明を狙うだろうことはじゅうぶん予想がつきましたので、バウアーを監視役としてあの屋敷に潜入させたのです。しかし、せっかくのこの措置も、たいして功を奏しませんでした。いまも言ったように、セシジャー氏はやすやすと致死量の薬を盛ることに成功している。後刻、邸内のものが全員寝静まってから、水差しやグラス、それにクロラールの空き瓶などが、セシジャー氏の手でウェイド氏の枕もとに置かれました。そのときには、すでにウェイド氏は昏睡に陥っていましたから、かりにその死になんらかの疑問が生じた場合、グラスや瓶から本人の指紋が発見されるよう、ウェイド氏の指をそれらに押しつけたものと推察されます。マントルピースの上の七つの時計が、はたしてセシジャー氏にどのような心理的影響を及ぼしたか、その点は定かでありません。いずれにせよ、デヴァルー氏にたいしては、胸中をおくびにも出さなかったのは確かです。それでもやはり、ときおりそのことを思いだして、しばし不快な気分にひたったことはまちがいありますまい。そしてそれからというもの、すくなからずきびしい猜疑の目をデヴァルー氏にそそぐようになったわけです。

そのあとなにが起こったか、これについては、正確なところはわかっていません。ウェイド氏の死後、だれもデヴァルー氏にはほとんど会う機会がありませんでしたから。

ただ、はっきりしているのは、デヴァルー氏が、ウェイド氏が追っていたと考えた、それとおなじ思考の筋道をたどり、そしておなじ結論に到達したということです——すなわち、セシジャー氏こそわれわれの追うべき標的だという事実に。ついでに言うと、これはわたしの想像ですが、デヴァルー氏もやはりウェイド氏とおなじ轍を踏み、そして裏をかかれたものと思われます」

「というと？」

「ミス・ロレーン・ウェイドによってです。ウェイド氏は彼女を熱愛していました——おそらく、結婚したいとも考えていたでしょう——むろん彼女は、氏の実の妹ではありませんから——そんなわけで、彼女に話すべきではないことまでも話していた、これはまちがいありますまい。ところが、当のミス・ロレーン・ウェイドのほうは、身も心もセシジャー氏にささげつくしていました。彼に命じられれば、どんなことでもしてのけたでしょう。当然、ウェイド氏から聞かされたことも、内々に彼に知らせました。いっぽう、デヴァルー氏もその後、彼女に心ひかれるようになり、おそらくはセシジャー氏に気をつけるよう、警告したものと思われます。こうして、今度はデヴァルー氏が口をふさがれる番となり、そして死んでいった——セシジャー氏こそが自分を手にかけた犯人にほかならない、そういうことづてをセブン・ダイヤルズに遺そうとしながら」

「なんて恐ろしい」バンドルはうめいた。「そうとわかってさえいたら――」

「そうです、ありうることとはとても思えない。事実、かく言うわたし自身、信じられなかったくらいですから。ところがそこで、例のワイヴァーン屋敷の問題が持ちあがりました。おわかりでしょう、それがどんなにぐあいの悪いことだったか――とくに、ここにおいでのエヴァズレー氏にとって。こともあろうに、あなたがセシジャー氏と手を組んでおられるとは。そうでなくともエヴァズレー氏は、どうしてもこのクラブへ連れていけとあなたがせがまれるので、たいへん困惑しておられた。そこへ持ってきてあなたが、あろうことかここでの会議のありさまを、実際に漏れ聞いてしまった、そう聞かされて、仰天したのも無理はありません」

警視は一呼吸した。その目に悪戯っぽそうなきらめきがあらわれた。

「仰天したのは、このわたしも同様ですよ、レイディー・アイリーン。そんなことが可能だとは、夢にも思っていませんでしたからね。あなたには、みごとにしてやられました。

さて、エヴァズレー氏はジレンマに陥りました。セブン・ダイヤルズの秘密をあなたに打ち明けるわけにはいきません。そうすれば、必ずセシジャー氏にも伝わりますからね――そしてそれだけはぜったいに許せない。いっぽうセシジャー氏にとっては、それがきわめて好都合だったのは言うまでもありません。なんとなれば、それによって、ワイヴァーン屋敷へ招待してもらうための絶好の口実が得られたわけですし、招待されれば、事を進めるのが非常に容易になる。

ロマックス氏には、すでにセブン・ダイヤルズから警告状が送ってありました。それを見ればロマックス氏は、必ずやわたしに助力をもとめてくるだろうし、そうなればわたしが現場にいあわせても、不自然には見えないでしょう。わたしが自分の存在をまったく隠そうとしなかったこと、これはあなたもご承知のとおりです」

ここでまた、警視の目が悪戯っぽくきらめいた。

「さて、エヴァズレー氏は、表向きセシジャー氏と交替で見張りにあたることになっていました。ですが実際には、エヴァズレー氏とミス・シーモアの二人が、連繋して監視の任にあたっておられたのです。ミス・シーモアは、書斎の窓を見張っておられました。そこへ、セシジャー氏が降りてくる気配がしたので、やむなく衝立のかげに身をひそめざるを得なかったわけです。

さて、これからがいよいよセシジャー氏の抜け目のなさが、ぞんぶんに発揮されるところです。彼はある点までは完全に真実そのままを語っていました。その事実もあり、また例の格闘のこともありで、わたしもじつのところ確信が揺らいだことを認めざるを得ません――そして疑問が湧いてきました。そもそもセシジャー氏は、この事件に多少とも関係があるのだろうか。もしやわれわれが、誤った手がかりを追っているだけなのではあるまいか。実際に、いろいろ疑わしい状況があるなかで、セシジャー氏とはまったく異なった方向をさしているのも一、二ありましたし、わたしとしてもどう考えたらいいのか、まるきりわけがわからなくなってしまいました。そのときだったのです、ある決定的な証拠が出てきたのは。

暖炉のなかから、わたしは歯型のついた黒焦げの手袋を発見しました――そしてそのとき――そう――やはりまちがった線を追ってはいなかったと確信したのです。とはいえ、ここでまたくりかえしますが、彼はたしかに抜け目のない相手でした」

「実際にはなにがあったんですの?」バンドルは訊いた。「もうひとりの男とはだれだったんですの?」

「もうひとりの男など、もともといなかったのですよ。まあお聞きなさい、わたしが最終的に事件をどのように再構成したか、それをお話ししますから。まず第一に、この件では、セシジャー氏とミス・ウェイドとが共謀していたということを申しあげましょう。二人はしめしあわせたうえで、打ち合わせの時間に落ちあうことを決めます。ミス・ウェイドは車でやってきて、垣根をくぐりぬけ、家に近づく――万一だれかに見とがめられたとしても、申し分のない口実が用意してある――結局はそれを使うことになったわけですが。しかし、ともかくも彼女は、妨げられることなくテラスにたどりつく――それがちょうど、時計が二時を打った直後のことです。

ところで、そもそも彼女は忍びこんできたその時点から、姿を見られていたと言っていいでしょう。わたしの部下が彼女を目撃しています。ですが彼らは、はいってくるのは妨げないよう――出てゆくものだけを拘束するよう指示されていました。つまり、なるべく向こうを泳がせて、さぐれるだけのことをさぐりだそう、これがわたしの方針だったのです。さて、ミス・ウェイドはテラスにやってくる。すると、それに合わせて彼女の足もとに包みが投げ落とされ、彼女はそれを拾いあげる。と同時に、ひとりの男が蔦を這いおりてき、彼女は駆けだす。さて、つぎになにが起こるでしょう？　格闘です――そしてその結果、拳銃が発射される。みんなはどうするか――むろん格闘の現場に駆けつけます。いっぽう、ミス・ロレーン・ウェイドはそのどさくさにまぎれて屋敷を脱出し、無事に公式を手に入れて逃亡するというわけです。

あいにく、そうは問屋が卸しませんでした。ミス・ウェイドはまっすぐわたしの腕のなかにとびこんでくる。そしてこの瞬間から、勝負の流れが変わったのです。もはや攻撃側ではなく、防御する側に立たねばならない。ミス・ウェイドは、かねて用意の話をして聞かせる。完全に辻褄の合った、どこから見てもすこぶるもっともらしい話です。

さて、いよいよセシジャー氏です。とっさにわたしにはぴんときたことがありました。銃弾によるあの傷だけでは、彼が失神までするなどということはありえないということです。倒れたはずみに頭を打ったか――でなければ――そう、ぜんぜん失神などしていなかったか、そのどちらかでしょう。のちに、ミス・シーモアからも話を聞いたわけですが、その内容は、セシジャー氏の語るところと完全に一致していました――示唆に富む点があったとすれば、ただ一ヵ所だけです。ミス・シーモアはこう言いました――電灯が消され、セシジャー氏が窓ぎわへ行ったあと、あまりにも静かなので、彼が部屋から出ていってしまったのにちがいないと考えた、とね。ところで、だれかしらほかの人間がおなじ室内にいる場合、耳をすましさえすれば、その息づかいが聞こえないということは、まずありえません。ならば、かりにセシジャー氏がほんとうに部屋から出ていってしまったのだとしたら？　外へ出て、つぎにどこへ行ったか。蔦をよじのぼって、オルーク氏の部屋に忍びこむ――オルーク氏のウイスキーソーダには、すでに宵のうちに睡眠薬が仕込んである。セシジャー氏は書類を奪い、それを下で待ち受ける共犯の女に投げてやると、自分はふたたび蔦を伝って降りてきて、そして――格闘の真似を始める。やろうと思えば、あんがい簡単にやれることですよ。テーブルをひっくりかえし、そこらをころげまわり、普段の自分の声でなにかわめいてから、今度は押し殺したしゃがれ声で言いかえす。ころあいを見はからい、最後の仕上げとして、ピストルを二発。前の日におおっぴらに購入した自前のコルト・オートマティックで、仮想上の敵にむかって一発浴びせたあと、今度は手袋をはめた左手で、ポケットから小型のモーゼルをとりだし、自分の右腕、なるべく肉の厚いところを狙って一発。ピストルをフランス窓から外へ投げとばし、手袋を歯でくわえて脱ぎ、火のなかにほうりこむ。そしてわたしが駆けつけてくるころには、気を失ったふりをして床に倒れている、とまあこういった寸法です」

バンドルは深々と息を吸いこんだ。

「それではバトル警視さん、あのときは、そういったことにはなにもお気づきにならなかったわけ？」

「ええ、気がつきませんでした。ほかのみなさん同様、まんまとだまされてしまいましたよ。すべての事実をつなぎあわせてみたのは、それよりずっとあとになってからです。手袋を発見したのがそのきっかけでした。そこでサー・オズワルドにお願いして、ピストルを窓から外へ投げてみていただきました。それが落ちたのは、もともと落ちていたはずの地点よりも、かなり遠くでした。右利きの人間は、左手では右手で投げるときほど遠くへは投げられないものです。それでもまだそのときは、ほんの疑惑にすぎませんでした——それも、ごく些細な疑惑です。

ところがそこで、わたしはあることに思いあたりました。書類は明らかにだれかに拾わせるために投げ落とされたのだということです。もしもミス・ウェイドがそこにいあわせたのが偶然だとすると、では真の目標はだれだったのか。いうまでもなく、事情に通じていないひとにとっては、こんな疑問は簡単に解けるでしょう——伯爵夫人です。ところがこの点でわたしには、ほかのひとびとにはない利点がありました。伯爵夫人が、シロだということを、事実として知っているからです。では、そこからどういう答えが導きだされるか。ほかでもありません。書類はまさしく目的の人物によって拾われたのだということです。そして、考えてみればみるほど、ミス・ウェイドがまさにその瞬間にその場所にきあわせたということ、それがなんとも驚くべき偶然の一致に思われてきたわけです」

「だったら、わたしが頭から伯爵夫人を疑って、その疑惑をあなたにぶつけにいったときには、さぞかしお困りになったことでしょうね？」

「おっしゃるとおりです、レイディー・アイリーン。なんとかして、あなたの疑いをそらすようなことを言わねばなりませんでしたから。もうひとつ、ここにおいでのエヴァズレー氏にとっても、伯爵夫人が意識をとりもどしかけたときには、やはり非常に困った状況だったでしょうな——なにしろ、意識がもどったとたんに、なにを言いだすかわからないのですから」

「道理で、ビルがやきもきしていたわけですわね」バンドルは言った。「しきりに伯爵夫人にむかって、ゆっくり休むように、とか、すっかりよくなるまで口をきかないように、とか、しつこくくりかえしていましたもの」

「ビルも気の毒にね」と、ミス・シーモアが言った。「その気もないのに、妖婦にたらしこまれたふりをしなきゃならなかったんですもの——だんだんぴりぴりしはじめたのも無理はないわ」

「とまあそういったわけです」と、バトル警視が締めくくった。「わたしはセシジャー氏に疑念を持ちはじめた——しかしどうしても確証がつかめない。いっぽう、セシジャー氏のほうもまた必死でした。自分の敵対しているのがセブン・ダイヤルズであることは、多かれすくなかれわかっていたでしょう——ですが、そのなかでとくに〈ナンバー7〉がだれであるのか、それを彼はぜひとも知りたがっていた。うまく話を持ちかけて、まんまとクート家に招かれるように持っていったのも、サー・オズワルドが〈ナンバー7〉ではないかという、そういう印象にもとづいてのことなのです」

「わたしもじつはサー・オズワルドを疑いましたわ」と、バンドルは言った。「とくにあの晩、庭からぬっとはいっていらしたときには」

「わたしはぜんぜん疑ったことはありません」バトルは言った。「しかし、隠さず申しますと、あの秘書の青年にたいしてなら、たしかに疑惑をいだいたことがあります」

「ポンゴに？」ビルが言った。「まさかあのポンゴですよ、ポンゴのやつのことじゃないでしょう？」

「いや、あなたのおっしゃる、そのポンゴです、エヴァズレーさん。非常に有能な青年であり、同時に、やろうと思えばどんなことでもやってのけられる人物です。わたしが彼を疑ったのは、ひとつには、ウェイド氏の亡くなった晩、その部屋に時計を持ちこんだのが彼だったからです。そのおりに、ついでに枕もとに水差しやグラスを置いておくことは、造作もないことだったでしょう。それからもうひとつ、彼が左利きだということ。例の手袋は、まっすぐ彼を指し示しています――ただし、べつのある事実さえなければ、ですが――」

「というと？」

「歯型ですよ――手袋を歯でくわえて脱がねばならないのは、右手を使えない人物を措いてほかにはありません」

「それでポンゴへの疑いは晴れた？」

「それでポンゴへの疑いは晴れました、おっしゃるとおり。一度は嫌疑をかけられたと知ったら、あのベイトマン氏、さぞかしびっくりすることでしょう」

「でしょうとも」ビルはうなずいた。「およそポンゴのような――あんなくそまじめな、とんまなやつに、なんでまた一瞬でもそんな疑いを――」

「いや、それを言うならセシジャー氏だって、およそ頭のからっぽなことこのうえなしの、そのなかでもまたとりわけ能天気な青年、そんなふうに言うこともできましたよ。ところがその二人のうちのどちらかが、きわめて巧妙にまぬけ役を演じていた。最終的にそれをセシジャー氏と断定したとき、わたしはベイトマン氏の彼にたいする人物評を訊いてみる気になりました。それによると、ベイトマン氏はかねてからセシジャー氏を非常に胡散くさく思っていて、サー・オズワルドにも、再三そう指摘していたのだそうです」

「そうなんだ」と、ビルが言った。「妙な話ですが、じつはポンゴの言うことは、いつの場合も正鵠を射ている。癪にさわるほどですよ」

「ともあれ、いまも申しあげたとおり」と、バトル警視は言葉をつづけて、「われわれはセシジャー氏をだいぶ浮き足だたせることに成功しました。このセブン・ダイヤルズの一件ですくなからぬ動揺を与え、どこに危険がひそんでいるかわからないという不安におとしいれたのです。最終的に彼をとらえることができたのは、もっぱらエヴァズレー氏のお手柄です。相手がどれほど危険な存在であるかを知りながら、エヴァズレー氏はすすんで命を賭けられた。ですが、そのエヴァズレー氏も、あなたまでが巻きこまれるとは、夢にも思っていなかったのですよ、レイディー・アイリーン」

「そうですとも、まったくだ」ビルがしみじみと言った。

バトルは話をつづけた。「エヴァズレー氏はある作り話をひっさげて、セシジャー氏を訪問しました。デヴァルー氏の遺したある種の書類を入手したようによそおったのです。その書面には、セシジャー氏への疑惑がほのめかしてある、ということになっていました。忠実な友として、当然エヴァズレー氏は、セシジャー氏の弁明が聞けると確信して訪れているわけです。われわれとしては、もしもこちらの推測に誤りがなければ、セシジャー氏はきっとエヴァズレー氏を消そうとするだろう、そう確信していました。その方法もだいたい見当がついていました。はたせるかな、セシジャー氏はエヴァズレー氏を迎えて、ウイスキーソーダをすすめました。彼が部屋を留守にしたほんの一、二分の隙に、エヴァズレー氏はその飲み物をマントルピースの上の花瓶のなかにあけ、なおかつ、薬が効いてきたようによそおいました。薬物が即効性のものではなく、遅効性のものだろうとは予測していました。やがてエヴァズレー氏は用件を切りだしました。セシジャー氏ははじめ憤然としていっさいを否定しましたが、そのうち薬が効いてきたと見るや（もしくは、見たと思いこむや）、一転してすべてを認めたうえで、おまえこそ第三の犠牲者だと、エヴァズレー氏にたいして言いはなったのです。

エヴァズレー氏がほとんど意識を失ってしまうと、セシジャー氏はその体をかつぎおろして車に乗せ、幌をあげました。すでに、エヴァズレー氏には気づかれぬように、お宅への電話もかけおえていたはずです。そして、言葉巧みにあなたをそそのかした。ミス・ウェイドを自宅へ送ってゆくという口実をつくらせたわけです。

彼からの電話の内容については、あなたは一言も口に出されませんでした。後日、あなたの遺体がここで発見されれば、ミス・ウェイドはこう断言したことでしょう――自分を家まで送ってくれたあと、あなたは単身このクラブに潜入するつもりで、ロンドンへ向かった、とね。

さて、エヴァズレー氏は、依然として自分の役割――昏睡に陥った男の役――を演じつづけていました。二人を乗せた車がジャーミン街を離れるやいなや、わたしの部下のひとりがセシジャー氏の留守宅に忍びこみ、薬物の混入されたウイスキーを発見していることは、ここでお話ししておいてもいいでしょう。混入されていたのは、人間二人を殺害するに足る塩酸モルヒネでした。また、二人を乗せた車も尾行されていました。セシジャー氏はまずロンドンを離れると、ある有名なゴルフ場へ行き、そこでワンラウンドまわるようなことを言いながら、わざと人目につくように、四、五分そこらで時間をつぶしています。これは言うまでもなく、万一アリバイが必要になったときの布石のつもりでしょう。そのあいだ、車はエヴァズレー氏を乗せたまま、道路のちょっと先に停めてありました。それから、ふたたびロンドンにとってかえし、このセブン・ダイヤルズ・クラブにやってきました。アルフレッドが出てゆくのを見届けると、車を玄関先に乗りつけ、万が一あなたが聞いておられた場合のために、エヴァズレー氏に声をかけるふりをしてから、なかにはいり、あのちょっとした茶番を演じたというわけです。

医者を迎えにゆくふりをして、実際にはただばたんとドアの音をさせただけで、セシジャー氏はそっと二階へあがって、この部屋の扉のかげに隠れる。やがてミス・ウェイドが、なんらかの口実をもうけて、あなたをこの部屋へこさせる。はじめあなたを見たとき、エヴァズレー氏がそれこそ息も止まるほど驚いたのは言うまでもありません。それでも、結局は自分の役を演じつづけたほうがいいと判断したわけです。われわれがこの家を見張っていることはわかっていますし、さしあたりあなたに危害が加えられるとも思えない。そのうえ、もし必要なら、いつでも〝意識をとりもどす〟ことはできるのですから。セシジャー氏がテーブルに拳銃を投げだして、出ていってしまったときには、いよいよ危険は薄らいだように思えました。というところで、これからあとのことについては――」バトルはいったん口をつぐみ、ビルをかえりみた。「――あなたの口からお話しいただくのがよろしいでしょう」

「ぼくはじっとあのくそいまいましいソファに寝たままだった」と、ビルが話しはじめた。「完全に意識をなくしているように見せかけていたが、そのうちだんだん不安になってきた。そうこうするうち、だれかが階段を駆けおりてきたかと思うと、ロレーンが立ちあがって、ドアのほうへ行った。セシジャーの声が聞こえたが、なんと言っているのかまでは聞きとれなかった。それからロレーンが、『よかったわ――うまくいったわね』と言うのが聞こえた。つづいてセシジャーが、『こいつを二階へ運ぶから、手を貸してくれ。ちょっとほねだろうが、二人をなんとかしてあの部屋にいっしょに置いときたいんだ――〈ナンバー7〉には、結構なショックだろうよ』そう言った。いったいなんの話なんだか、どうもよくのみこめなかったが、とにかく二人に運びだされて、無理やり階段をひきずりあげられた。いやまあ、たしかに、あの二人にはほねだったろうよ。それにこっちだって、うまく死んだみたいにぐったりしててやったからね。この部屋にひっぱりこまれると、やがてロレーンが言うのが聞こえた――『ねえ、ほんとにだいじょうぶかしら。彼女、息を吹きかえしたりはしないわよね?』するとジミーのやつが言った――あんちくしょうめが。『心配ないって。力いっぱい殴っておいたから』って。

それから二人は部屋を出て、ドアに錠をおろした。そこでぼくははじめて目をあけてみて、きみを見つけたってわけだ。いやまったく、バンドル、二度とあんな恐ろしい思いをするのはごめんだね。てっきりきみは死んでると思っちまった」

「おそらく帽子のおかげで助かったのね」バンドルは言った。

「それもあります」と、バトル警視が言った。「ですがもうひとつは、セシジャー氏が腕を怪我していたせいでもあります。本人も気づいていなかったんですが、その腕には普段の半分の力しかなかったのですよ。とはいうものの、それらはけっして当局の手柄にはなりません。当然あなたにも警備をつけるべきだったのに、それを怠ったのですからね、レイディー・アイリーン――したがって、この事件は全体として、われわれの大黒星ということになります」

「こう見えてもわたし、すごくタフなんですのよ」と、バンドルは言った。「それに、運もけっこう強いみたい。ただひとつ、やりきれないのは、ロレーンもこれに加担していたということ。だって、あんなにやさしくて、かわいらしいひとなんですもの」

「いやいや、とんでもない！」バトル警視が言った。「それを言うなら、五人ものいたいけな子供を殺害した、ペントンヴィルの女殺人鬼の例もありますし――見かけでは判断できないものなんです。それにロレーンの場合は、悪い血を受け継いでもいた――たしか、父親というのは、一度ならず刑務所のご厄介になった男だったはずです」

「彼女も逮捕なさったんですのね？」

バトル警視はうなずいた。

「おそらく死刑にはならないでしょう――陪審というのは、女性に弱いですから。しかしセシジャーのほうは、まちがいなく絞首刑になるでしょう――当然の報いです。わたしもまだあれほど冷酷な、残忍非道な犯罪者にはお目にかかったことがありません」

それからバトルはつけくわえた――

「さて、それではレイディー・アイリーン、もしも頭の痛みがそれほどひどくないようでしたら、ひとつ祝杯をあげることにしませんか。この角を曲がったところに、こぢんまりしたしゃれたレストランがあるんですよ」

バンドルは心からなる賛意を表明した。

「ちょうどおなかがぺこぺこでしたのよ、バトル警視さん。それに――」と、周囲を見まわして、「――同志のみなさんとお近づきになれる機会でもありますし」

「そうだ、セブン・ダイヤルズ、ばんざい！」と、ビルが言った。「こうなると、ぜひシャンパンが必要だな。バトル警視、その店にシャンパンはありますか？」

「いかなる点でもご不満はないと思いますよ。万事わたしにおまかせください」

「ねえバトル警視さん」と、バンドルは言った。「あなたって、なんてすばらしいかたでしょう。奥様がおありになるのが、残念なくらい。しかたがないからわたし、ビルで我慢することにしますわ」

34 ケイタラム卿承認を与える

「ねえおとうさま」と、バンドルは言った。「お知らせしなきゃならないことがあるの。おとうさま、わたしを失うことになりそうよ」

「ばかを言いなさい」と、ケイタラム卿は言った。「奔馬性結核にやられておるだの、心臓が弱っておるだの、そんなことを言ったって通用せんぞ。わしはてんから信用せんからな」

「死ぬわけじゃないわよ」と、バンドル。「結婚するのよ」

「それにしたっていい話じゃないな」と、ケイタラム卿。「結婚となると、わしは式に出席せにゃならん。着心地の悪い、窮屈な正装を身につけて、おまえをよその男にくれてやらにゃならんのだ。おまけにあのロマックスのことだから、礼拝堂でわしにキスする義務がある、なんてことまで考えかねん」

「いやあねえ！　まさかあのジョージと結婚するなんて、そんなこと考えてらっしゃるんじゃないでしょうね？」

「しかし、おまえと最後に顔を合わせたときには、なにかそんなふうな風向きになっておったじゃないか。つまり、きのうの朝のことだ」

「わたしはね、ジョージなんかよりよっぽどすてきな、百倍もすてきなひとと結婚するのよ」

「そうあってほしいものだよ、まったく」ケイタラム卿は言った。「だが、世のなかはわからんものさ。だいいちバンドル、おまえにひとを見る目があるとも思えんしな。いつぞやおまえ、言っただろう――セシジャーのやつはお人好しの能なしだ、と。ところがその後、聞いたところによると、やっこさん、当代きっての腕っこきの犯罪者だそうじゃないか。かえすがえすも残念なのは、ついに顔を合わせる機会がなかったことだよ。わしはな、近いうちに回顧録を執筆するつもりでおったんだ――これまでに出あった殺人者たちについて、独立した一章を設けてな――それがなんと、まったくのつまらん行きちがいから、とうとうその若いのに会えずに終わってしまうわけだ」

「ばかなことおっしゃらないで」と、バンドルは言った。「回顧録にしろなんにしろ、ご自分にものを書く根気なんか、ないってことぐらいご存じでしょうに」

「自分でペンをとって書くつもりはなかったさ」と、ケイタラム卿は言った。「そんなことはとうてい無理だよ。しかしだ、じつはこのあいだ、非常に魅力的な娘に出あってな。これがその種の仕事にはうってつけだと思うんだ。要するに、彼女が資料を集め、実際の執筆も彼女がぜんぶ受け持つ」

「じゃあおとうさまはなにをなさるの？」

「ふん、毎日三十分ぐらいずつ、二、三の事実を彼女に話して聞かせる。それだけさ」

一呼吸してから、ケイタラム卿はつづけた――「なかなかきれいな娘だったな――非常にやさしくて、思いやりのある娘だ」

「おとうさまったら」バンドルは言った。「わたしがそばにいて目を光らせていてあげないと、そのうちとんでもない危険に出くわすんじゃないか、そんな気がしてきたわ」

「ひとは向きむきだよ――それぞれに出くわす危険もちがうのさ」と、ケイタラム卿は言った。

立ち去りかけたところで、彼はふとふりかえって、肩ごしに問いかけた――

「ついでだがバンドル、おまえはいったいだれと結婚するんだ？」

「いつそれをおたずねになるつもりかと思ってたわ」と、バンドルは言った。「わたしの結婚相手はね、ビル・エヴァズレーよ」

自己中心主義者のケイタラム卿は、しばしその情報について考えた。それから、満足げに大きくうなずいた。

「そいつはすばらしい。たしかあの若いの、ハンデなしのスクラッチプレイヤーだったな？　だとすると、あいつとわしとで組んで、〈秋期ゴルフ大会〉のフォーサムに出場できるわけだ」と、卿はのたもうた。

仮面の下に驚きを

書評家
古山裕樹

秘密結社。

この言葉から、あなたは何を思い浮かべるだろう？　国際紛争の行方から郵便ポストの色まで、あらゆる事象の背後で糸を引いている陰の支配者？　それとも、世界征服の野望を毎週のように正義のヒーローに妨げられる悪の組織？

いずれにしても、「秘密」の文字を冠するからには、素性を隠す謎めいた呼び名は欠かせない。素顔を隠す覆面などの怪しいコスチュームがあれば言うことはない。もっとも、そんなのがうろうろしてたらとても目立つから、秘密を守るのは難しそうだ。でも、秘密結社らしさを守ることだって大切だよね。

『七つの時計』の陰の主役は、そんないかにも怪しげな秘密結社だ。メンバーはちゃんと仮面をかぶっているし、お互いを奇妙なコードネームで呼び合っている。わかりやすくて大いに結構。物語に出てくるのはみんな大人ばかりだけど、気分はまるで少年探偵団だ。

あまりに陳腐？　そうかもしれない。クリスティー自身も照れくさかったようで、ヒロインが目撃した秘密結社の様子を聞かされた登場人物に「まさかぼくをからかってるんじゃないよね？」とか「なにもかも、百ぺんも小説のなかで読まされたことばかりだ」（二一七、二一八ページ）なんてことを言わせている。

でも、陳腐さを恥じることなんてないんだ。たしかに仮面をかぶった連中の秘密結社なんてのは陳腐で、しかも荒唐無稽だけど、その荒唐無稽さのおかげで、ぼくたちはクライマックスでびっくりできるんだから。

そう。『七つの時計』は冒険・スパイものと銘打たれてはいるけれど、楽しさの核にあるのは「びっくり」で、それはクリスティーの数々の謎解きミステリと変わらない。真相が明かされた瞬間の鮮やかな驚きは、あまたの名作にもまったく見劣りしない。

その鮮やかさを支えているのが、仮面や奇妙な呼び名という、秘密結社らしさあふれる儀式的な要素だ。本文を読んだ人は、謎の組織の正体が明かされる場面を思い出してほしい。なんとも芝居がかったあの瞬間は、この物語のもつ「びっくり」の核を端的に表している。まずは要点を効果的に伝える——すぐれたプレゼンテーションじゃないか。発表当時でさえ陳腐になっていたような要素を、クリスティーはぜんぜん陳腐じゃないやり方で再利用してみせたんだ。

主人公・バンドルの性格も、このプレゼンテーションに大きく貢献している。彼女は好奇心と行動力のかたまり。クリスティーの作品にしばしば登場する、良くも悪くも熟考するより先に行動に出るタイプだ。

正直なところ、バンドルは事件の解決に役立つどころか、かえって騒ぎを大きくしている。でも、彼女が動いてくれるおかげで、謎の魅力もふくらんでいるんだ。自分のいないところで起こった事件にどんどん首を突っ込んでゆくヒロインは、この物語の謎を謎として成り立たせるのに必要不可欠だといってもいい。

ところで、『七つの時計』はクリスティーの作品では初期のものだ。仮面の秘密結社を見てもわかるとおり、後の「ミステリの女王」の風格が漂う落ち着いた作品にくらべると、ずいぶん稚気にあふれている。「ミステリのお姫様」の作品といえばいいのかな。

実はこのお姫様、『七つの時計』を発表した一九二九年ごろは何かと大変だったのだ。結婚生活はうまくいかず、『アクロイド殺し』が話題になったことによるプレッシャーにも苦しんでいた。一九二六年には失踪事件を起こし、さらに二七年の『ビッグ4』は彼女ならではの精緻なきらめきを欠いてしまう。そして二八年には、とうとう不幸な結婚生活にピリオドを打つ。……という状況をふまえて、二九年発表の本書を読んでみよう。ヒロインにはロマンスも花盛りのこの陽気な物語は、そういう境遇にあった女性が書いたものなんだ。辛い日常からの逃避、という側面もあったのかもしれない。でも、そんな中でこういう作品を仕上げてみせた彼女の強靭な稚気が、三〇年代に入ってからの傑作の連発に結びついたんじゃないだろうか。

すでに本書を読んだ人のために、ほかの本へのリンクをいくつか。

まずは『チムニーズ館の秘密』。『七つの時計』で「四年前の事件」と言われているのは、この物語のことだ。舞台はもちろんチムニーズ館。当時もおてんばだったバンドルや、ケイタラム卿にジョージ・ロマックス、バトル警視といった面々も顔を見せる。内容は『七つの時計』と直接関係ないけれど、両方読んでおくとより楽しめるんじゃないかな。

『七つの時計』の謀略はスケールが小さい！　と、ご不満の方は、『ビッグ4』なんて面白いんじゃないだろうか。さっき述べたとおり、お世辞にも傑作とはいえない。クリスティーのワーストなんて言っちゃう人もいるくらいだ。とはいえ、これは愛すべき作品ではある。なにしろこの作品は、エルキュール・ポアロが世界征服を企む悪の組織を相手に戦う一大娯楽活劇なのだ。広げた大風呂敷をたたむ手際は少々雑だけど、なんといっても世界征服である。夢は大きく持ちたいね。

いっぽう、本書を読み返して、その技巧に感心した人には、この騙しの技法をさらに発展させた『そして誰もいなくなった』を。でも、とても有名な作品だから、とっくに読み終えているかもしれない。それなら、若島正の「明るい館の秘密」はどうだろう。『そして誰も〜』に張り巡らされた仕掛けを、丁寧に読み解いた評論だ。みすず書房の『乱視読者の帰還』か、宝島社新書の『ミステリよりおもしろい　ベスト・ミステリ論18』で読むことができる。

ヒロインの活躍ぶりが気に入った、という人も多いんじゃないだろうか。クリスティーの作品にはこういう元気なヒロインがたくさん出てくるけど、中では『秘密機関』のタペンスが有名だ。相棒のトミーとのやりとりを読んでるだけでわくわくする。ほかにも『茶色の服の男』『なぜ、エヴァンズに頼まなかったのか？』『バグダッドの秘密』……と、元気なヒロインが出てくる作品を挙げるときりがない。だから、あとは自分で探してください。ごめんんね。

さて、解説はそろそろおしまいだ。

もしもあなたが、まだこの本を読んだことがなくて、とりあえず解説をのぞいてみたのならば、ぜひ物語を楽しんでいただきたい。いまどきのスリラーに比べればずいぶんのどかではあるけれど、冒険への憧れを体現するバンドルの元気な活躍が、真相が明かされるときの世界がひっくり返るような驚きが、あなたを待っている。そして読み終えたあとは、再読して作者の技巧の冴えを堪能することだってできるんだ。

それじゃ、楽しい読書を！

灰色の脳細胞と異名をとる
〈名探偵ポアロ〉シリーズ

本名エルキュール・ポアロ。イギリスの私立探偵。元ベルギー警察の捜査員。卵形の顔とぴんとたった口髭が特徴の小柄なベルギー人で、「灰色の脳細胞」を駆使し、難事件に挑む。『スタイルズ荘の怪事件』（一九二〇）に初登場し、友人のヘイスティングズ大尉とともに事件を追う。フェアかアンフェアかとミステリ・ファンのあいだで議論が巻き起こった『アクロイド殺し』（一九二六）、イニシャルのＡＢＣ順に殺人事件が起きる奇怪なストーリーが話題をよんだ『ＡＢＣ殺人事件』（一九三六）、閉ざされた船上での殺人事件を巧みに描いた『ナイルに死す』（一九三七）など多くの作品で活躍し、最後の登場になる『カーテン』（一九七五）まで活躍した。イギリスだけでなく、イラク、フランス、イタリアなど各地で起きた事件にも挑んだ。

映像化作品では、アルバート・フィニー（映画《オリエント急行殺人事件》）、ピーター・ユスチノフ（映画《ナイル殺人事件》）、デビッド・スーシェ（ＴＶシリーズ）らがポアロを演じ、人気を博している。

1 スタイルズ荘の怪事件
2 ゴルフ場殺人事件
3 アクロイド殺し
4 ビッグ4
5 青列車の秘密
6 邪悪の家
7 エッジウェア卿の死
8 オリエント急行の殺人
9 三幕の殺人
10 雲をつかむ死
11 ＡＢＣ殺人事件
12 メソポタミヤの殺人
13 ひらいたトランプ
14 もの言えぬ証人
15 ナイルに死す
16 死との約束
17 ポアロのクリスマス
18 杉の柩
19 愛国殺人
20 白昼の悪魔
21 五匹の子豚
22 ホロー荘の殺人
23 満潮に乗って
24 マギンティ夫人は死んだ
25 葬儀を終えて
26 ヒッコリー・ロードの殺人
27 死者のあやまち
28 鳩のなかの猫
29 複数の時計
30 第三の女
31 ハロウィーン・パーティ
32 象は忘れない
33 カーテン
34 ブラック・コーヒー〈小説版〉

バラエティに富んだ作品の数々

〈ノン・シリーズ〉

名探偵ポアロもミス・マープルも登場しない作品の中で、最も広く知られているのが『そして誰もいなくなった』（一九三九）である。マザー・グースになぞらえて殺人事件が次々と起きるこの作品は、不可能状況やサスペンス性など、クリスティーの本格ミステリ作品の中でも特に評価が高い。日本人の本格ミステリ作家にも多大な影響を与え、多くの読者に支持されてきた。

その他、紀元前二〇〇〇年のエジプトで起きた殺人事件を描いた『死が最後にやってくる』（一九四四）、『チムニーズ館の秘密』（一九二五）に出てきたロンドン警視庁のバトル警視が主役級で活躍する『ゼロ時間へ』（一九四四）、オカルティズムに満ちた『蒼ざめた馬』（一九六一）、スパイ・スリラーの『フランクフルトへの乗客』（一九七〇）や『バグダッドの秘密』（一九五一）などのノン・シリーズがある。

また、メアリ・ウェストマコット名義で『春にして君を離れ』（一九四四）をはじめとする恋愛小説を執筆したことでも知られるが、クリスティー自身は四半世紀近くも関係者に自分が著者であることをもらさないよう箝口令をしいてきた。これは、「アガサ・クリスティー」の名で本を出した場合、ミステリと勘違いして買った読者が失望するのではと配慮したものであったが、多くの読者からは好評を博している。

72 茶色の服の男
73 チムニーズ館の秘密
74 七つの時計
75 愛の旋律
76 シタフォードの秘密
77 未完の肖像
78 なぜ、エヴァンズに頼まなかったのか？
79 殺人は容易だ
80 そして誰もいなくなった
81 春にして君を離れ
82 ゼロ時間へ
83 死が最後にやってくる
84 忘られぬ死
86 暗い抱擁
87 ねじれた家
88 バグダッドの秘密
89 娘は娘
90 死への旅
91 愛の重さ
92 無実はさいなむ
93 蒼ざめた馬
94 ベツレヘムの星
95 終りなき夜に生れつく
96 フランクフルトへの乗客

訳者略歴　1951年都立忍岡高校卒，英米文学翻訳家　訳書『NかMか』クリスティー，『渇きの海』クラーク，『永遠の終り』アシモフ，『光の王』ゼラズニイ（以上早川書房刊）他多数

七《なな》つの時《と》計《けい》

〈クリスティー文庫74〉

二〇〇四年二月十五日　発行
二〇二二年十二月十五日　四刷
（定価はカバーに表示してあります）

著者　アガサ・クリスティー
訳者　深《ふか》町《まち》眞《ま》理《り》子《こ》
発行者　早川浩
発行所　株式会社早川書房
郵便番号一〇一‐〇〇四六
東京都千代田区神田多町二ノ二
電話　〇三‐三二五二‐三一一一
振替　〇〇一六〇‐三‐四七七九九
https://www.hayakawa-online.co.jp
乱丁・落丁本は小社制作部宛お送り下さい。
送料小社負担にてお取りかえいたします。

印刷・中央精版印刷株式会社　製本・株式会社フォーネット社
Printed and bound in Japan
ISBN978-4-15-130074-5 C0197

本書は活字が大きく読みやすい〈トールサイズ〉です。